어느 한문 교사가 관찰한 한문 수업 이야기

타이머와 죽비

KB140132

타이머와 죽비

백 광 호

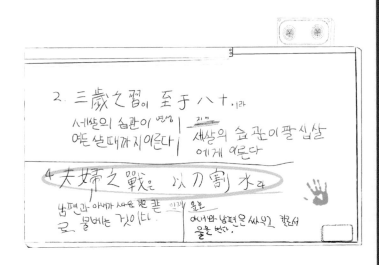

2. 三歲之習이 至于八十이라
세살의 습관이 평생 여든 살때까지 이른다 | 세살의 습관이 팔십살 에게 이른다

4 夫婦之戰은 以刀割水라
남편과 아내가 싸우는 전쟁 곧 칼로 물베는 것이다. | 아내와 남편은 싸우고 칼서 물을 벤다.

한국학술정보(주)

머리말

    지금까지 한문 교과 교육 분야의 연구 성과를 검토해 보면, 무엇을 가르치고 어떻게 가르칠 것인가에 대한 연구의 대부분이 실제 수업 현상을 대상으로 한 것이 아님을 알 수 있다. 또한 '무엇'에 관한 연구나 '어떻게'에 관한 연구가 구체적이지 않거나 이론을 소개하는 수준에 머무르는 경우가 많음을 알 수 있다. 그러나 '한문 수업이 어떤 과정으로 진행되는가?', '교사는 한문 수업에서 무엇을 가르치는가?', '학생들은 한문 수업에서 무엇을 학습하는가?', '교사나 학생은 한문 수업에서 어떤 어려움을 겪는가?', '좋은 한문 수업의 요건은 무엇인가?' 등의 질문은 실제 수업 현상을 연구 대상으로 할 때 보다 구체적이면서 충실한 답변을 얻을 수 있다. 한문 교과 교육에 관한 논의의 초석이 되는 기초 자료는 교육 현장과 관련된 실제적인 정보나 자료이다. 실제적인 정보나 자료는 수업 현상을 연구 대상으로 할 때 축적될 수 있다. 따라서 수업 현상과 관련된 자료를 풍부하게 수집하기 위해서 수업과 관련된 연구가 지금보다 많이 필요하다.

    이 연구는 '어떻게 하면 한문 수업을 잘할 수 있을까?'라는 고민에서 시작되었다. 이러한 고민은 한문 교사라면 누구나 한 번쯤 생각해 봄 직하다. 필자 또한 한문 교사가 되고 난 후 이러한 고민을 갖게 되었고, 고민을 해결하기 위해 여러 가지 방법을 시도했다. 하지만 이러한 시도가 과연 아이들의 배움에 도움이 되고 있는지, 오히려 방해가 되는 것은 아닌지 알 수가 없었다. 그래서 해결 방안을 모색하기 위해 중·고등학교에서 한문을 가르치는 교사들의 연구 모임에 참가해 왔다. 연구 모임을 통해 다양한 수업 지도안과 교수·학습 방법을 함께 나누어 왔으며, 매년 실시되는 연수에 참가한 한문 교사들과 함께 보다 나은 한문 수업을 연구해 왔다. 시간이 지나면서 '어떻게 하면 한문 수업을 잘할 수 있을까?'라는 질문은 '한문과 수업에서 무엇을 가르쳐야 하고 어떻게 가르쳐야 하는가?'라는 질문으로 변했고, 질문에 대한 답을 찾기 위해 지금까지 노력해 왔다.

필자는 이 책을 통해 한문 교사가 학생들을 만나는 교실 현장에서 무엇을 어떻게 가르치고 있는지 보여주고, 필자가 가진 고민을 독자들과 함께 나누고자 한다. 이 책은 한문과 교육 연구 분야 가운데 '漢文 讀解'를 연구 대상으로 한다. 이 연구의 목적은 중학교와 인문계 고등학교의 한문 수업을 관찰하여 독해 교수 활동의 特徵的 樣相을 밝히고, 한문 교사의 수업 과정에 드러난 讀解 敎授學的 內容 知識을 찾는 것이다. 필자는 이와 같은 목적 아래 연구를 진행하고 그 성과를 바탕으로 이 글을 썼다.

본고의 연구 문제는 첫째, 중등학교 한문 수업에서 드러난 독해의 특징적 양상은 어떠한가, 둘째, 독해의 특징적 양상을 통해 찾을 수 있는 교수학적 내용 지식은 무엇인가이다. 독해 교수학적 내용 지식은 학생들의 한문 독해 능력을 신장시키려면 어떻게 가르쳐야 할 것인가에 관련된 지식이다. 이러한 연구 문제를 해결하기 위해 중등학교에서 이루어지는 漢文科 授業을 관찰하고 분석했다. 여기에 적합한 연구 방법으로 '질적 연구' 방법을 취했다. 질적 연구 방법을 통해 수업을 분석하고, 분석한 자료에서 유의미한 특징을 발견하고, 독해 교수학적 내용 지식을 찾았다.

교사의 수업 노하우([實踐知])라고 할 수 있는 교수학적 내용 지식은 '교직이 왜 專門職인가'에 대한 해답을 제공해 줄 수 있다. 또한 한문과 교수학적 내용 지식은 다른 교과와 구별되는 한문과의 특징을 찾는 실마리를 제공해 줄 수 있다.

한문과 교육 연구는 지금까지 축적된 연구 성과를 바탕으로 하여 연구의 지평을 보다 확대할 필요가 있다. 탄탄한 이론적 토대 위에 설계된 수업 전략이나 교수-학습 모형, 투입 후의 변화 등 학생을 직접 만나는 교실 현장에 바탕을 두면서 교과 활동 자체를 연구하는 작업도 보다 활발하게 이루어져야 한다. 한문 수업에서 무엇을 가르치고 있는지에 대해 관심을 갖고 수업 상황을 精緻하게 바라보고 분석하는 연구가 무엇보다 필요하다. 이와 같은 실천적 연구는 한문과 교육에 대한 이론의 정립에 대한 연구와 함께 한문 교과 교육의 필요성에 대한 논의가 宣言的 口號로 머무르지 않도록 하는 버팀목이 될 수 있다.

필자는 이 연구를 통해 타 교과와 차별화될 수 있는 한문과 내용, 성취 목표, 교수·학습 방법 등 한문과만의 특징적 국면에 대한 연구가 필요하다는 인식이 확산되길 기대한다. 또한 앞으로 한문과 수업에서 교사와 학생이 얼굴을 맞대고 상호 소통하는 교실 현장의 생생한 목소리를 담아낼 수 있는 연구를 한문 교과 교육을 공부하는 연구자들과 함께 하고자 한다.

‘한문 교과 교육’을 평생의 연구 대상으로 삼기까지 많은 선생님들의 가르침이 있었다. 이분들의 도움과 가르침이 있었기에 오늘 이 책을 上梓할 수 있었다. 뵐 때마다 인자하신 미소로 다독여 주시며 격려와 조언을 아끼지 않으신 박성규 선생님, 직장을 휴직하고 박사 과정에 들어갔을 때 다른 것 신경 쓰지 않으며 하고 싶은 공부만 몰두할 수 있도록 배려해 주시고 연구자로서 가져야 할 자세를 가르쳐 주신 윤재민 선생님, 대학원 입학을 고민할 때 교사라는 직분에 안주하지 말고 보다 폭넓고 깊이 있게 공부해 보라며 격려해 주신 송병렬 선생님, 대학원 재학 중 아주 작은 각주 하나도 철저히 갖춰서 글을 써야 한다고 하시며 공부를 어떻게 해야 하는지 몸소 보여 주신 안병학, 김언종, 정우봉 선생님, 엉성하기만 한 글을 꼼꼼히 검토해 주시고 부족한 점을 채워 주셔서 박사논문의 틀을 갖추도록 지도해 주신 김상홍, 심경호, 김왕규 선생님. 이분들이 내게 베풀어 주신 가르침은 일생 잊을 수가 없다. 지면을 빌어 깊은 감사의 인사를 드린다.

 학계에 처음으로 논문을 발표한 때가 2000년이다. 이때 한국한문교육학회를 통해 발표 기회를 가질 수 있었고, 그 인연이 이어져 논문을 게재할 수 있는 영광도 얻었다. 한국한문교육학회 전·현직 임원님, 그 외 관련 학회의 학술대회에 참석하며 발표와 지정 토론 등으로 인연을 맺은 여러 선생님들께도 감사의 마음을 전한다.

 이 글은 필자의 박사학위 논문을 저본으로 하는데, 논문은 선덕고의 이태희 선생님과 고명중의 장진실 선생님의 수업을 관찰한 성과를 담은 것이다. 두 교사는 필자가 활동하는 교과 모임에서 오랫동안 함께 활동했다. 이런 인연 덕분에 두 분의 수업을 관찰하고자 했을 때 흔쾌히 동의해 주셨다. 두 선생님의 도움이 없었다면 이 책은 세상에 나올 수 없었으리라 생각한다.

그리고 병환 중임에도 못난 아들의 건강을 걱정하시며 쉬엄쉬엄 하라고 얘기하시는 어머니, 지금은 영면하셨지만 큰사위에게 물심양면으로 도움을 주신 장모님, 양가의 아버님, 여동생과 처제들에게도 고마움을 전하지 않을 수 없다. 끝으로 공부하는 어려움을 이해하고 배려해 준 아내, 바쁘다는 핑계로 함께 하는 시간이 많지 않은 불량 아빠에게 언제나 힘이 되어 준 딸 다현과 아들 정우에게 미안함과 감사함을 전한다. 이 책을 읽게 되는 모든 분들의 행복과 건강을 기원하며, 같은 길을 가는 연구자들의 질정을 바라면서 갖추지 못한 글을 맺고자 한다.

2008년 4월
백광호

차 례

I
序 論

　　I 장은 선행 연구를 검토하고, 연구 문제와 연구의 제한점을 밝혔다. 한문과의 독해에 관한 선행 연구를 분석한 결과, 관련 연구의 필요성에도 불구하고 研究의 面面이 그리 다양하지 못했다. 다만 인접 학문인 국어교육 분야의 '읽기' 영역은 한문 독해와 유사한 영역일 뿐만 아니라 연구 성과도 비교적 풍부했다. 또한 漢文科뿐만 아니라 여타 과목의 질적 연구를 통한 성과도 검토했다.

Ⅰ. 序 論

◘ 1. 연구의 필요성 및 목적

교육학 이론을 접목한 漢文科 教育 研究가 최근 활발해지고 있다. 하지만 실제 中·高等學校 漢文科 授業에 연구 결과를 적용해보면, 현장 교육에 잘 융화되지 않는다는 의견이 제기되고 있다.[1] 이러한 결과는 그동안의 연구가 주로 교육학 이론과 교과 내용을 단순하게 물리적으로 결합시킨 데 기인한다. 그러므로 교육학 이론을 바탕으로 하되, 漢文 教科의 특수성을 반영한 漢文科 教育 研究가 필요하다.

---

1) 송병렬, 『새로운 한문 교육의 지평』(개정·증보판, 문자향, 2006), 6~7면. 송병렬은 "지금까지 몇 편의 논문에서 교수·학습 지도 방법의 논의가 있었지만, 중·고등학교의 한문과 수업에서 적용해보면 그리 신통치 않다. 교육학 이론을 적용시켜 만든 교수·학습 방법이 한문과 수업에 잘 융화되지 않았기 때문이다."고 하여 교육학 이론을 단순하게 결합시킬 경우, 효과가 그다지 높지 않음을 지적하고 있다.

漢文科 教育은 교과가 가진 특수한 성격, 다른 교과와 공통되는 영역, 한문 교과에서만 다룰 수 있는 지식의 내용 등이 서로 긴밀하게 연관되어 있다. 그러므로 한문과 교육이 학문으로서의 독자적인 위상을 보다 확고히 다지기 위해서는 서로 긴밀하게 연관된 문제들이 함께 해결되어야 한다.

授業은 위에서 언급한 여러 가지 문제가 연관되어 있는 대표적인 장면으로, 학교에서 시행하는 여러 가지 활동 가운데 매우 큰 비중을 차지한다. 매 시간의 수업을 어떻게 실시하느냐에 따라 학교 교육이 所期의 목적을 달성할 수도 있고 不實해질 수도 있기 때문이다. 즉 학교 교육의 효과는 수업의 효과 여하에 달려 있다고 할 수 있다(변영계, 2000). 따라서 학교 교육의 효과를 높이기 위해선 다양한 수업 활동에 관한 실제적이고 경험적인 연구가 체계적으로 진행되어 이론으로 수렴되고, 수렴된 이론이 다시 수업 현장으로 발산되는 구조가 필요하다. 이와 같은 구조가 갖춰지려면 수업의 실제에 대한 활발한 연구를 통해 구체적인 자료나 정보를 구축해야 한다. 이러한 자료나 정보가 많아질수록 교사의 교수 방식이나 학습자의 학습 방식, 또는 이 둘 사이의 상호작용 방식 등에 관한 연구가 보다 수월해질 수 있다.

수업의 실제에 관한 연구가 활발하게 이루어져야 하는 이유는 또 있다. 한문 과목은 國民共通基本敎科에 포함되어 있지 않다. 그래서 학교에서 배우는 주요 교과, 이른바 '입시 과목'에 비해 학생이나 학부모의 관심이 상대적으로 덜하고, 교과 존립의 필요성에 관한 전반적인 인식도 주요 교과에 비해 상대적으로 약한 편이다. 따라서 교과 존립의 필요성을 뒷받침해 줄 수 있는 실제적이고 경험적인 연구가 많이 필요하다. 실제적이고 경험적인 연구는 교사와 학생의 교육이 이루어지는 현장을 연구 대상으로 삼는 연구이다. 예를 들어 다양한 교수·학습 방법을 통해 한문 과목을 익힌 학생의 변화된 학습능력을 객관적으로 검증하는 연구나 漢文科 授業의 전 과정에 대해 치밀하게 분석하는 연구 등을 예로 들 수 있다. 이와 같은 연구를 통해 현장에 대한 자료가 수집·정리되어야 한다. 정리된 자료는 漢文科 敎育이 학생의 학습에 어떤 효과가 있는지 구체적이고도 실제적으로 보여줄 수 있으며, 교과 존립의 필요성을 보여주는 데 일정 정도 기여할 수 있다. 수업의 실제에 대한 보다 적극적인 관심과 연구가 필요하다.

2007년 2월 28일에 告示된 '2007년 개정 한문과 교육과정'(이하 '새 교육과정')에 따르면, 한문 과목은 "한자 문화권에서 공통적으로 사용되었던 古典 文言文인 漢文에 대한 기초적인 지식을 익혀 한문 독해와 언어생활에 활용하는 데 필요한 도구 교과이며, 한문의 학습을 통하여 다양한 유형의 한문 자료를 비판적으로 이해하고 심미적으로 향유할 수 있는 능력을 기르기 위한 과목"이다(교육인적자원부, 2007: 2). 또한 『중·고등학교 한문 선택과목 교육과정 개정 시안 연구 개발』 보고서에 따르면, "한문의 학습에서 무엇보다도 먼저 이루어져야 하는 것은 한문을 읽고 풀이할 수 있는 능력을 기르는 것이다."고 하여(문영진 외, 2006: 44) 중·고등학교 한문과의 기본적인 목표가 한문을 읽고 풀이할 수 있는 능력, 즉 '讀解 能力'의 신장임을 밝히고 있다. 이제 '한문 독해 능력'에 대한 연구나 '한문 독해 능력 신장'에 대한 연구가 활발해져야 하겠다. 이에 대한 연구는 다양한 분야에서 출발할 수 있다.

한문과 교육 분야를 몇 가지로 범주화하였을 때,[2] 비교적 다양한 논의가 이루어진 분야는 중·고등학교 현장과 관련된 '教授-學習' 영역이다. 이 영역의 연구 성과는 현장 교사들이 개발한 교수·학습 방법을 소개하거나 실제 수업에 적용한 사례들이 대부분인데, 타 영역의 연구 성과에 비해 주목할 만하다. 그러나 '수업 전략'이나 '수업 기법' 차원의 교수·학습 방법과 관련된 것이 대부분으로 '원리'나 '모형' 차원의 연구는 부족하다.[3] 이에 대해 "학습자의 동기와 흥미를 유발하는 지도안과 연구 결과물을 긍정적으로 수용하되, 기존의 성과를 교수·학습 방법 및 모형 차원으로 제고하는 작업이 후속 연구 과제로 수행"되어야 한다는 지적이 제기되었다(김왕규, 2003:

---

2) 김왕규, 「한문교육학의 학문적 정립을 위한 序說-한문교육학 연구의 동향과 과제」, 『대동한문학』 제19집(대동한문학회, 2003), 231면. 김왕규는 이 논문에서 "한문교육학의 내용과 구성 요소를 참고하여 몇 가지로 범주화하면, 대체로 한문과 교육목표론 영역, 한문과 내용 영역, 한문과 교수·학습론 영역, 한문과 교재론 영역, 한문과 평가론 영역으로 구분할 수 있으며, 이 외에도 한문과 정책론 영역, 한문과 교육과정 영역, 한문과 문법론 영역 등으로 나눌 수 있다."고 하여 한문과 교육 분야를 몇 가지로 범주화하고 있다.

3) '전략', '원리', '모형', '기법' 등의 개념적 틀은 유영희의 「국어과 교수·학습 방법과 한문과 교육」(『2004학년도 한국한문교육학회 제3회 심포지엄 자료집』, 한국한문교육학회, 2004) 13면을 참조. "교수·학습 방법에 관한 개념과 범주는 매우 광범위하다. 기존의 교수·학습 방법 관련 개념을 추상화 정도에 따라 나열해 보면 다음과 같다."

〈표 1〉 국어과 교수·학습 방법의 개념적 틀

〈추상화 정도〉	거시적 ──────────────────────→ 미시적
〈개 념〉	이론 → 방법 → 모형 → 전략 → 기법 → 활동 → 과정안
〈구체화 주체〉	←──── 연구자+교사 ────→

232~233).

‘교수·학습’ 방법과 관련된 연구 성과에서 또 하나 짚고 넘어가야 할 것은 한문과의 특수성을 살린 교수·학습 방법의 성과를 다룬 것보다 漢文科의 내용적 측면을 구성하는 ‘漢文學’과 漢文科의 방법적 측면을 구성하는 ‘教育學’의 물리적인 접목에 머무르는 수준의 연구 성과가 많다는 점이다. 즉 한문 교과가 가진 특수한 성격이나 한문 교과만 다룰 수 있는 지식을 토대로 학습 내용을 구조화하고 적용한 결과를 다룬 연구 성과에 비해 일반적인 교수·학습 단계를 중심으로 전개되거나 한문학을 중심으로 전개된 연구 성과가 많다.[4] 물론 후자와 같은 연구도 필요하다. 다만 ‘한문과 내용으로 무엇을 다룰 것인지?’, ‘성취해야 할 목표와 그에 따른 학습 내용의 전개가 적절한 것인지’ 등 한문 교과가 가진 특징적인 면을 상대적으로 소홀히 다룬 것은 아닌지에 대한 고민이 필요하다.

예를 들어 한자의 造字 理論을 통해 한자 학습의 효과를 높이기 위한 연구에서 한자의 조자 이론이 다양하게 소개되었다면, 이론의 소개에서 그치지 않고 교사가 그것을 어떻게 이해하여 교실 수업에

---

4) 앞의 논문, 220~221면. 이 논문에서 김왕규는 “교과교육학으로서 한문교육학을 다음 두 가지 관점에서 이해할 수 있을 것이다. (中略) 먼저, 한문교육학을 한문학과 교육학의 산술적인 합으로 이해하는 관점이다. 이 관점에 따르면, 한문교육학이란 한문학 관련 지식을 교육학 지식을 활용하여 학생들에게 교수하는 것으로 이해되며, 교과 내용과 교육 방법의 물리적 결합 수준에서 한문교육학의 학문적 개념과 성격에 관한 논의가 전개된다. 이러한 논의는 필연적으로 교과와 교육을 분리하게 되고, 서로 배타적인 경향까지 띠게 된다.”고 하여 漢文教育學이 교과 내용과 교육학의 물리적 접목에 머무를 경우, 결국엔 배타적 경향을 가질 수 있음을 지적하고 있다.

어떻게 적용할 수 있는지에 관한 내용도 이론 부분과 동등한 비중으로 제시되어야 한다. 아울러 교사가 수업 현장에 어떻게 적용할 수 있는지를 다루는 방식도 조자 이론을 학생들에게 설명하는 방법을 제시하는 수준에서 그치는 것이 아니라, 조자 이론을 설명한 뒤에 학생들이 그것을 한자 학습에 어떻게 적용할 수 있는지 시범 보이는 교수 활동을 구체적으로 보여주는 방식으로 제시될 필요가 있다. 그러나 지금까지 나온 한문 교과의 연구 성과 가운데 이처럼 漢文科 內容에 관련된 지식이 구체적인 활동이나 수업 장면에서 어떻게 작용하는지를 보여주는 연구 성과는 그다지 많지 않다.

漢文科와 관련하여 지금까지 나온 연구 성과 가운데 한문 독해의 특정한 영역만을 부분적으로 다룬 연구는 몇 편 있으나,[5] 수업에서의 독해 활동을 다룬 연구는 거의 없다. 그래서 수업에서의 한문 독해 연구에 관한 시사점을 찾기 위해, 인접 교과에서 이루어진 연구 성과를 살필 필요가 있다. 인접 학문인 국어교육 분야엔 한문 독해와 유사한 연구 분야인 '읽기'와 관련된 연구 성과가 비교적 풍부한

---

5) 장기성, 「漢文의 讀解力 伸張을 위한 虛詞와 文型學習指導에 관한 硏究」, 『漢文敎育硏究』 제2호(한국한문교육연구회, 1988), 106~140면. / 장동희, 「虛字 指導를 通한 漢字 讀解力 伸張에 關한 硏究」, 전주대 교육대학원 석사학위논문, 1997. / 백원철, 「漢文科 學習의 傳統的 朗讀法에 대하여-한문과 학습의 효과적 일방안의 모색 -」, 『한문교육연구』 제11(한국한문교육학회, 1999), 31~43면. / 송병렬, 「懸吐 敎育의 有用性과 吐의 문법적 성격」, 『한문교육연구』 제13호(한국한문교육학회, 1999), 129~151면. / 나광록, 「高等學校에서의 漢文 虛辭 및 文型 敎育 方案에 대한 硏究」, 조선대 교육대학원 석사학위논문, 2000. / 임명호, 「한문 끊어 읽기 교육에 관한 연구-허사를 중심으로」, 『한자한문교육』 제11집(한자한문교육학회, 2003), 301~320면.

편이다.6)

한편, 이 연구에서 취하고 있는 질적 연구 방법은 1990년대 중반을 지나면서 교육학 분야에서 먼저 이 방법에 대한 수요와 관심이 증대되기 시작했다. 2000년대 들어서자 각 교과 영역에서 질적 연구와 관련된 연구 성과들이 나오기 시작했다.7) 최근에는 특히 이와 같은 질적 연구 방법을 통해 수업을 관찰하거나 분석한 후, 유의미한 의미를 발견하려는 연구가 각 교과 영역에서 많이 이루어졌으며 漢文科

---

6) 박수자, 「읽기 전략 지도 교재 구성에 관한 연구」, 서울대 박사학위논문, 1993. / 이경화, 「담화 구조와 배경 지식이 설명적 담화의 독해에 미치는 효과에 관한 연구」, 한국교원대 박사학위논문, 1999. / 김도남, 「상호텍스트성을 바탕으로 한 읽기 지도 방법 연구」, 한국교원대 박사학위논문, 2002. / 김혜정, 「텍스트 이해의 과정과 전략에 관한 연구－'비판적 읽기' 이론 정립을 위한 학제적 접근 －」, 서울대 박사학위논문, 2002. / 이정숙, 「쓰기 교수·학습에 드러난 쓰기 지식의 질적 변환 양상 연구」, 한국교원대 박사학위논문, 2004.

7) 김영천, 『질적연구방법론1』(문음사, 2006), 40~51면. 참조.
　• 질적 연구를 전문적으로 다룬 방법론 책: 김윤옥 외, 『질적 연구를 위한 질적 연구 방법과 설계』(문음사, 1996). / 이용숙 외, 『교육에서의 질적 연구: 방법과 적용』(교육과학사, 1998). / 조용환, 『질적 연구: 방법과 사례』(교육과학사, 1999). / 이용숙 외, 『실행연구방법』(학지사, 2005).
　• 교과교육 영역에서의 질적 연구: 김영천 외, 『교과교육과 수업에서의 질적 연구』제2판(문음사, 2004). / 곽영순, 『질적 연구로서 과학수업비평』(교육과학사, 2003). / 양갑렬, 『체육 교육의 질적 연구』(북스힐, 2003). / 박종원, 『영어 교육과 질적 연구』(한국문화사, 2006). / 이혁규, 『교과 교육 현상의 질적 연구－사회 교과를 중심으로』(학지사, 2005).
　• 국내에서의 질적 연구 사례들: 김영천, 『네 학교 이야기: 한국 초등학교의 교실생활과 수업』(문음사, 1997). / 박성희, 『질적 연구 방법의 이해(생애사 연구를 중심으로)』(원미사, 2004). / 김영천, 『별이 빛나는 밤 1: 한국 교사의 삶과 그들의 세계』(문음사, 2005). / 김영천, 『미운 오리 새끼－한국 초임교사의 일년 생활』(문음사, 2006).

에서도 시도되고 있다. 연구의 결과는 학위논문으로 발표된 것도 있고,[8] 학술지의 학술논문으로 발표된 것도 있다.[9] 분야별로 연구 성과와 함께 문제점을 살펴보겠다.

첫째, 한문 독해의 특정 영역을 부분적으로 다룬 연구가 있다. 한문 독해력을 신장시킬 수 있는 방안으로 장기성이나 나광록의 연구

---

8) 이혁규, 「중학교 사회과 교실 수업에 대한 일상생활기술적 사례 연구」, 서울대 박사학위논문, 1996. / 이경화, 「확률 개념의 교수학적 변환에 관한 연구」, 서울대 박사학위논문, 1996. / 서근원, 「初等學校 "討議式 授業"의 文化記述的 硏究」, 서울대 석사학위논문, 1997. / 민윤, 「사회과 역사 수업에서 초등 교사의 교수내용지식에 대한 이해」, 한국교원대 박사학위논문, 2003. / 한지영, 「중학교 국어과 수업 양상 연구」, 한국교원대 석사학위논문, 2003. / 김경주, 「읽기 교수 학습 과정에 대한 연구」, 서울대 박사학위논문, 2004. / 류현종, 「사회과 수업비평: 예술비평적 접근」, 한국교원대 박사학위논문, 2004. / 유은경, 「교사의 교과 내용 지식 구조화에 관한 수업 분석 연구」, 이화여대 박사학위논문, 2006. / 박재원, 「물속에서의 무게와 압력 단원에서 초등 교사의 교수내용지식에 따른 수업 분석」, 한국교원대 박사학위논문, 2006. / 김연수, 「漢詩 敎育에서의 구성주의 교수·학습 방법 연구」, 고려대 박사학위논문, 2007.

9) 곽영순·김주훈, 「좋은 수업 방법에 대한 질적 연구-중등 과학 수업을 중심으로」, 『한국과학교육학회지』 제23권 제2호(한국과학교육학회, 2003), 144~154면. / 권순희, 「수업 분석을 통한 한국어 교수법 연구」, 『先淸語文』 제30호(서울대학교 국어교육과, 2002), 223~256면. / 조재윤, 「초등학교 쓰기 수업 관찰 연구」, 『한국초등국어교육』 제28집(한국초등국어교육학회, 2005), 339~369면. / 천호성, 「사회과 교실 수업 분석의 방법과 과제-관찰, 수업기록, 분석시점을 중심으로」, 『시민교육연구』 제37권 제3호(한국사회과학교육학회, 2005), 231~253면. / 함희주, 「초등학교 음악수업 관찰방법 적용연구」, 『음악교육연구』 제29집(한국음악교육학회, 2005), 185~214면. / 백광호, 「미리 圖形化된 노트에서 한자 쓰기가 漢字 正書力 신장에 미치는 효과 연구」, 『한문교육연구』 제24호(한국한문교육학회, 2005), 181~224면. / 백광호, 「思考口述을 통한 漢文科 讀解 樣相 硏究」, 『한자한문교육』 제18집(한국한자한문교육학회, 2007).

와 같이 '허자 및 문형 지도'를 제시하거나, 임명호의 연구와 같이 '끊어 읽기 지도'를 제시한 것, 송병렬의 연구와 같이 吐를 달아 읽으며 해석하는 방법을 통해 학습자가 텍스트에 쉽게 접근할 수 있음을 분석한 것, 그리고 장동희의 연구와 같이 한문 독해력을 높일 수 있는 방안으로 '허자 지도'를 제시하되 실험 연구를 시도한 것 등에서 연구의 의의를 찾을 수 있다.[10]

하지만 허사나 문형을 어떻게 지도해야 효과적인 것인지 구체적으로 분석하지 못한 점, 허사만을 기준으로 '끊어 읽기'를 파악하려 한 점, 그리고 토를 달아 읽는 방법이 구체적으로 어떻게 유용한지 보여주지 못한 점은 보완될 필요가 있다.[11]

漢文科의 독해와 관련된 연구 성과에 따르면, 학습자의 실제 독해 양상을 분석할 때 허사에 관한 지식이 어떻게 활용되는지 살필 필요가 있으며, 허사 이외에 '끊어 읽기'와 같이 다른 요인들을 찾는 연구가 필요함을 알 수 있다. 예를 들어 끊어 읽는 과정을 보다 면밀히 분석해 보면 이 활동의 내면에는 독해자가 이미 갖고 있는 한문 독해에 관한 배경지식이 허사에 비해 훨씬 많이 작용하는 것으로 밝혀질 수도 있을 것이다.

그동안 한문과의 독해에 관한 연구는 거의 이루어지지 않았지만, 이제부터라도 연구의 內包와 外延을 적극적으로 키울 필요가 있다. 독해 연구의 내포라 함은 독해의 形式的 定義를 이루는 내적 개념에 해당하는 것으로 독해 과정, 독해에 필요한 배경지식, 독해를 이루는 구성 요소, 독해에 영향을 주는 변인 등에 관한 연구를 예로

10) 선행 연구의 書誌 事項은 각주 5번 참조.
11) 이상의 검토 내용을 요약하면 〈표 2〉와 같다.

들 수 있다. 독해 연구의 외연이라 함은 독해라는 특수한 범위에 포함될 수 있는 대상에 해당하는 것으로, 직역, 의역, 번역, 해석 등에 관한 연구를 예로 들 수 있다.

둘째, 인접 학문인 '국어교육' 분야에서 '읽기' 영역을 다룬 연구가 있다. 이러한 연구는 박수자의 연구와 같이 독해 주체의 독해 행위를 실제로 관찰하여 독해 과정에서 사용되는 독해 전략을 찾으려 한 것, 김도남의 연구와 같이 추상적이며 이론적으로 접근하기보다는 구체적이고 실제적인 차원에서 독해의 단계를 찾으려 한 것, 이정숙의 연구와 같이 교사가 가진 독해 지식이 학생들에게 전달될 때

〈표 2〉 한문 독해에 관한 선행 연구

필 자	의의와 한계
장기성	독해력을 신장시킬 수 있는 방안으로 허자 및 문형 지도를 제시함.
	허사와 문형을 어떻게 지도해야 효과적인 것인지 구체적으로 분석되지 않음. 허사와 문형을 학습한 성과를 검증하는 방식이 과학적인 절차를 거치지 않음.
장동희	독해력 신장을 연구하기 위해 '실험 연구'라는 비교적 과학적인 연구 방법을 채택하여 연구를 진행함.
	연구 설계가 치밀하지 못하며, 허자를 보다 충실하게 가르쳤을 경우 한문의 독해력이 신장된다는 점은 굳이 실험하지 않아도 알 수 있는 내용임에도 실험을 통해 검증하려 함.
나광록	허사 및 문형 교육을 위한 수업 모형을 설계·적용함.
	구체적인 모형 적용 결과가 제시되지 않음.
송병렬	半飜譯의 성격을 갖는 현토 문장의 학습이 한문의 초보 학습에 있어 매우 유용한 점을 제시하고, 토의 문법적 성격을 분석함.
	현장에서 현토 교육을 어떻게 실행해야 하는지 소개하지 않음.
임명호	한문을 어느 정도 익힌 고등학생들이 어떻게 하면 한문 문장에 쉽게 접근할 수 있을까 하는 현장의 고민을 가지고 연구를 실행함.
	'끊어 읽기'는 허사만으로 파악할 수 있는 단순한 활동이 아님을 看過함.

어떤 변화 양상을 보이는지 살핀 것 등에서 연구의 의의를 찾을 수 있다.12)

　이에 따르면 한문과에 맞는 독해 전략을 찾을 필요가 있으며, 다양한 관점에서 한문과의 독해에 영향을 줄 수 있는 변인을 찾는 연구가 진행될 필요가 있다. 또한 일정한 단계를 거치면서 이루어지는 한문과의 독해에 대해 추상적이며 이론적으로 접근하기보다는 구체적이고 실제적으로 궁구할 필요가 있으며, 교육과정·교과서·교사·학습 자료 등의 각 요인에 대해 실제 수업 현상을 대상으로 분석할 필요가 있다.13)

　셋째, 국내의 교육학 분야에서 질적 연구 방법을 소개하거나 각

---

12) 선행 연구의 서지 사항은 각주 6번 참조.
13) 이상의 검토를 표로 제시하면 〈표 3〉과 같다.

〈표 3〉 국어과의 '읽기'에 관한 선행 연구

필　자	의의와 한계
박수자	전략 중심 읽기 지도 방안을 통해 학생이 글 이해 과제를 수행할 때 능동적으로 참여하여 학습할 수 있는 전략을 제시하고, 구체적인 교재 구성 방안을 마련함
	학생들이 실제 독해 활동을 할 때 어떤 과정을 거치고, 그 과정에서 어떤 전략을 활용하는지에 관한 분석이 미흡함
김도남	독자가 텍스트를 읽는 중에 '인식−해석−이해'의 단계를 거치면서 독자 내적 텍스트를 생산한다고 보고, 그 과정이 '상호텍스트성'을 바탕으로 한다는 점을 밝힘
	대부분 이론적으로만 설명될 뿐 실제 학습자의 읽기 과정을 직접 살펴보지 않음
이정숙	교육과정에 범주화된 쓰기 지식의 변환 과정을 쓰기 이론의 생성부터 교육과정에 이르는 변환을 의미하는 거시적 변환과 실제 교수·학습 상황 속에서 일어나는 변환을 의미하는 미시적 변환으로 나누어 살핌
	·

교과 영역에서 질적 연구 방법을 통해 발표된 연구가 있다. 김윤옥 등의 연구나 이용숙 등의 연구와 같이 질적 연구를 실행하기 위해 필요한 기초 과정을 단계별로 살핀 것, 김영천의 연구와 같이 질적 연구의 이론적 논의부터 질적 연구 글쓰기까지 기초적인 내용을 여러 자료를 통해 밝힌 것 등에서 연구의 의의를 찾을 수 있다. 또한 각 교과에서 진행된 다양한 연구가 있다. 곽영순의 연구와 같이 좋은 과학 수업에 대해 범주화하고 이를 통해 실제 수업을 분석한 것, 박종원의 연구와 같이 영어 교육 연구의 특성에 맞는 질적 연구의 필요성과 논문 평가 기준을 찾으려 한 것, 이혁규의 연구와 같이 질적 연구 방법을 통해 교육과정, 교과서, 교실 수업, 평가 등에 관한 사회과 교육 현상을 밝힌 것 등에서 연구의 의의를 찾을 수 있다.[14]

이와 같은 다양한 질적 연구 사례들은 모두 현장 지향의 연구들이다. 漢文科 敎育 分野에서도 현상을 정확히 바라보고, 가공되지 않은 본래의 자료를 이용하여 연구자 자신이 귀납적으로 자료를 분석하는 연구가 많이 이루어져야 한다.

넷째, 여타 교과 영역의 연구 성과 가운데 수업을 관찰·분석한 후 유의미한 의미를 찾은 연구가 있다. 이러한 연구는 수업을 주요 연구 대상으로 삼았다는 점에서 공통점을 찾을 수 있다. 즉 각 교과별로 조금씩 相異한 目的을 가지고 있긴 하지만, 해당 교과의 수업을 관찰하고 최대한 객관적으로 자세하게 기록한 뒤 면밀하게 분석한 점에서 공통점을 찾을 수 있다. 서근원이나 류현종의 연구와 같이 문화기술적 접근이나 예술비평적 접근 등으로 접근 방식을 달리

---

14) 선행 연구의 서지 사항은 각주 7번 참조.

하기도 하고, 권순희나 박재원이나 민윤의 연구와 같이 교수법이나 교수학적 변환 내지 교수내용지식의 발견 등으로 목표를 달리하기도 하고, 한지영이나 천호성이나 조재윤의 연구와 같이 수업 자체를 관찰하여 그 수업의 의미를 발견하려 하기도 한다.[15) 이처럼 다양한 스펙트럼을 가지지만, 공통적이면서 핵심적인 관심사는 '이해'와 '의미 발견'이다.

다섯째, 한문과 연구 성과 가운데 질적 연구 방법을 통해 진행된 것이 있다. 한문과의 연구 성과인 만큼 보다 자세히 검토하고자 한다.

먼저 초등학교 학생을 대상으로 漢字 正書力을 신장시킬 수 있는 방안을 찾은 연구가 있다(拙稿, 2005: 181∼224). 현장 교사의 문제의식에서 출발한 이 연구는 '미리 도형화된 한자 노트'를 고안, 이러한 노트에 한자를 쓸 경우 학생들의 한자 정서력이 어떻게 달라질 것인가를 분석한 연구이다. 이 연구는 "연구 문제 선정의 현장 지향성, 현상학적 접근 방법의 한 형태인 질적 연구 방법의 도입, 용어의 규정과 정확한 사용, 연구 방법 및 관찰·면담·검사·분석 과정의 과학성 등의 측면에서 한문교육학 연구방법론의 새로운 지평을 개척"(김왕규, 2006: 25∼266)한 점에서 의의가 있다.

다음으로 한시 교수·학습 모형을 중등학교 현장에 투입하여 모형의 적용 양상을 살핀 연구가 있다(김연수, 2006). 이 연구는 구성주의 이론을 바탕으로 학습자 중심의 漢詩 教授·學習 模型을 설계하고 실제 수업에 적용한 결과를 보고한 것이다. 認知的 徒弟 중심의 한시 교수·학습 모형에 대해 모형의 설계 과정에서부터 운용 후 고

---

15) 선행 연구의 서지 사항은 각주 8, 9번 참조.

려할 점에 이르기까지의 과정을 상세히 소개한 점, 학습자가 한시 번역과 해석 과정에 능동적이고 적극적으로 참여할 수 있는 모형을 구안하고 적용한 결과를 보여준 점에서 의의가 있다.

마지막으로 '思考口述'을 통해 학습자의 한문 독해 과정을 밝히고 자 한 연구가 있다(拙稿, 2007: 391~431). 이 연구는 한문 관련 학과 에 재학 중인 3명의 대학생에게 『小學』을 텍스트로 하여 주당 1회, 모두 6회에 걸쳐 사고구술 활동을 수행하게 한 후, 그 결과를 분석 한 것이다. 분석 결과 독해 과정에 영향을 주는 요인 중에 '기본적 언어 기능'의 비율이 59.49%로 가장 높았으며, 이를 통해 학습자는 제재에 나와 있는 사실적 정보를 처리하는 데 일차적인 노력을 기울 인다는 점을 알 수 있다. '사고구술' 방법을 통해 학습자의 독해 과 정 프로토콜을 분석한 이 연구는 "학습자의 반응 자료를 일차 자료 로 분석했다는 점에서 한문교육학 연구 방향에 일정한 시사점을 준 다."(김왕규, 2007)고 할 수 있다.

이처럼 다양한 교과에서의 연구 사례들은 모두 교실에서 일어나고 있 는 일들을 있는 그대로 연구하는 자연주의적 연구(naturalistic research) 이다. 자연주의적 연구에서 비교적 많이 활용되는 방법이 觀察 研究 이다.16) 관찰 연구는 연구자가 실제 수업에 들어가 교사와 학습자들 의 상호작용을 관찰하고 해석하는 것이다.(김경주, 2004: 3) 漢文科 敎育에 관해 지금까지 많은 연구가 있어 왔지만, 위의 연구들처럼 현장에서 한문 수업이 어떻게 이루어지고 있으며, 각 교수·학습 활 동을 어떤 방식으로 전개시켜 나가는지를 보여주고 그 의미를 밝히

---

16) Norman K. Denzin, & Yvonna S. Lincoln, *The SAGE handbook of Qualitative Research*, third edition, California: Sage Publications, 2005, p.3.

는 연구는 많지 않다. 교과 연구자들의 활발한 연구가 필요한 분야이다.

이상과 같이 선행 연구 성과를 분석한 결과, 한문과 교육을 논의하기 위한 실제적인 정보나 자료를 축적할 수 있는 연구가 필요하며, 특히 현장에서 실시되는 한문 수업의 실제에 대한 연구가 필요하다. 한문과에서 가장 기본적인 요소인 독해와 관련해서는 일정한 단계를 거치면서 이루어지는 독해에 대해 추상적이며 이론적으로 접근하기보다는 구체적이고 실제적으로 궁구할 필요가 있으며, 교육과정·교과서·교사·학습 자료 등의 각 요인에 대한 분석 또한 실제 수업 현상을 대상으로 할 필요가 있다. 또한 다양한 관점에서 한문과의 독해에 영향을 줄 수 있는 변인을 찾는 연구가 진행될 필요가 있다.

이와 같은 연구의 필요성에 기반을 둔 본 연구는 中·高等學校 漢文科 授業을 관찰하고, 각 수업에서 讀解 活動과 관련된 양상을 분석하는 것을 목적으로 한다. 이를 통해 漢文科 授業과 관련된 실제적인 정보를 수집할 수 있다. 또한 이 연구는 분석한 결과를 통해 교사가 가진 교과 지식이 가르치기 위한 지식으로 변환되면서 나타나는 독해 교수학적 내용 지식을 찾아내는 것을 목적으로 한다. 이를 통해 한문과의 독자적 영역이나 특수한 성격을 논의하기 위한 기초 자료를 수집할 수 있다. 이러한 목적을 위해 다음과 같은 순서로 연구를 진행한다.

첫째, 연구자는 중학교와 고등학교에 근무하는 한문 교사의 수업을 관찰하고, 관찰한 것을 있는 그대로 기술하여 그 속에서 여러 가지 유의미한 특징을 찾고자 한다. 특히 수업에 사용된 교재와 수업을 통해 드러난 독해 활동을 분석한다.

둘째, 교재와 독해 활동 분석을 토대로, 현재 한문과 교육이 어떤 방식으로 이루어지는지를 밝히고자 한다. 특히 학습자의 한문 독해 능력을 신장시키기 위해 필요한 독해 교수학적 내용 지식을 제시한다.

수업 관찰을 바탕으로 한 이 연구는 교사와 학생의 소통 장소인 교실에서 이루어지는 한문과 수업에 관한 자료를 제공한다. 이러한 자료를 통해 한문과 교육에 관한 연구의 밑바탕이 되는 한문과 수업의 실제에 대한 관심이 높아지길 기대한다. 또한 "한문학의 지식 체계가 교육과정상의 내용 및 활동으로 변용되는 다층적이고 다차원적인 과정에 작용하는 요인을 이론적으로 구명하고 체계화시키는"(김왕규 외, 2006: 261) 과제를 풀어나가는 데 있어서도 一助할 수 있으리라 기대한다.

◘ 2. 연구 문제 및 제한점

중학교와 인문계 고등학교의 한문 수업을 관찰하여 독해 활동의 특징적 양상을 밝히고, 한문 교사의 수업에 드러난 독해 교수학적 내용 지식을 찾아내기 위한 본 연구의 연구 문제는 다음과 같다.

첫째, 중·고등학교 한문과 수업에서 독해의 특징적 양상은 어떠한가?

위의 연구 문제를 해결하기 위해 연구대상인 수업에서 학습할 교재를 분석하고, 교실 환경·교사의 교수 활동·학생의 학습 활동 등을 관찰하여 기록하되 수업의 도입·전개·정리 단계에 따라 교사의 교수 활동에 초점을 맞춰 분석한다.

둘째, 한문 독해 능력을 신장시키기 위해 필요한 독해 교수학적 내용 지식은 무엇인가?

위의 연구 문제를 해결하기 위해 교사의 교수 활동 가운데 독해와 관련된 의미 있는 특징을 발견하고, 이를 통해 한문 독해 교수학적 내용 지식을 찾는다.

위의 두 가지 연구 문제는 연구자가 중등학교 현장에서 학생들을 가르치면서 가졌던 고민－한문과에서 가르쳐야 할 내용은 무엇이고 어떻게 가르쳐야 하는가－에서 시작된 문제이다. 수업이 이루어지는 교실 현장을 있는 그대로 드러낸 이 연구는 위와 같은 고민을 해결하는 실마리가 될 것이다.

본 연구가 갖는 한계는 보다 많은 교사의 수업을 대상으로 하지 못했다는 점과 수업을 관찰한 기간이 짧았다는 점이다. 자신의 수업을 타인에게 공개한다는 것은 큰 용기를 필요로 하기에 많은 교사의 수업을 관찰하지 못했고, 마찬가지 이유로 한 학년 또는 한 학기의 수업 전체를 관찰하지 못하고 일부 단원에 그쳤다.

또한 본 연구는 한문과 수업 중 교사의 교수 활동을 중점적으로 분석했기 때문에 학생과 기타 교수·학습의 변인을 함께 제시하지 않았고, 한문과 수업 중 독해에 관련하여 의미 있는 장면만을 포착하였기 때문에 수업의 모든 국면을 다 언급하지 않은 한계를 가진다. 향후 후속 연구를 통해 교사의 교수 활동 못지않게 학생의 학습 활동 또한 중요하게 다뤄져야 할 것이며, 독해 외의 분야에 관한 수업 관찰 연구를 진행해야 할 것이다.

본 연구는 질적 연구 절차를 따르기에, 檢證과 豫測을 목적으로 하는 양적 연구와 달리 실제 수업 자체를 해석하여 理解하고 의미를 發見하고자 한다.17) 따라서 연구 결과를 통해 효과를 검증하거나 대안을 모색하진 않는다. 이 연구는 한문과 수업을 있는 그대로 기술하여 授業의 脈絡을 파악하고 授業의 裏面에 담긴 의미를 발견하는 것을 研究 結果로 삼는다.

---

17) Sharan B. merriam, *Case Study Research in Education—A Qualitative Approach*(San Francisco: Jossey—Bass Publishers, 1988), p.7. "The interest is in process rather than outcomes, in context rather than a specific variable, in discovery rather than confirmation."

II 理論的 背景 및 用語의 定義

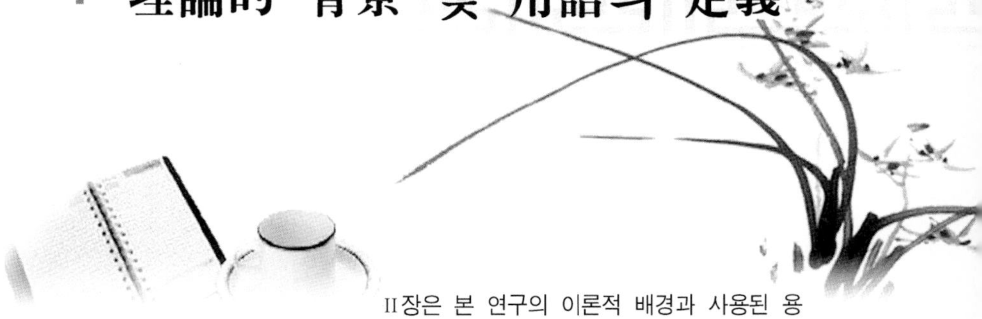

II장은 본 연구의 이론적 배경과 사용된 용어에 대해 고찰했다.

'질적 연구'는 행위자의 사회적 행위가 일어나는 곳에서 그 행동이 갖는 의미를 탐색하는 연구로, 연구의 목적이 '意味 發見'과 '理解'에 있다.

'수업 관찰 및 분석'은 교실의 수업을 직접 보고, 이를 기초로 관찰자가 알게 된 것을 타인들도 알 수 있도록 기록하고 해석하는 것이다.

'한문 독해'는 '독자가 한문을 읽어서 뜻을 이해하는 과정'을 가리킨다.

'교수학적 내용 지식(Pedagogical Content Knowledge)'은 '교사가 가르쳐야 하는 특정한 내용을 학생들이 잘 이해할 수 있도록 가르치는 것에 대한 지식'을 의미한다.

II. 理論的 背景 및 用語의 定義

■ 1. 질적 연구의 개념과 본 연구에의 적용

  현재의 상태를 있는 그대로 관찰하고, 관찰한 것을 자료로 연구자가 분석을 시도하는 방법을 '現象學的 接近方法'이라고 한다. 현상학적 접근방법을 사용하는 교육 연구는 '質的 研究'의 형태를 지니게 된다. 질적 연구는 행위자의 사회적 행동이 갖는 卽時的이고 局部的인 의미를 그 행위가 일어나는 곳에서 탐색을 하는 연구를 의미한다. 본 연구는 중등학교 한문과 수업을 관찰하고 독해와 관련된 교수 활동을 분석하는 것을 목적으로 한다. 수업 상황의 정확한 관찰과 분석을 위하여 질적 연구 방법을 통해 연구를 진행한다.

  質的 研究 方法은 미국의 교육학·교육과정 연구 분야에서 대표적인 연구방법론으로 성장하여 현재 활발하게 사용되고 있다. 우리나라의 경우에도 1980년대를 전후하여 교육과정 연구 분야에서 질적 연구 방법이 소개되었고, 1990년 이후로 敎育學과 敎育課程 연구 분야에서

질적 연구에 대한 적용과 이론화가 심화되었다(김영천, 2001: 9).

질적 연구 방법은 인간 행동의 주관적인 관점을 강조하는 現象學에 주된 이론적 토대를 두지만 그 외에도 해석학, 사회학 등 다양한 철학적 관점에 토대를 둔다. 따라서 질적 연구의 개념은 다양하게 정의될 수 있다. 대부분의 질적 연구자들은 질적 연구 방법을 문화를 심층적으로 기술하는 연구 방법이라고 정의하는 데 동의한다(김윤옥 외, 1996: 7).

이 연구가 질적 연구 방법을 통해 이루어졌다는 사실은 아래의 특징에서 잘 드러난다. 김영천이 제시한 열세 가지 특징을 간략하게 제시하고 이 연구에 이러한 특징을 적용시킨다. 이를 통해 한문과 수업을 연구 대상으로 하는 본 연구의 연구 방법이 어떤 점에서 질적 연구 방법에 해당되는지 검토하겠다.[18)]

1) 내부자적 관점의 포착

질적 연구의 첫 번째 특징은 특정한 생활 세계의 참여자가 가지고 있는 그들의 시각을 기술하고 이해하는 것이다.

본 연구의 참여자는 고등학교에서 漢文 과목을 가르치고 있는 교사 1명과 중학교에서 漢文 과목을 가르치고 있는 교사 1명이다. 본 연구는 두 명의 교사의 수업을 있는 그대로 기술한 것을 대상으로 분석할 뿐, 연구자가 미리 정한 교수·학습 방법이나 가설을 연구

---

18) 이것은 김영천의 『질적연구방법론1』(문음사, 2006) 115~130면의 내용을 援用하여 본서의 연구 방법을 검토한 것이다.

참여자의 수업에 적용하지 않는다. 왜냐하면 본 연구의 목적은 수업 교사가 자신의 교과를 어떻게 이해하여 어떤 방식으로 수업하는지에 관심을 두고 기술하는 것이기 때문이다.

2) 특정 사례 연구

대규모의 표집을 연구 대상으로 하여 일반화를 목적으로 삼는 양적 연구와 달리, 질적 연구는 연구자가 관심을 두고 있는 특정한 사례나 사건에 대해 심층적으로 연구한다.[19)]

본 연구의 관찰 대상은 고등학교 한 학급에서의 수업과 중학교 한 학급에서의 수업이다. 또한 학생의 학습 활동에 초점을 맞추기보다 교사의 교수 활동에 초점을 맞춘다. 특히 한문 교사의 여러 가지 활동 가운데 수업에서 드러난 독해 활동에 보다 주목하므로 연구 범위가 특정 범위에 국한된다.

3) 목적 표집

질적 연구는 양적 연구처럼 연구 대상을 無作爲로 추출하는 것이 아니다. 오히려 정반대로, 연구자가 연구하려고 하는 문제를 최대한 밝힐 수 있는 대상을 目的 標集으로 선정한다.

---

19) Sharan B. merriam, Op. cit., p.7.

본 연구의 목적은 중등학교 한문 수업에서의 독해 활동을 분석하는 것이다. 따라서 독해 활동을 위주로 진행되는 수업 사례를 찾아서 연구하되, 동일한 교수법보다는 서로 다른 교수법을 활용하는 수업을 찾으려 했다. 그래서 고등학교 한문 수업은 교사들이 일반적으로 많이 활용하는 설명 위주의 수업, 일명 '白墨 授業'을 목적 표집하고, 중학교 한문 수업은 학생의 능동적인 참여를 위주로 하는 '協同 學習' 형태의 수업을 목적 표집한다.

4) 현장 작업

이 특징은 양적 연구와 질적 연구를 극명하게 구분하게 한다. 양적 연구의 경우 현장에 거의 들어갈 필요가 없거나, 질문지 작성이나 기초 자료 수집을 위해 보조적으로 연구 현장에 잠시 방문한다. 하지만 질적 연구의 경우 연구자가 현장에 오래 머물거나 지속적으로 참여 관찰하면서 실제 상황을 연구한다.

본 연구 또한 선행 연구 검토를 위한 문헌 조사나 면담자료의 분석을 제외하면 '책상 작업'이 아니라 '현장 작업'이 주가 된다. 2006년 8월 말에 관찰 대상인 학교를 방문하기 시작하여 12월 초까지 지속적으로 현장을 방문해서 자료를 수집하였다.

5) 장기간의 관찰

연구자는 진실한 자료를 얻기 위해 연구 현장 속에서 연구자들과 생활하거나 대화하면서 오랫동안 그들을 관찰할 필요가 있다. 교육학 분야에서 질적 연구를 하는 경우, 약 3개월 동안의 관찰을 해야만 논문을 제출할 수 있는 자격이 주어진다고 한다. 그러나 이 기준은 연구의 주제나 목적에 따라 流動的이다. 예를 들어 한 교실 내에서의 대화를 분석하는 연구의 경우 꼭 3개월이 아니라 그보다 짧은 기간만 관찰해도 무방하다. 특히 이와 같은 연구는 대개 녹화된 비디오테이프를 중심으로 분석하기 때문에 현장에 대한 장기적인 관찰이 다른 연구들에 비해 강조되진 않는다. '장기적인 관찰'이라는 질적 연구의 특징은 질적 자료의 신뢰도에 상당한 기여를 할 뿐만 아니라, 연구자로 하여금 양적 연구자가 경험할 수 없는 다양한 형태의 문제들과 갈등들을 경험하게 만든다.

본 연구는 한문 수업의 독해 과정을 분석하기 위해 2006년 9월부터 12월 초까지 현장에 직접 방문하여 수업을 녹화하거나, 연구 참여자인 교사가 녹화하는 방식으로 연구를 진행한다.

6) 유연한 연구 설계

양적 연구는 연구 시작 이전에 연구 설계를 완벽하게 결정한다. 이와 달리 질적 연구는 연구 계획서를 작성하는 단계에서나 연구 계획서를 발표하는 단계, 그리고 실제적으로 연구를 실행하는 과정에서 연구자가 상황에 맞게 의사 결정을 해가며 연구를 진행한다. '유연한 연구 설계'는 이러한 질적 연구의 특징을 가리킨다.

본 연구 또한 연구 계획 단계에서는 한문과의 독해 수업 분석을 위해 專門系 高等學校까지 연구 범위를 잡았지만, 연구가 진행될수록 전문계 고등학교의 한문 수업에서 독해 활동을 찾는 것이 쉽지 않아 연구 범위에서 제외했다. 이처럼 질적 연구에서의 연구 설계는 非豫測的이고 非固着的이므로 상황에 맞게 변경할 수 있어야 한다.

7) 자료 수집과 자료 분석의 순환성

이 특징은 자료 수집 단계와 자료 분석 단계가 一直線上으로 전후 관계에 있는 것이 아니라, 수집과 분석이 사이클을 이루면서 진행된다는 것을 뜻한다. 이러한 순환성은 자료를 수집한 뒤, 현장과 떨어져서 자료 분석에 착수하는 양적 연구엔 허용되지 않는 것이 일반적이다. 이러한 특징은 본 연구에도 마찬가지로 적용된다.

양적 연구 가운데 조사 연구(survey research) 방식을 취한 한 연구를 살펴보면(백광호, 2006: 535~538), 현장에 투입된 조사지가 취합되어야 분석을 시작할 수 있고, 분석이 일단 완료되면 미진한 사항이 발견되었다는 이유로 조사지를 재투입하는 것은 매우 어려운 작업임을 알 수 있다. 반면 본 연구에서는 학교에 방문할 때마다 작성된 현장 일지(field note)나 면담 녹취 자료를 가급적 당일에 분석하고, 다음 방문 때 분석 결과를 참고한다. 이처럼 질적 연구에서 자료 수집은 자료 분석 단계와 항상 맞물려 진행된다.

8) 연구자와 연구대상 간의 친밀도

대부분의 질적 연구는 내부자의 시각으로 그들의 생각을 이해해야 하는데, 이때 연구 참여자와의 심리적 공감대 형성은 연구 수행에 무엇보다 필요한 요소이다. 질적 연구를 실행하려는 연구자는 양적 연구에서처럼 전지전능한 존재로서 연구 참여자에 군림하는 이미지를 가져선 안 된다. 오히려 그들과 함께 감정을 공유하고 그들의 이야기를 기꺼이 들으려고 기다리는 사람, 또는 자신을 이해하고 도와주는 사람의 이미지를 가져야 된다. 이러한 이유 때문에 연구자가 연구 참여자에게 얼마나 가깝게 다가가며 어떤 인간관계(relationship)를 형성하느냐의 문제는 성공적인 연구를 위해 중요한 역할을 하며, 자료 수집의 양과 깊이에 있어 결정적인 작용을 한다.

본 연구에 참여한 두 명의 교사는 연구자가 활동하는 교과 모임에서 오랫동안 함께 활동한 교사들로, 연구자와 연구 참여자 간에 인간적인 친밀감이 형성되었다고 할 수 있다. 연구 참가자 중 한 명은 십여 년 전에 연구자가 교과 모임에 처음 참석했던 날, 연구자가 낯설어 하지 않도록 친절하게 대해 준 교사이다. 나머지 한 명은 연구자가 교과 모임에 참석하기 시작하던 시기의 모임 대표로, 회원 각자의 수업에 대한 고민과 어려움을 경청하고 함께 해결점을 찾고자 노력하던 교사이다.

9) 점진적 주관성

'점진적 주관성'은 연구가 진행되면서 초기에 설정된 연구문제가 어떻게 변했으며, 현장에 대한 이해가 어느 정도 깊어졌는가를 연구자가 반성하는 작업이다. 질적 연구의 목적은 익숙하지 않은 현상에 대한 이해, 연구 참여자의 생활 세계에 대한 이해라고 할 수 있다. 연구자는 이러한 이해를 위해 현장 연구가 진행되면서 자신이 가정하였던 연구 현상 또는 연구 문제들이 어떻게 변화·발달하고 세분화되는지를 반성하는 과정을 가져야만 한다. 이러한 작업의 기록은 연구자가 그만큼 현장에 가깝게 다가갔으며 현장과의 遭遇를 통해 보다 적절하면서도 경험에 기초한 연구 주제나 연구 현상을 포착했음을 보여주는 매우 효과적인 판단 자료가 된다.

본 연구 주제 또한 분석이 마무리되는 시점에 이르렀을 때, 연구 초기에 만들어 놓은 연구 주제에서 보다 의미 있고 세분화된 주제로 변화될 가능성이 전혀 없는 것은 아니다. 질적 연구자는 연구가 끝날 때까지 연구에 대한 자신의 생각과 감정, 판단, 그리고 가치들이 어떻게 변화되고 확산되고 세련되는지 주의를 기울여야 하며, 이러한 노력을 통해 의미 있는 탐구 주제나 연구 문제의 究明으로까지 나아갈 수 있다.

10) 서술적 형태의 자료 변환

이 특징은 질적 연구를 '질적'으로 만드는 특징 중의 하나로, 연구자가 수집한 연구 자료나 연구 결과를 숫자가 아닌 서술적인 형식의 표현 체계로서 나타내는 것을 뜻한다. 이는 인간의 경험과 생활 세계에 대한 이해를 드러내고 전달하기 위해서는 인간의 경험을 減換시켜 버리는 숫자론 부족하다는 판단에서 비롯된 것이다. 연구자가 旣 硏究한 두 연구물(백광호, 2005: 181~224; 백광호, 2006: 529~556)을 비교해 보면 이 차이가 보다 잘 드러난다.

〈표 4〉 양적 연구의 결과 표현

강북 지역 학생의 자격증 유무에 따른 독해력 검사 비교

항 목 자격증 유무	N	M	SD
유	35	21.29	4.12
무	35	18.97	3.75

P =.016

위 표에서 보는 바와 같이 江北 地域 학생을 대상으로 실시한 독해력 검사에서 자격증을 가지지 않은 집단의 평균값(M)은 18.97로 자격증을 가진 집단의 평균값 21.29보다 낮게 나타났고, 검사 결과 두 집단 간에 드러난 차이는 통계적으로 유의한 차이를 보인다. 이것은 곧 資格證 有無에 따라 讀解力 檢查結果에 差異가 있다고 解釋할 수 있다.

〈표 5〉 질적 연구의 결과 표현

8 2004. 12. 18.(토)

(R) 지금까지 두 달 정도 공부했는데, 써 보니까 어떠했는지 한번 말해볼까요? 먼저 쓰는 중에 어려움은 없었어요?

(S2) 있었죠. 너무 많아요. 그날그날 써야 될 한자 가운데 어려운 뜻의 한자가 있으면, 따라 쓸 때 조금 힘들었어요.

(R) 그랬구나. 그러면 한 사람씩 돌아가면서 이야기해보자.

(S1) 저는 어려운 점은 그다지 없었던 거 같아요. 쉬운 한자들 있잖아요, 어려운 한자보다 쉬운 한자가 칸에 맞춰 쓰기가 어려웠어요.

(S4) 무슨 뜻인지 나오지 않아서, 쓸 때 한자를 모르는 점이 어려웠어요.

(R) 아, 그렇구나.

(S3) 한 칸으로 쓰면 더 쉬울 줄 알고 한 칸 쓰는 노트를 정했는데, 훨씬 힘들 었어요.

(R) 네 칸으로 쓰는 친구들보다 더 힘들었던 거 같다고? 이유는 뭘까?

(S3) 칸이 작으니까 복잡한 한자를 쓸 때 그 칸 안에 맞춰서 쓰는 게 힘들었구요, 모양을 알려주는 선이 없어서 모양을 그대로 그리기가 힘들었어요.

연구자는 연구를 시작하기 전에 '한자 쓰기 과정'에 관해 한자는 점과 획이 많고 복잡할수록 모양을 갖추어 쓰기가 힘들 것이고, 한자를 쓸 때 음과 훈을 알고 쓰는 것과 알지 못하고 쓰는 것의 차이는 없을 것이라고 예측했다. 그래서 칸의 크기가 큰 노트를 고안했고, 학생들이 써 나갈 한자 목록에 한자의 음만 제공을 했다. 그러나 실제 학생들의 한자 쓰기 과정을 관찰해 본 결과, 이런 예상과는 다소 차이가 있었다.

위의 면담 내용에서 칸의 크기가 큰 노트에 한자를 썼던 S1의 대답에 보면 한자의 점과 획이 많고 복잡한 어려운 한자보다 오히려 쉬운 한자가 칸에 맞춰 쓰기가 어려웠다고 대답하고 있다. 이런 결과는 칸이 클 경우 한자의 점과 획이 적을수록 글자의 중심이나 균형을 맞추기가 어려웠다는 것으로 분석할 수 있다. 또 칸의 크기가 큰 노트에 한자를 썼던 S4의 대답에 보면 한자의 뜻을 모르고 한자를 쓸 경우 모양을 맞춰서 쓰는 것과는 상관이 없지만 한자를 외우면서 쓰는 것에는 어려운 면이 있었다는 것으로 분석할 수 있다.

연구자는 여기서 '학생들은 한자를 쓰는 과정에서 어떤 어려움이 있을지'라는 문제에 대해 두 가지 해답을 얻을 수 있었다. 첫째는 점과 획이 간단한 한자일수록 학생에게 그 글자의 모양에 대해 분명하게 설명해주어야 한다는 점이고, 둘째는 한자를 가르칠 때 한자의 모양만을 익히는 것에 중점을 두더라도 모양뿐만 아니라 뜻과 음까지 함께 익히도록 지도해야 한다는 것이다.

〈표 4〉는 양적 연구 방법을 통해 진행한 연구의 결과인데, 숫자로 제시된다. 〈표 5〉는 질적 연구 방법을 통해 진행한 연구의 결과인데, 현장에서 연구 참가자들과 나눈 인터뷰 내용을 기록하고, 인터뷰 기록을 통해 연구 결과를 제시한다. 이때의 결과는 '서술적인 글쓰기(descriptive language)'를 통해 제시된다.

질적 연구 방법을 적용한 논문과 보고서는 양적 연구의 결과처럼 숫자로 표현되지 않는다. 질적 연구는 연구 참여자의 대화가 그대로 인용되거나 행동이 그대로 진술되며, 여러 가지 문학적인 장치를 통해 原 資料(raw data)를 재구성하는 방식이 사용된다. 이는 인간의 경험과 생활 세계를 보다 명확하게 드러내기 위한 노력의 일환이라고 볼 수 있다.

11) 투명성

질적 연구는 그 자리에 없지만 그 자리에 있는 듯이 현상을 기술하는 글쓰기, 글을 읽으면서 이러한 현상이 그럴 수도 있다고 생각하도록 유도할 수 있는 설득적 글쓰기, 가 본 적은 없지만 연구 참여자들이 왜 그렇게 행동하는지를 유추하고 공감하게 만들 수 있는 텍스트의 구성 작업이 필요하다. '투명성'은 이처럼 독자가 읽고 공감할 수 있을 정도로 연구 현장의 세계를 자세하게 기술하였느냐를 뜻한다.

변인들 간의 효과를 검증하는 양적 연구에서는 연구에서 제시한 가설이 수용되는지 거부되는지만 밝히면 충분하다. 그렇기 때문에 연구 현장에서 무슨 일이 어떻게 일어났는지를 자세히 기술하는 것은 부적절하며, 오히려 연구의 결과를 요약적으로 제시하는 데 걸림돌이 된다고 여긴다. 그러나 질적 연구는 생활 세계에 대한 심층적인 기술과 표현이 무엇보다 중요한 연구 과정이며 연구 결과이다. 본 연구에서도 〈표 6〉과 같이 연구 현장을 있는 그대로 드러내도록 글을 쓰고자 한다.

〈표 6〉 고등학교 한문과 수업 장면

#3. 해석을 위한 축자 풀이(2006. 10. 20. 금요일 7교시)
교: 황아국인이 생장본국하여 거선산지척인데 이불견진면목이 가호아? 문장이 길 때는 글자 하나하나를 잘 분석해야 합니다. 자, 먼저 이 긴 문장에서 전체적으로 보면, '황'이 나오죠. '황'은 하물며죠. 호응하는 것은 문장 끝의 '호'. 하물며~~이겠는가? 이런 뜻이에요. 그 다음에 '아국인' 하면 뭐예요? 우리나라 사람. 그 다음 '생장'이란 말은 날 생이고. 길 장 말고 뭐 있지? 식물이 생장하잖아 뭐야?

〈중 략〉

교: 수업 때 선생님이 해석하는 과정을 잘 봐야 돼, 이 과정을 놓치면 어떻게 돼? 해석을 외우려고 듭니다. 해석은 외우려고 하면 안 돼. 외워지는 게 아니고. 해석하여 나가는 과정을 여러분들이 배워야 돼. 그래야 저절로 외워지지. 외우는 게 아니야.
교: (글자 한 글자 한 글자를 손가락으로 가리킨다.) 하물며 본국에 태어나 자라서 신선에 사는 산을 가까운 거리에 두어서 참모습을 보지 못하는 것이 옳은 일이겠는가? 반어법이죠? 앞의 것과 연결해서 보죠.

문장의 해석을 위해 교사가 취한 방법은 '축자 풀이'이다. 수업 과정에서 교사가 문장의 풀이를 할 때 학생들로 하여금 고개를 들어 칠판을 주목할 것을 특히 요구하고 있다. "칠판을 보지 않아서 풀이하는 과정을 놓칠 경우, 풀이 자체를 외우려고 하기 때문"이다. 그래서 문장의 풀이는 외우는 것이 아니라 풀이하는 과정을 익혀서 풀이하는 방법 자체를 배워야 함을 강조하고 있다. 이 방법을 통해 문장을 읽으며 익히다 보면 저절로 풀이가 되고 문장이 익혀지는 것이지, 따로 외우는 게 아니라는 점을 말하고 있다. 교사는 이러한 점을 강조하기 위해 지시봉이나 손가락으로 글자 한 글자씩 짚어가며 풀이하는 방법을 취하거나 풀이 순서를 글자 아래에 ①, ②, ③, ④, ⑤ 등으로 표시하는 방법을 취하고 있다.

12) 연구 도구로서 연구자

면담, 관찰, 분석 등을 통해 이루어지는 질적 연구 방법에서 연구자는 그 자신이 가장 훌륭한 연구 도구이다.[20] 연구 도구로서 연구자는 첫째, 연구자가 직접 현장에 들어가 필요한 자료를 수집한다는 점, 둘째, 자료 분석의 과정에서 연구자의 직접적인 개입이 강조된다는 점에서 양적 연구의 연구자와 다르다. 질적 연구 방법을 택한 연구자는 수집된 자료들을 읽고, 이해하고, 그 의미를 추론해 가면서 새로운 주제와 숨겨진 의미를 찾으려고 노력해야 한다. 이를 위해 인간이 가진 다양한 탐구의 기술을 부단히 훈련해야 한다. 즉 연구 도구로서의 연구자의 위치를 인정하고 질적 연구를 위한 훈련을 해야 한다.[21]

본 연구의 연구자도 연구 계획서를 준비하는 단계에서부터 관찰 대상인 수업을 보는 훈련이 필요하다는 것을 절실히 느꼈다. 그래서 훈련을 받을 수 있는 적절한 방법을 모색했고, 수업을 보는 방법을 함께 익힐 수 있는 모임을 찾았다. 연구자는 학위논문을 위한 수업 관찰을 완료한 현재까지도 그 모임에서 여러 교사들과 함께 수업 이

---

20) Sharan B. merriam, Op. cit., p.3. "Humans are best−suited for this task and best when using methods that make use of human sensibilities such as interviewing, observing, and analyzing."

21) Norman K. Denzin, & Yvonna S. Lincoln, *The SAGE handbook of Qualitative Research*, third edition, California: Sage Publications, 2005, p.3. "Qualitative research involves an interpretive, naturalistic approach to the world. This means that qualitative researchers study things in their natural settings, attempting to make sense of, or interpret, phenomena in terms of the meanings people bring to them."

해를 위한 공부를 함께 하고 있다.

13) 반성적 연구 활동

반성적 연구 활동은 연구자가 질적 연구를 하면서 가진 여러 가지 인간적인 제약들과 특징들이 연구의 전체 과정에 어떻게 영향을 주었는지 해체적으로 분석하고 기술하고 노출시키는 작업을 말한다. 이러한 특징은 기존의 실증주의 연구 패러다임에서 강조하는 神적인 존재로서의 연구자의 이미지에서 벗어나, 연구란 '불완전한 한 인간의 과학 행위'라는 전제를 받아들이고자 한 것이다. 완전히 객관적이지 못한 연구를 '객관적인 연구'라고 기록하여 미화시키기보다는, 연구가 어떤 제한점과 문제점을 가지는지 밝히고 특정한 한 개인 연구자의 주관성을 간직한 작업이었음을 독자에게 과감하게 드러내는 것이 어떤 의미에서는 더욱 과학적이고 객관적인 연구라는 주장에 근거한다.

以上으로 본 연구에서 택한 연구 방법의 특징과 본 연구에의 適用態를 대략적으로 소개하였다. 質的 研究 方法은 연구의 목적이 '測定'보다는 '理解'에 있으며, 객관화하기보다는 相互主觀性 자체를 드러내는 연구에 적절하다. 양적인 자료에 의존한 연구가 기계적이라는 비판이 제기되면서 등장한 방법이 질적 연구 방법이지만, 이두 연구 방법이 완전히 異質的인 것만은 아니다. 연구 목적, 연구 상황 및 자료의 특성에 따라 적절한 연구 방법을 선택하면 될 것이

다. 다양한 학문이 존재하듯이 학문마다 독특한 연구 방법이 존재할 수 있음을 인정할 필요가 있다.22)

한문교육의 활성화를 위해서는 한문학의 내용을 교육학적으로 재해석하고, 한문교육의 내용 요소로 체계화하고, 교수·학습 방법을 연구해야 한다(이명학, 2004: 9). 이를 위해서 다양한 교수·학습 이론과 양적 연구 및 질적 연구를 바탕으로 한 연구방법론을 도입·적용하고, 한문과에 있어서 필수 학습 요소를 개발하며, 새로운 수업 모형과 교수·학습 과정안의 개발이 필요하다. 이러한 연구 성과를 축적하여야 한문과의 교과 교육학적 기반을 단단히 다질 수 있다.

◨ 2. 수업 관찰과 분석

교실 수업이야말로 학교에서 시행하는 여러 가지 활동 가운데 매우 중요한 활동임은 누구도 부인할 수 없을 것이다. 이러한 중요성을 감안하면, 수업에 관한 연구가 매우 활발하게 이루어져야 한다.

---

22) 성태제·시기자, 앞의 책, 2006, 38면.
　　"질적 연구를 추종하는 일련의 학자들이 양적 연구는 '수의 놀음'이라고 비난하고, 양적 연구를 추종하는 일련의 학자들이 질적 연구는 '일기'나 '소설'이라고 비난하는 일은 없어져야 한다. 물론 타당하지 않은 양적 연구는 자료를 가지고 연구 결과를 誤導하는 수의 놀음일 것이요, 과학적인 절차를 거치지 않은 질적 연구는 小說에 불과한 것임을 잊어서는 안 되겠다."

우리나라의 교실 수업 연구 현황은 어떠한가? 앞의 선행 연구 분석에서 알 수 있듯이, 타 교과뿐만 아니라 한문 교과의 연구 현황만 보더라도 수업과 관련된 연구 성과가 많다고 이야기하기 힘들다. 그 이유는 뭘까? 이혁규는 수업 연구가 활발하게 이루어져야 함을 이야기하면서, 수업 연구가 활성화되지 못한 이유에 대해 "교실 수업 연구가 어렵기 때문"이라고 조심스럽게 진단하고 있다.[23]

수업 연구의 출발은 수업을 면밀하게 관찰하는 것이다. 교실 수업을 능숙하게 관찰하기 위한 훈련은 자신이나 동료 교사의 수업을 개선하여 교수의 질을 높이는 데 크게 기여할 수 있다. 사실 교사들은 근무하는 학교나 수업 공개를 하는 외부 학교에서 다양한 형태의 수업 참관을 경험한다. 그러나 참관 후 그 경험을 나누는 일은 여전히 모호하고 형식적인 것이 사실이다. 교실 수업 관찰을 자주 경험함에도 불구하고, 이에 대해 잘 알지 못하기 때문에 모호하고 형식적으로 이루어지는 것은 아닐까? 이런 점에서 본 연구의 이해를 돕기 위

---

23) 이혁규, 「사회과 교실수업 연구의 동향과 과제」, 『사회과학교육연구』 제4호(한국교원대학교 사회과학교육연구소, 2001), 1~2면. 이혁규는 이 논문에서 "교실 공간의 중요성을 감안할 때 우리나라에서 교실 수업에 대한 연구가 활발하게 이루어지지 않은 것은 기이한 현상이라고 할 수 있다. 한국의 연구자들은 교육 문제에 대해 연역적이고 처방적인 글쓰기를 좋아한다. 반면에 현실에 대한 심층적 관찰, 이해, 숙고를 통한 귀납적 진단은 드물다. 그 결과 교육 연구와 교육 현장은 서로 분리되어 겉돈다. 많은 연구자들은 서구의 최신 이론에는 輸入商의 촉각을 곤두세우면서도 한국의 교실에서 벌어지는 사소한 일상성에는 별 관심이 없다. 수업 연구는 뻔하고 사소해 보이며 연구 대상으로서 갖는 신비감이 희소하다. 정작 교실수업 연구가 활성화되지 못하는 진짜 이유는 교실수업 연구가 어렵기 때문인지도 모른다."고 하여, 교실 수업 연구의 어려움을 적확하게 밝히고 있다.

해 몇몇 용어에 대해 대략적으로 검토할 것이다.

수업을 관찰하고 분석하는 목적은 무엇일까? 수업을 이해하기 위해서이다. 수업을 이해하기 위해서는 '수업'이 무엇인가를 먼저 알아야 하고, '이해한다'는 것이 어떠한 것인가를 알아야 한다. 좀 더 자세히 말하면, 먼저 수업을 어떻게 정의할 것인지 알아야 하고, 다음으로 수업에서 무엇을 보고 어떻게 기술할 것인지 알아야 하고, 마지막으로 어떻게 하는 것이 이해하는 것인지 알아야 할 것이다.

첫째, 授業이란 무엇인가? 여기서의 수업은 教室 授業을 의미한다. '교실'과 '수업'을 구분하여 살펴보고자 한다.

먼저, '교실'은 매우 복잡한 일련의 상호작용이 지속적으로 일어나는 공간이다. 교실 내의 활동은 매우 바쁘고 빠르게 변하기 때문에, 교사는 변하는 상황에 맞는 다양한 역할을 수행한다. 교실 내의 한 단위 수업 시간에 많은 일들이 일어나기 때문에 이를 모두 기록하면 분량이 매우 많아진다. 따라서 교실 수업을 관찰하고자 할 때는 무엇에 주의를 기울여야 하는지 초점을 잡는 일이 최우선이다. 이는 교실 수업 관찰의 목적과도 긴밀한 관련이 있다.

교실 안에서의 활동을 구성하는 주된 요소는 대개 教師, 學生, 建物, 그리고 學習 資料이다(E. C. Wragg, 2003: 23). 본 연구에서 주목할 대상인 教師는 교실에서 교사 본인에게 부여받은 '보살핌의 의무'를 수행하기 위해서 여러 가지 역할을 한다. 이 역할에는 '지식의 전달자'라는 전통적인 역할부터 '상담자', '평가자', 심지어는 '교도관'의 역할도 포함된다. 한 연구에 따르면, 교사의 '활동'에는 5~18초마다 변화가 있었고, 한 단위 수업 시간에 평균 174개의 변화가 있었다. 따라서 '가르치는 직업', 즉 '교직'은 전화국의 전화 안내원이나 아주 붐비는 시간대에 일하는 쇼핑센터 계산대의 직원이 하는 일만큼이나 바쁜 직업이라 할 수 있다(E. C. Wragg, 2003: 18).

다음으로, '授業'은 학업을 주는 일이다. '수업'이란 용어는 흔히 '교수'라는 용어와 혼용하여 사용하는데, 수업과 교수를 영어와 대비시켜 보면, 수업은 'instruction'으로, 교수는 'teaching'으로 구분하여 사용하는 것이 일반적인 관례이다(주삼환 외, 1999: 13).

教授는 교사의 가르침으로, 수업의 한 부분일 뿐 전부는 아니다. '교수'는 교사가 중심이 되어 교과 내용을 학습자에게 전달하는 역할을 강조한 말이고, '학습'은 학습자가 자신에게 전달된 지식을 자신의 행동 변화에 수반하여 내면화시키는 역할을 강조한 말이다. 그래서 보는 입장에 따라 교사에게는 가르치는 목적이 학습자에게는 배우는 목적으로 보이고, 교사에게는 가르치는 방법이 학습자에게는 배우는 방법으로 보이게 된다. 그러므로 교사가 가지고 있는 목적 및 방법은 학습자가 가지고 있는 목적 및 방법과 합치되어야 한다.

교사와 학습자는 가르치고 배우는 내용을 매개로 하여 삼각관계를 형성한다. 이 삼각관계를 고려했을 때, 수업은 '의도한 목표를 달성하기 위해 교사의 교수 활동과 학습자의 학습 활동이 교육 내용(학습 내용)이나 교수 매체를 통해서 상호작용으로 이루어지는 일련의 과정'이라 말할 수 있으며, 교육의 핵심적 활동이라고 할 수 있다(주삼환 외, 1999: 16~17).

둘째, '觀察'이란 무엇인가? '관찰'은 자세히 보고 살피는 것이다. 과학적이든 비과학적이든 모든 탐구는 관찰로부터 시작한다고 할 수 있다. 보다 구체적으로 말하면, 관심의 대상이 되는 사물이나 사건 또는 행동 등에 주의를 집중하고 거기에서 얻은 정보를 처리하여 기술하는 것이다. 인간은 이렇게 감각기관을 통해서 들어오는 정보를 가지고 현실을 파악하기 때문에, 관찰은 과학적 연구의 첫 단계이자 중요한 과정이다. Newton의 만유인력 법칙이나 Piaget의 인지발달이론 등의 연구는 현상에 대한 세밀한 관찰의 결과라 할 수 있다(김아영, 2000: 7~8).

이러한 연구에 사용된 방법인 '관찰법'은 시각, 청각 등 관찰자의 감각을 통해 관찰 대상의 행동 특성을 객관적이고 계획적으로 직접 살피고 분석하는 체계적인 연구 방법이다(성태제・시기자, 2006: 41).

관찰은 크게 '參與 觀察(Participant observation)'과 '非參與 觀察(Non-participant observation)'로 구분할 수 있다. 참여 관찰은 관찰자가 관찰하고자 하는 현장에 직접 들어가서 연구 대상과 함께 활동하며 관찰하려는 대상의 자연스러운 행동과 말을 살펴본다. 참여 관찰은 면담과 더불어 질적 연구의 핵심적인 방법의 하나라고 할 수 있다. 이에 비해 비참여 관찰은 관찰하고자 하는 현장에 들어가기는 하지만, 관찰 대상자의 생활이나 행동에 천착하지 않고 어디까지나 외부인으로서 객관적으로 관찰하는 것이다. 참여 관찰과 비참여 관찰의 장단점은 〈표 7〉과 같다.

	참여 관찰	비참여 관찰
장 점	-관찰의 기회가 상당히 많다.	-보다 객관적으로 관찰할 수 있다.
단 점	-조사에 오랜 시간이 걸린다. -일정한 역할을 맡고 있기 때문에, 집단을 전체적으로 보기 어렵다. -정서적으로 편중될 염려가 있어 객관성이 손상당할 가능성이 있다.	-심리적으로 격리되어 있기 때문에 미세한 변화를 파악하기 어렵다. -관찰의 기회가 적어, 얻을 수 있는 정도가 적다.
유의점	-너무 정서적으로 일체감을 갖게 되어 객관성이 손상당하지 않도록 한다. -언제나 예리한 관찰을 통해 관찰자로서의 입장을 잃지 않도록 해야 한다.	-관찰 대상이 자연의 상태 그대로 유지되도록 노력해야 한다. -'참관자'가 있다는 의식이 관찰 대상에게 주어지지 않도록 해야 한다.

셋째, '이해한다'란 무엇인가? '이해하다'에 해당하는 영어 단어인 'understand'를 분석해 보면 아래라는 의미의 'under'와 서 있다는 의미의 'stand'로 쪼갤 수 있다. 단어의 어원을 따져 본다면 '어떤 (사실, 지식, 내용)이 내 위에 있다'는 의미이다.

서근원에 따르면, '수업을 이해한다'의 의미는 수업 관찰자가 수업에 대해 모른다는 사실을 인지하는 것을 전제하고 수업하는 사람을 올려다보며 그 수업에 대해 알아간다는 뜻이다. 아래에 서서 수업자를, 교실을, 아이들을 바라보려고 노력해야만 수업을 이해한다고 할 수 있다. 이러한 태도는 교실을 구성하는 모든 요소에 공통으로 적용된다. 하지만 수업 관찰자가 수업을 보는 대부분의 경우, 그 수업의 모든 것을 안다는 태도로 수업하는 자의 위에서 수업을 내려다보려는 경향이 있다. '수업을 이해한다'는 것은 이와 같이 내려다보려는 수업 관찰자의 태도를 '올려다보는' 태도로 바꾸려는 노력에서부터 시작된다(서근원, 2006: 49~76).

수업 관찰자는 그 수업에 대해 모르는 사람이며, 수업에 관해 질문을 가진 사람이며, 질문에 대한 답을 찾아가는 사람이다. 이러한 의식 아래 어떤 것은 더 의미 있고, 어떤 것은 덜 의미 있다는 가치 판단이나 전제 없이, 판단을 중지한 채 수업을 본다. 어떤 판단도 중지한 상태에서 교실에 있는 수업자를 행위의 주체자로 설정한 뒤, 그의 처지가 되어 그 수업을 본다. 물론 수업의 어떤 면을 주목해서 볼 것인지 초점을 세워야(focusing) 한다. 나의 판단을 중지한 채 수업자나 학생 등 상대방의 처지가 되어 교실을 구성하는 모든 요소를 새롭게 바라봐야 한다. '수업을 이해한다'는 것은 수업에 대해서 모르고 있었던 것을 알아간다는 것을 의미한다.

이상으로 '授業', '觀察', '理解'에 대해 살펴보았다.[24] 전문직인 교직을 이해하고 그것의 질을 향상시키는 데 초석이 되는 교실 수업 관찰이 최근 점점 보편화되고 있다(한국교육과정평가원, 2005: 17). 教室 授業 觀察은 교실에서 행해지는 수업을 직접적으로 관찰하는 것이다. 교실 수업 관찰은 교수 방법 개선을 위한 수업의 자료 수집과 분석 및 평가에 보편적으로 활용된다.

교실 수업 관찰은 어떤 점에서 필요할까? 교사의 교과에 대한 전

---

24) '教室', '授業', '觀察'이란 용어는 백광호의 「漢文科 敎育課程의 '읽기' 領域에 관한 高等學校 敎室 授業 分析」(『한자교육연구』 제19집, 한국 한자한문교육학회, 2007)에 간략히 소개되어 있다.

문성은 끊임없는 개발과 성찰, 그리고 개선의 실천으로 갖추어진다고 할 수 있다. 교사는 이를 위해서 자신의 수업을 개선하려는 의지를 가지고 지속적으로 자신의 수업이나 다른 교사의 수업을 연구해야 한다. 교실 수업 관찰은 이와 같은 연구에 필요한 기초 자료를 제공하는 데 주요한 역할을 할 수 있다. 이러한 연구는 궁극적으로 수업을 이해하기 위해 필요하다. 수업을 이해하고자 한다면, 현재의 실제 수업 모습을 있는 그대로 드러내고, 이를 통해 수업을 어떻게 바라보고 있는지를 확인해야 한다.

授業 分析은 수업 관찰과 필연적인 관계이다. 수업 분석은 관찰한 것을 기초로 관찰자가 알게 된 것을 타인들도 알게 하는 작업이다. 수업 분석은 크게 '授業 記述'과 '授業 解釋'으로 구분된다. '수업 기술'은 있는 그대로의 사실에 대해 최대한 상세하고 구체적으로 기록하는 것이다. 수업을 기술할 때 관찰한 것에 대한 주관적인 판단이나 요약은 가급적 피해야 한다. 수업 분석은 하나의 목적만을 위하는 경우보다 여러 목적을 위하는 경우가 많다. 그러므로 수업 분석에서 객관적인 상황을 實在한 場面 그대로 기술하는 작업은 매우 중요하다. 왜냐하면 이러한 자료들이 연구자 이외의 연구자가 활용하거나 해당 연구 주제와 관련된 다른 연구 주제를 위해 사용될 경우, 동일한 자료라도 이에 대한 해석이 달라질 수 있기 때문이다.

'수업 해석'은 관찰자가 관찰한 수업을 이해한 방식대로 타인들도 이해하고 공감할 수 있도록 안내하는 작업이다. 교실 수업을 관찰하고 기록한 자료는 그야말로 관찰한 사실의 기록 외에 아무것도 말해주지 않는다. 물론 기록된 자료를 통해 行間에 숨어 있는 의미를 발견할 수 있지만, 이때 발견된 의미는 발견자에 따라 저마다 다를 수 있다. 즉 '수업 기술'엔 수업을 기록한 사람의 발견이나 해석은 드러나지 않는다. 이 때문에 '수업 해석'이 필요하다. 수업 해석은 다양한 수업 분석 방법에 따라[25] 수업을 관찰하고, 관찰한 것을 기록한 자료를 대상으로 해당 수업을 분석하며, 이를 통해 관찰한 수업의 의미를 발견하고 가치를 확인하는 작업이다.

수업을 분석할 때는 '수업 분석을 왜 하는가?'를 파악하고, 이에 따라 특히 강조해야 할 점이나 구체적으로 수업의 어떤 점에 초점을 맞출 것인지 결정한 후 분석하는 것이 바람직하다. 수업 시간엔 한 번에 관찰하기 어려운 수많은 일들이 동시다발적으로 발생하고 진행되기 때문이다.

수업 관찰과 분석은 수업을 연구하고 이해하기 위해 반드시 필요하다. 수업을 연구하고 이해하려는 노력은 교사들의 수업 전문성 향상뿐만 아니라 학생 지도에 관한 전문성 향상에도 기여할 수 있다는 점에서 교사들에게 필수적이라 할 수 있다. 이러한 수업 연구와 이해에 가장 기본적인 방법이 교실 수업에 대한 직접적인 관찰이다.

---

25) 다양한 수업 분석 방법은 주삼환 외의 47~87면에 자세히 소개되어 있다.

◘ 3. 독해의 개념과 한문과 교육과정에서의 독해

1) 독해의 개념

　'讀解'의 辭典的 定義는 '글을 읽고 뜻을 이해하는 행위'이다. 따라서 '漢文 讀解'는 '漢文을 읽고 그 뜻을 이해하는 행위'이다. 그런데 새 교육과정에 '읽기'라는 용어가 사용되면서, '독해'와 헷갈린다. 국어과 교육과정에서의 '읽기'는 '말하기', '듣기', '쓰기' 등과 함께 국어과 교육의 하위 영역으로 국어과 교육과정에 설정되어 있기도 하다. 이때의 '읽기'라는 용어는 일반적으로 사용하는 '읽기' 개념과 층위가 다르다고 할 수 있다.

　일반적으로 독해는 제한된 범위의 소재를 읽고 분석하는 기능적 행위로, 정확한 읽기를 지향하면서 글의 내용, 의미 및 정신을 이해하려 하는 것이다. 따라서 독해는 그저 글을 읽는 것에 머무르지 않는다. 또한 독해는 글을 있는 그대로 받아들이기만 하는 것이 아니라 글을 쓴 사람과 글을 통해 交感하거나 해석과 평가를 더한 새로운 창조를 지향하는 경우가 많다. 따라서 독해(Reading Comprehension)는 복잡하고 다면적인 과정으로, 읽기(Reading)와 大同小異하다고 볼 수 있다.

　그렇다면, 독해와 해석과 번역은 어떻게 다를까?

　먼저, 독해와 비슷한 뜻으로 사용되는 것이 '解釋'이다. '해석(interpretation)'의 사전적 정의는 '문장이나 사물 따위로 표현된 내용을 이해하고 설명하는 것'이다. 독해와 해석은 '이해한다'라는 활동의 차원에서는 유사한 개념일 수도 있지만, 독해는 글을 읽어서 이해하는 것인 반면 해석은 글뿐만 아니라 사물이나 행위의 뜻을 밝히는 것이라 할 수 있다. 일례로 '저 사람의 표정을 해석할 수 없다.'라는 표현은 가능하지만, '저 사람의 표정을 독해할 수 없다.'라는 표현은 어색하다.

다만, '漢文 解釋'할 때의 '解'는 '經書를 諺解한다'라고 할 때의 의미라고 볼 수 있다. 즉 '한문을 한글로 풀어서 쓴다'는 의미를 가진 '언해'의 의미이다. '언해'는 '釋' 또는 '飜譯'이라고도 한다. 여기서의 '釋'은 한문을 번역하는 '訓讀'의 의미라고 볼 수 있다(심경호, 2007: 129).

다음으로, 독해와 해석은 '飜譯'과도 다르다. '번역(translation)'의 사전적 정의는 '한 나라 말로 된 글을 다른 나라 말로 옮기는 것'이다. 특히 다른 나라 말로 된 것을 자기 나라 말로 번역하는 것을 '國譯'이라고 한다. 번역은 작가의 주관과 의도가 작용하는 것으로 '창작'의 한 영역으로 볼 수 있다.

漢文은 현재 사용되지 않으므로, 현재를 살아가는 言衆들에게 있어선 外國語와 유사한 언어 체계이며,[26] 번역이 필요한 대상이다.

---

26) '漢文' 과목은 현재 실시되고 있는 대학수학능력시험에서 '제2외국어 / 한문' 영역에 속해 있지만, '한문'을 다른 외국어와 동등한 지위로 여겨선 곤란하다. 물론 현재 거의 사용하지 않기 때문에 外國語처럼 번역이 필요하긴 하지만, 한문은 오랜 시간 동안 모국어와 함께 사용했던 우리의 언어이기 때문이다. 따라서 연구자는 漢文科 敎育과 관련된 새로운 연구 분야의 하나로 이른바 '제2언어로서의 한문(SINO-KOREAN as a Second Language: SSL)'을 세우고자 한다.
SSL은 ESL(English as a Second Language)의 개념을 援用한 것으로,

따라서 한문을 최대한 어울리는 우리말로 옮기는 작업인 번역은 漢文科의 정체성을 모색하는 데 있어 하나의 지향점이 될 수도 있다. 번역은 원어를 그대로 번역하는 것을 의미하는 直譯과 뜻을 살려서 우리말에 최대한 가깝게 번역하는 것을 의미하는 意譯으로 구분할 수 있다.

번역과 독해는 '풀이한다'는 점에서 유사한 개념일 수 있다. 풀이하기는 다시 겉에 드러난 뜻을 풀이하는 차원과 겉에 드러나지 않은 속뜻을 풀이하는 차원으로 구분할 수 있는데, 본 연구에서는 前者를 '일차적 풀이', 後者를 '이차적 풀이'라고 하겠다. 완벽하게 부합되진 않지만, 앞에서 이야기한 '직역'과 '의역'과 비교한다면 일차적 풀이는 '직역'에, 이차적 풀이는 '의역'에 해당된다.

한문 고전의 번역은 직역은 물론이거니와 의역 또한 반드시 필요한 작업이다. 원문의 정확한 뜻을 이해하는 데 직역이 필요하다면,

---

범위를 보다 좁혀서 '제2언어로서의 한자(Chinese character as a Second Language: CSL)'라고 한정하여 다룰 수도 있을 것이다. 漢文科 敎育에 관심을 가진 연구자라면 이와 관련된 분야를 주목할 필요가 있다. 왜냐하면 漢字나 漢文을 처음 배우는 학습자일수록 외국어로서 접근하기보다, 제1언어인 母國語처럼 접근하는 것이 바람직하기 때문이다.

'한자' 및 '한자어'는 현재 사용하는 모국어의 일부로 일상의 자연스러운 환경에서 항상 접할 수 있기 때문에 제2언어의 관점으로 접근하는 것이 바람직하다. '한문'은 '한자'나 '한자어'와 달리 일상의 언어생활에서 자주 접할 수는 없다. 한문의 현재 양상과 비교적 유사한 것이 유럽의 '라틴어'라 생각된다. 한문교육 연구자들은 유럽에서 라틴어 교육이 어떻게 이루어지는지에 대해서도 관심을 가질 필요가 있다. 현재 유럽에서의 라틴어 교육에 관한 연구를 통해 오늘날 우리나라에서 한문이 어떻게 자리매김을 해야 할 것인가에 대해 유의미한 결과를 얻을 수도 있을 것이다.

그 자체가 하나의 창작으로서 감상의 대상이 되는 의역 또한 매우 필요하다(심경호, 2007: 146～147). 오늘날 漢文을 접하기 힘든 대다수의 일반 대중에게 한문 원문의 풀이와 의미를 제대로 전달하기 위해서는 최대한 우리말에 가깝게 옮기는 것을 목표로 하는 의역이 필요하다. 물론 직역도 필요하다. 따라서 언해식의 逐字譯은 그것대로, 의역은 그것대로의 長處와 쓰임새가 있다(이상하, 2006: 53).

한문 고전을 제대로 번역하는 데 요구되는 능력은 무엇일까? 여러 가지 능력과 많은 훈련이 필요하겠지만, 그 가운데 원문 독해력과 번역문 표현력을 기본적으로 요구되는 능력으로 들 수 있다. 원문의 뜻을 알지 못하면 번역을 할 수 없지만, 원문의 뜻을 알더라도 한글 문장에 대한 기본적인 지식 등이 없으면 역시 번역을 매끄럽게 할 수가 없다. 원문의 내용을 '말'로 설명하는 것이 아니라, 주로 '글'로 표현하는 것이 번역이기 때문이다(박헌순, 1991).

이상과 같은 논의를 통해, 讀解는 보다 넓은 개념인 읽기와도 다르고, 사물이나 행위의 뜻을 밝히는 것까지 의미하는 해석과도 다르고, '창작'의 한 영역으로도 인정될 수 있는 번역과도 다르다는 것을 알 수 있다. 독해는 자료를 읽고 겉에 드러난 뜻을 풀이하는 수준의 일차적인 독해가 있고, 이러한 단계보다 한 단계 높은 독해, 즉, 겉에 드러나지 않은 뜻까지 미루어 이해하는 수준의 이차적인 독해가 있다고 할 수 있다. 본 연구에서는 독해라는 용어를 '학습자가 자료를 읽고 이해하는 활동'으로 規定하고자 한다. 따라서 이 연구의 주요 분석 대상인 '漢文 讀解'는 '학습자가 한문을 읽고 풀이하여 이해하는 활동'이라 규정한다.

이제 지금까지의 교육과정에서 독해가 어떻게 다루어져 왔는지 검토하겠다. 우선 제7차 교육과정까지 한문과의 독해를 살펴보고, 2007년 2월 28일에 개정 고시된 새로운 한문과 교육과정의 독해를 살펴보겠다(교육부, 2000).

2) 제1차~제7차 교육과정

한문과는 제1차 교육과정과 제2차 교육과정에서 국어과의 하위 영역으로 다뤄졌으며 한자, 한자어 위주의 지도 방안이 일부 포함되었다. 1971년 교육과정 부분 개정 시에 한문교과를 독립교과로 신설하여 정규과목으로 지도할 수 있도록 되었다. 그리고 1972년 2월 28일 개정된 교육법 시행령이 공포되어 한문 교과가 독립 신설되고 같은 해 문교부령 제300호가 발표되어 중학교 교육과정에 '한문' 교과 수업이 실시되었다. 즉 한문과는 제3차 교육과정부터 중·고등학교에서 독립 교과가 되었다. 제5차 교육과정에서 한문과는 전체적인 체계에 있어선 제4차 교육과정을 계승하면서도 내용 영역을 '한자', '한자어', '한문'으로 구분하게 되었다. 이러한 영역 구분은 현재 시행 중인 제7차 교육과정까지 계승되었다. 제6차 교육과정기부터 교과의 '성격'이 제시되었다. 제6차 교육과정부터 자리를 잡은 '성격', '목표', '내용', '방법', '평가'의 체제는 제7차 교육과정까지 이어졌다. 2007년 2월에 '수시 개정'을 통해 새로운 한문과 교육과정이 고시되었다.[27]

---

[27] 한문과 교육과정의 변천에 대한 자세한 논의는 원용석의 「한문과 교육과정 변천과 내용 체계 연구」(한국교원대 박사학위논문, 2007)를 참고

한문과 교육과정에서 독해는 어떤 위상을 가졌을까? 제3차 교육과정부터 제5차 교육과정까지 한문과의 목표는 '해독' 기능 또는 '독해' 기능을 신장시키는 것을 전제로 한다. 제3차 교육과정을 예로 들어 보겠다. 제3차 한문과 교육과정은 "한문 해독에 필요한 한자, 어휘, 간단한 한문의 구조를 이해"하여 "한문 해독의 초보적인 기능"을 기르는 것을 목표로 한다. "여러 가지 성분의 간이한 한문을 바르게 해석할 수 있게 한다."와 같은 중학교 3학년 학년 목표를 볼 때, 독해에 관한 구체적인 학습 목표나 내용이 제시되진 않았음을 알 수 있다. 이는 고등학교의 경우도 마찬가지로, "한문 해독의 기능을 신장"시키기 위해 "간단한 구조의 한문을 학습하게 하여 한문 해독의 초보적 기능을 발전"시키거나 "간단한 구조 및 이에서 발전된 구조의 한문을 학습하게 하여 한문 해독의 기능을 신장"시키는 것을 목표로 함을 밝히고 있지만, '간단한 구조'라거나 '초보적 기능' 등에 관한 구체적인 진술이 나와 있진 않다(교육부, 2000: 234~235, 355~356). 제3차 교육과정부터 제5차 교육과정에 진술된 독해 관련 내용은 〈표 8〉과 같다.

할 수 있다.

〈표 8〉제3차~제5차 교육과정에 드러난 독해 양상

	학 교	항 목	내 용
3차	중	일반 목표	(가) 한문 해독에 필요한 한자, 어휘, 간단한 한문의 구조를 이해하게 한다. (나) 한문 해독의 초보적인 기능을 기르고 발전시켜, 한문으로 된 전적 이해의 바탕을 마련하게 한다.
		학년 목표 〈3학년〉	(나) 여러 가지 성분의 간이한 한문을 바르게 해석할 수 있게 한다.
		지도사항 〈2학년〉	(다) 주어, 서술어, 목적어를 중심으로 한 간단한 문형 알기
		지도사항 〈3학년〉	(사) 우리말로 번역하기
	고	일반목표	1. 한문 해독의 기능을 신장시켜서 전적 이해의 바탕을 마련하게 한다.
		II.한문 I 목표	가. 간단한 구조의 한문을 학습하게 하여 한문 해독의 초보적 기능을 발전시킨다.
		III.한문 II 목표	가. 간단한 구조 및 이에서 발전된 구조의 한문을 학습하게 하여 한문 해독의 기능을 신장시킨다.
4차	중	가. 교과 목표	한문 학습에 흥미를 가지고 이를 습관화함으로써 한문을 독해할 수 있는 기초 기능을 기르며, 전통 문화를 아끼고 계승하려는 태도를 가지게 한다.
		〈1학년〉 2) 내용	사) 간이한 한문 기록을 풀이한다.
		〈2학년〉 2) 내용	사) 한문 기록을 풀이하고, 그 속에 담긴 전통 문화를 이해한다.
		다. 지도 및 평가상의 유의점	다) 문법은 문장과 글의 습득을 통하여 자연히 습득되도록 한다.

학 교		항 목	내 용
5차	고	교과 목표	중학교에서 학습한 한문을 기반으로 하여 한문 독해 기능을 신장하고, 한문 기록을 이해하는 바탕을 마련함으로써, 전통 문화 창달에 기여하는 태도를 가지게 한다.
		한문Ⅰ 다. 지도 및 평가상의 유의점	차) 자료나 글의 지도는 반복하여 익힘으로써 그 참뜻을 음미하는 단계에 이르도록 한다.
		한문Ⅱ 나. 내용	4) 문맥을 통하여 여러 가지 함축된 의미를 파악한다.
	중	〈1학년〉 내용	4) 간이한 문장을 풀이하고 이해하기
		〈2학년〉 내용	4) 기본이 되는 허자의 쓰임을 알기 5) 간이한 문장을 풀이하고 이해하기
		〈3학년〉 내용	5) 허자의 구실과 쓰임을 알기 6) 문장을 풀이하고 이해하기 7) 격언과 속담을 풀이하고 이해하기
	고	〈한문〉	4) 문장의 형식을 알고 풀이하기 5) 허자의 구실을 알고, 문장 독해에 활용하기 6) 산문의 특징을 알고 독해하기

제6차 교육과정부터 교과의 '성격'이 제시되며, 이러한 체제는 제7차 교육과정까지 이어진다. 제6차 교육과정을 예로 들어 보겠다. 제6차 교육과정은 한문과의 성격으로 "한문을 독해할 수 있는 능력을 기르게 하며", "한문 문장 학습을 통해 선인들이 남겨 놓은 한문 전적을 독해할 수 있는 능력을 기르는 데 중점을 두는 교과"라고 하여, 한문과가 '한문 독해능력'을 신장하게 하는 교과임을 밝히고 있다. 이

러한 교과의 성격은 교과 목표에도 그대로 이어져, 중학교 한문과 목표를 "간이한 한문을 독해할 수 있는 기초적인 능력을 기르게 한다."라고 진술하고, 고등학교 한문과 목표를 "한문을 독해할 수 있는 능력을 체계적으로 기르게 한다."라고 진술한다(교육부, 2000: 288~289, 439~440). 제6차 교육과정 또한 이전 교육과정과 마찬가지로 독해에 관한 자세한 학습 목표나 내용이 제시되어 있지 않다. 또한 중학교 교육과정의 내용 체계를 보면, '간이한 문장', '간이한 산문의 독해' 등이라고 진술되어 있는데, 어느 정도의 수준이나 범위를 가리키는 것인지 구체적으로 드러나 있지 않다. 이러한 양상은 고등학교 교육과정에도 되풀이되어 "한문 독해 능력을 체계적으로 기르게 한다."고 하면서 어떻게 지도해야 체계적인지 구체적으로 드러나 있지 않다. 다만, 고등학교 교육과정의 '방법'에 독해 지도를 위해 필요한 유의 사항이 안내되어 있다.28) 제6차 교육과정에 진술된 독해 관련 내용은 〈표 9〉와 같다.

---

28) 교육부, 『초・중・고등학교 국어과・한문과 교육과정 기준(1946~1997)』, 교육부, 대한교과서주식회사, 2000.
(5) 고사성어, 격언이나 속담, 명언 명구는 겉으로 드러난 뜻과 함께 속뜻을 파악한다.
(6) 허자는 그 쓰임과 구실을 통해 문장을 바르게 독해하는 데 도움이 되게 지도한다.
(8) 문법은 독해를 원활히 할 수 있는 데 도움이 되는 범위 내에서 예를 통하여 지도한다.

〈표 9〉 제6차 교육과정에 드러난 독해 양상

학교	항목	내용
중	1. 성격	한문과는 한자와 한자어를 익혀 언어생활에 활용하게 하고, 한문을 독해할 수 있는 능력을 기르게 하며, 한문 문장의 독해를 통하여 전통 문화를 이해하고 계승, 발전시키려는 태도와 올바른 가치관을 가지게 하는 교과이다.
	2. 목표	다. 간이한 한문을 독해할 수 있는 기초적인 능력을 기르게 한다.
	3. 내용 나. 내용	• 1학년·2학년: 간이한 문장을 풀이하고 이해하기 • 3학년: 간이한 산문을 풀이하고 이해하기 　　　　　격언이나 속담을 풀이하고 이해하기
6차 / 고	1. 성격	한문 문장 학습을 통하여 선인들이 남겨 놓은 한문 전적을 독해할 수 있는 능력을 기르는 데 중점을 두며, 전통 문화를 바르게 이해하고 계승, 발전시키려는 태도와 올바른 가치관을 확립하게 한다. 고등학교 한문과 교수·학습에서는 한자로 기록된 각종 전적을 독해하는 데 필요한 기본적인 소양을 길러, 여러 가지 한문 기록을 바르게 이해하고 감상하도록 한다.
	2. 목표	다. 한문을 독해할 수 있는 능력을 체계적으로 기르게 한다.
	3-1. 한문Ⅰ 3. 내용 나. 내용	－한문－ (1) 산문을 풀이하고 이해하기 (2) 문장의 기본 구조와 확장 구조를 알고 활용하기 (4) 문장의 형식을 알고 활용하기 (5) 허자의 쓰임과 구실 알기 (6) 격언이나 속담을 풀이하고 이해하기
	3-12. 한문Ⅱ 3. 내용 나. 내용	－한문－ (1) 여러 가지 산문을 풀이하고 이해하기 (2) 문장의 기본 구조와 확장 구조를 알고 활용하기 (4) 문장의 형식을 알고 활용하기 (5) 허자의 쓰임과 구실 알고 활용하기 (6) 격언이나 속담을 풀이하고 이해하기

제7차 한문과 교육과정 또한 한문 독해에 대한 구체적인 원리가 제시되어 있지 않다. "한문을 독해할 수 있는 기초적인 능력을 기른다."라고 간략히 기술되어 있을 뿐, 한문을 독해할 수 있는 기초적인 능력이 무엇인지 기술되어 있지 않다. 따라서 학습자가 독해를 할 때 요구되는 한문 독해 능력이 구체적으로 어떤 것인지 파악할 수 없고, 학습자의 한문 독해 능력을 신장시키기 위한 학습 요소를 어떻게 구성해야 하는지 알 수 없다. 다만 영역별 내용 체계 표에 '한문 익히기'나 '한문 활용하기' 등의 내용을 제시하고, 그 하위 내용을 소개하고 있다. 이 가운데 독해와 관련된 내용을 인용하면 다음과 같다(교육부, 1999: 24~38).

- '학습한 한자를 문장 독해에 활용한다.'는 한자의 학습이 낱자만을 익히거나 한자어를 통해 언어생활에 활용할 수 있는 것에 그치지 않고, 문장을 독해하는 데 활용할 수 있도록 해야 한다. 특히, 한자는 하나의 뜻만을 가지고 있는 것이 아니기 때문에, 단순히 음과 훈을 익히는 것은 큰 의미가 없다. 여러 뜻을 익혀서 문장을 독해하는 데 활용이 되도록 해야 한다.
- '산문을 바르게 읽는다.'란, 산문을 이루는 한자 및 한자어 하나하나의 음을 정확히 이해하고, 이들을 우리말로 읽을 수 있게 하는 것을 뜻한다. 또 산문을 이루고 있는 한자나 한자어를 중심으로 의미나 내용의 흐름에 따라 끊어 문맥에 맞게 음을 읽는 것을 말한다.
- '산문의 뜻을 풀이한다.'란, 산문을 이루는 한자 및 한자어 하나하나의 뜻을 정확히 이해하고, 이들이 유기적으로 결합하여 나

타낸 하나의 완결된 생각을 우리말로 풀이할 수 있게 하는 것을 뜻한다. 또 字義를 풀이하는 데 그치지 않고, 문장의 구조와 형식 등을 종합하여 그 글이 의도하는 바의 뜻을 바르게 파악하는 것을 말한다.

- '문장의 구조를 안다.'란, 문장의 기본 구조와 확장 구조는 물론 좀 더 복잡하고 다양한 문장까지 그 구조를 이해하여 문장 구조를 한문 독해에 이용할 수 있음을 말한다.

- '문장을 스스로 풀이한다.'란 문장의 구조를 반복 학습을 통해 확실하게 알고, 이를 바탕으로 스스로 복잡하고 다양한 문장까지 구조적으로 파악하여 바르게 풀이하고 이해할 수 있음을 의미한다.

- '허자의 쓰임을 문장 풀이에 스스로 활용한다.'는 것은, 허자의 다양한 쓰임을 익혀 문장을 풀이할 때 활용하여, 그 뜻을 올바르게 새길 수 있도록 하는 것을 말한다. 허자는 단어와 단어, 어구와 어구의 관계를 명료하게 하고, 문의 語氣를 조화하는 역할을 한다는 점에서 한문을 이해하는 데 매우 중요하다. 그러나 허자는 그 글자 자체로서의 한자의 차원이 아니라, 한문 문장 안에서의 기능 차원에서 의미를 가지는 글자이다.

3) 2007년 개정 교육과정

다음으로 2007년 2월 28일에 개정 고시된 새로운 한문과 교육과정을 살펴보겠다. 새 교육과정에 따르면 한문과의 영역별 목표를 '한문'과 '한문지식' 영역으로 나누어 제시하고 있다. 이러한 변화는 이번 개정의 가장 두드러진 특징으로, 한문교육의 무게 중심이 한자·한자어에서 상대적으로 한문으로 이동했음을 보여준다(윤재민, 2007: 23). 또한 '한문' 영역의 중영역을 '읽기', '이해', '문화'로 제시하고, '한문지식'의 중영역을 '한자', '어휘', '문장'으로 제시하고 있다. 새 교육과정을 개발하기 위한 연구 보고서에 따르면 漢文科의 가장 기본이 되는 요소를 '한문 독해 능력의 신장'으로 밝히면서 '읽기'를 '한문' 영역에 배치하여 다음과 같이 제시하고 있다(한국교육과정평가원, 2006: 58).

- 한문을 제대로 이해하려면 무엇보다도 먼저 한문을 구두에 맞게 끊어서 소리 내어 읽고 바르게 풀이할 수 있어야 한다.
- '읽기'의 하위 요소
  ① 한문 단문을 소리 내어 읽을 수 있다.
  ② 한문 단문을 끊어 읽을 수 있다.
  ③ 한문 단문을 바르게 풀이할 수 있다.
  ④ 한문 산문을 소리 내어 읽을 수 있다.
  ⑤ 한문 산문을 끊어 읽을 수 있다.
  ⑥ 한문 산문을 바르게 풀이할 수 있다.
  ⑦ 한시를 소리 내어 읽을 수 있다.
  ⑧ 한시를 끊어 읽을 수 있다.
  ⑨ 한시를 바르게 풀이할 수 있다.

漢文은 漢字로 이루어진 文語體의 문장을 통칭하여 부르는 말로 문언문으로만 사용된다. 우리가 접하는 한문은 일반적으로 특정 작품 또는 저술의 형태로 먼저 존재하는 것이다. 이들은 대개 散文 — 여기서의 산문은 한시와 대립되는 개념으로서의 산문을 의미한다 — 과 漢詩의 두 종류로 이루어진다. 여기에는 한문 단문까지 포함된다(한국교육과정평가원, 2006: 58). 한문 '읽기' 영역은 이 세 종류의 글에 대해 하위 내용 요소로 '소리 내어 읽기', '끊어 읽기', '바르게 풀이하기'의 세 가지 활동으로 나누어 제시된다. 한문과의 '읽기'에 대한 보다 자세한 내용은 향후 발간될 교육과정 해설서를 통해 알 수 있을 것이다.

'읽기'라는 용어가 갖는 사전적인 의미는 '글과 독자가 만나는 과정에서 독자가 자신의 배경지식과 경험을 바탕으로 새로운 의미를 구성하는 행위로서, 사고적인 면, 사회적인 면, 언어적인 면 등이 통합적으로 작용하는 고도의 역동적인 인지적 행위'이다.[29] 이를 참고할 때, 새 교육과정의 '읽기'가 본 연구에서 다루는 '讀解'와 어떻게 다른 것인지 짚고 넘어갈 필요가 있다.

새 교육과정의 '읽기'라는 용어는 문자 읽기 또는 해독(decoding) 차원의 '읽기'를 의미하는 것이 아니라 글을 통해 필자가 전달하려는 의미를 이해(comprehension)하고 해석하는 차원의 '읽기'를 의미한다고 볼 수 있다. 즉 새 교육과정에서 사용된 '읽기'라는 용어는 앞 절에서 살펴본 개념 구분에서 '읽어서 풀이하여 이해한다'는 뜻의 독해와 同格인 용어라고도 할 수 있다. 따라서 '읽기', '이해', '문화'로 구분된 중영역의 진술은 오해가 발생할 수 있다. 그러므로 '읽

---

29) 서울대 국어교육연구소, 앞의 책, 645면.

기', '이해', '문화'로 구분하였을 때의 '읽기' 영역은 '정확하게 소리
내어 읽고 의미 단위에 맞게 적절히 끊어 읽어서, 올바르게 풀이하
기' 수준까지임을 명확히 진술할 필요가 있다. 이러한 진술이 추가
되어야 비로소 중영역으로 구분된 '이해'가 '내용과 주제를 이해하
고, 각 종류의 글이 갖는 특수한 표현 방식과 문체, 형식, 특징을 이
해하고 감상하기' 수준까지임이 명확해진다.

◘ 4. 교수학적 내용 지식

Pedagogical Content Knowledge(이하 PCK)는 '특정 내용을 해당
학생들의 이해를 촉진할 수 있도록 가르치는 방법에 대한 교사의 지
식'을 의미하는 용어로(곽영순 외, 2007: 348, 이화진 외, 2006: 119),
1986년 Shulman이 주창한 것이다.[30] 국내에서 '교과교육학 지식',

---

30) Shulman은 교사들에게 필요한 지식 항목을 '교사 지식'이라 명명하고,
   내용 지식, 교수학적 지식, 교수학적 내용 지식, 교육과정 지식, 교육환
   경 지식, 학습자와 학습자 특성 지식, 교육목표 지식으로 분류하였다.
   내용 지식(content knowledge)은 가르칠 내용에 대한 지식을 의미한다.
   교수학적 지식(general pedagogical knowledge)은 모든 교과에 적용되는
   지도법에 대한 지식을 의미한다. 교수학적 내용 지식(pedagogical content
   knowledge)은 특정 학생에게 어느 교과나 주제를 특정한 상황에서 지
   도할 수 있는 방법에 대한 지식을 의미한다. 교육과정 지식(curriculum
   knowledge)은 각 학년의 발달 단계에 적합한 내용과 프로그램에 대한
   지식을 의미한다. 교육환경 지식(Knowledge of educational contexts)은

'교수학적 내용 지식', '교수적 내용 지식', '교수내용지식', '내용교수법', '수업 지식' 등으로 번역되어 사용된다. 본 연구에서는 '교사가 교수해야 하는 특정한 내용에 대해 학생들이 잘 이해할 수 있도록 가르치는 것에 관한 지식'이라는 관점에서 PCK를 다루므로, '教授學的 內容 知識'으로 번역하여 사용하겠다.

교사는 자신이 가진 교과 지식을 바탕으로 학생들이 해당 교과의 내용을 잘 이해할 수 있도록 변환한다. 그래서 이렇게 '변환된 교과 지식'을 교과 내용으로 삼아 학생들에게 전달한다. 변환된 상태의 교과 지식은 교과 내용 전문가와 교과 교육 전문가를 구분하는 기준이기도 하다.

한문과의 경우 한문 교사와 한문을 능숙하게 번역하는 사람(편의상 '한문 번역가'라 칭하겠다.)의 차이점은 한문 교사가 지닌 한문 관련 교수학적 내용 지식이다. 즉 한문 번역가는 한문 교사보다 한문을 잘 번역하지만, 학생들에게 자신의 독해 요령을 전달하거나 학생들의 독해 활동을 수행하는 데 제대로 도와주지 못할 수 있다. 그렇지만 한문 관련 교수학적 내용 지식이 풍부한 한문 교사라면 한문 번역가보다 한문을 잘 번역하진 못하더라도, 학생들이 배워야 하는 독해 지식을 보다 쉽고 흥미롭게 전달할 수 있으며 독해 활동을 보다 원활히 수행하도록 학생들을 도와줄 수 있다.

물론 이 말이 한문 교사가 한문 번역가보다 자신의 교과 지식을

수업 환경에 영향을 미치는 지식을 의미한다. 학습자와 학습자 특성 지식(knowledge of learners and their characteristics)은 수업에 영향을 미치는 학습자에 관한 지식을 의미한다. 마지막으로, 교육목적 지식(knowledge of educational goals)은 목적, 목표 및 교육시스템의 구조에 관한 지식을 의미한다(필자 註).

익히는 데 소홀히 해도 된다는 것을 의미하진 않는다. 좋은 교사라면 자신의 전공 영역을 깊이 이해하고 있어야 하며, 해당 교과의 내용을 타인이 보다 잘 이해하도록 도울 수 있는 방법까지도 숙지하고 있어야 한다(곽영순 외, 2007, 20~21).

교수학적 내용 지식은 교사가 왜 전문직인가에 대한 해답을 제공해 줄 수 있다. 대개의 경우 교사들은 수업 경험을 통해 默示的이기도 하고, 複合的이기도 한 교수학적 내용 지식을 상당히 많이 갖게 된다. 그러나 이러한 교사의 지식은 明示的이지 않다. 또한 교사는 교실에서 그들이 무엇을, 왜 하는지에 대해 되돌아볼 기회를 거의 갖지 못한다. 따라서 교사 각자가 교과 내용을 가르치면서 경험하고 축적한 실제 교실 수업의 노하우(Know-how, [實踐知])가 당대는 물론 미래의 동료들에게 제대로 전달되지 못한다. 이러한 교수학적 내용 지식이야말로 교사가 전문직이라는 것을 증명할 수 있는 증거라고 할 수 있음에도 불구하고, 자신만의 세계에서 멈출 뿐 전수되지 못한다.

그렇다면, 이와 같은 교수학적 내용 지식은 어떻게 형성되는가? 初任敎師와 經歷敎師의 예를 통해 살펴보겠다. 대개의 경우, 초임교사일수록 매 시간 수업을 진행하는 데 어려움을 느끼고, 경력이 오래된 교사일수록 수업을 진행하는 데 어려움을 느끼지 않을 것이다. 물론 경력이 오래된 교사라 하더라도 완벽한 수업을 매번 실행하는 것은 아니다. 초임교사와 경력교사 간에 생기는 이와 같은 차이는 해당 교과의 특정 주제나 영역을 가르쳐 본 경험의 유무에 따른 것이고, 경력이 오래된 교사일수록 경험이 풍부하기 때문에 수업 진행에 어려움을 겪지 않는 것이라고 할 수 있다. 즉 해당 주제에 관한

PCK를 형성하고 있기 때문에 특정 교과 내용이라 하더라도 능수능란하게 가르칠 수 있는 것이다. 이를 통해 볼 때, PCK는 해당 내용을 가르쳐 본 경험을 통해 형성된다고 할 수 있다. 따라서 해당 내용의 수업을 경험하지 않았지만, 교과의 고유한 PCK를 습득하여 해당 내용에 관한 체계적이고 구체적인 노하우를 지닌 교사라면 관련 내용을 가르칠 때 학생들의 학습을 효율적으로 촉진하여 학습 목표에 성공적으로 도달할 수 있게 된다.

그렇다면 어떻게 PCK에 접근할 수 있는가? 교과별로 고유한 PCK를 개발할 때 가장 바람직한 방법은 "우수한 교사가 사용하는 실천지 또는 현장지(practical knowledge)로서 PCK를 발굴하여 공식화하는 것"(즉 '暗默知'의 '明示知'로의 전환)이다(이화진 외, 2006: 122). 해당 교과의 우수한 교사의 수업을 관찰하여 특정 주제에 접근하는 교사 고유의 PCK를 찾아내고, 다른 교사들도 공유할 수 있도록 한다면 해당 교과의 PCK에 원활하게 접근할 수 있을 것이다.

본 연구에서는 두 명의 교사의 수업을 관찰하고, 관찰한 수업에서 드러난 독해 PCK를 찾고자 한다. 교수학적 내용 지식의 구성요소를 다양하게 정의하고 분류할 수 있지만, 본 연구에서는 특히 독해와 관련하여 '교과 내용에 관련된 교수학적 내용 지식', '교수 방법에 관련된 교수학적 내용 지식'을 주로 다루겠다.

Ⅲ 研究 方法

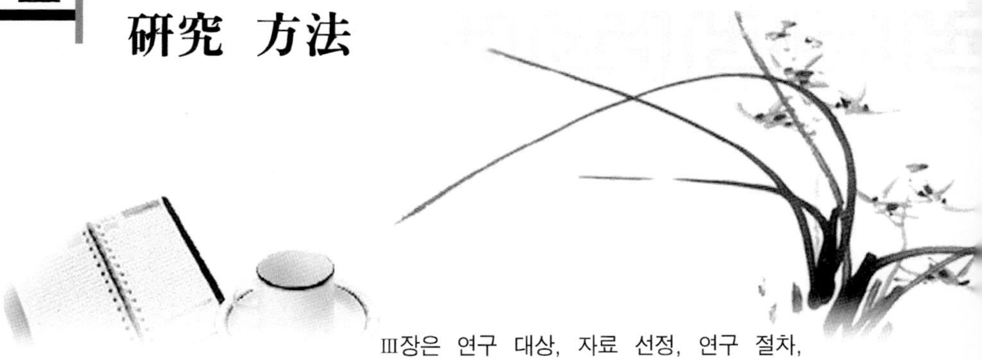

Ⅲ장은 연구 대상, 자료 선정, 연구 절차, 연구 계획 등 세부적인 연구 방법에 대한 사항을 자세히 제공했다.

질적 연구를 기반으로 하는 본 연구는 수업을 있는 그대로 관찰하고, 연구자가 연구도구가 되어 관찰한 것을 분석했다.

이 연구는 다음과 같은 절차를 따랐다.

ⅰ) 캠코더, 보이스 레코더, 워드 프로세서 등을 최대한 이용하여 수업을 보고 기록한다. ⅱ) 기록한 것을 분석한다. 수업 분석을 한다는 것은 기록을 분석하는 것이다. ⅲ) 수업 중 발생한 행위 가운데 유의미한 것을 발견하고 해석한다. ⅳ) 이상의 절차를 통해 분석한 수업을 연구자가 이해한 대로 기술한다.

Ⅲ. 硏究 方法

　본 연구는 한문 수업의 다양한 활동 가운데 독해 교수 활동이 어떤 양상을 가지는지 살펴보고자 한다. 이를 위해 수업에 사용된 교재를 분석하고, 실제 교실 수업을 관찰한다. 이러한 작업을 통해 한문 독해 교수 활동에 관련된 자료를 수집하고 질적으로 분석하고자 한다. 마지막으로 이와 같은 독해 교수 활동 분석을 통해 한문 독해를 가르칠 때 요구되는 교수학적 내용 지식을 찾고자 한다.

　수업에 사용되는 교재를 통해 교사의 교수 활동이 어떤 방식으로 구체화되는지 분석하고자 하며, 독해 학습이 일어나는 시간 · 공간 · 물리적 환경과 같은 교실 상황이 교사와 학생에게 어떤 유의미한 영향을 주는지 분석하고자 한다.

　수업 관찰은 고등학교 한 학급, 중학교 한 학급에서 실시한다. 매 관찰 때마다 캠코더로 수업을 녹화한다.

　고등학교의 한문 수업은 교사가 학습자에게 능숙한 독자 모델 역할을 하는 형태이다. 이러한 수업 관찰을 통해 교사가 한문 독해의 시범자로서 학습자의 학습을 적극적으로 촉진시키기 위해 독해 교수 활동을 어떻게 이끌어 가는지 살피고자 한다.

　중학교의 한문 수업은 교사가 학습자의 능동적 참여를 통해 수업을 진행하는 형태이다. 이러한 수업 관찰을 통해 학생들이 한문 독해에 주도적으로 참여하도록 하기 위해 교사가 독해 교수 활동을 어떻게 이끌어 가는지 살피고자 한다.

▣ 1. 연구 설계

　본 연구는 연구자의 주관적 관점에 입각한 질적 분석을 시도한 것이다. 여타의 과학적인 연구 방법처럼, 질적 연구도 연구 설계에서 시작된다.[31] 본 연구는 질적 연구의 특성상 분석 기준에 대한 일반화 검증은 미흡하다. 따라서 연구 설계의 엄밀화, 연구 활동의 보편화 등의 단계로까지 나아가는 후속 연구가 이어지길 바란다. 이를 위해 연구 대상, 자료 선정, 연구 절차, 연구 계획 등 세부적인 연구 설계에 대한 사항을 보다 자세히 제공하고자 한다.

---

31) Jerome Kirk & Marc L. Miller, *Reliability and Validity in Qualitative Research*, Qualitative Research Methods vol.1(Beverly Hills: SAGE, 1987), pp.59~60. 이 책에 따르면 질적 연구는 invention, discovery, interpretation, explanation의 네 단계로 진행된다. "Qualitative Research, like other science, is a four－phase affair. Accordingly, the full Qualitative effort depends upon the ordered sequence of invention, discovery, interpretation, and explanation."

본 연구에서는 교실 수업의 이모저모를 자세히 들여다보기 위해 微視文化記述的 研究方法(micro-ethnographic research method)을 이용하여 수업을 분석한다. 미시문화기술적 연구 방법은 문화기술적 연구 방법의 하나이다. 문화기술적 연구(ethnography)[32]를 연구 대상의 범위와 종류에 따라 분류하면, 하나는 전체적인 집단의 삶에 관심을 지니며 전체 사회의 구조와 사회의 틀을 이해하는 '거시문화기술적 연구(Macro-ethnography)'이고, 다른 하나는 사회 집단의 삶 전체를 기술하기보다는 특정 제도적 상황(연구범위)에서 구체화된 장면에 초점을 두며 분석의 초점이 관찰 대상의 직접적인 상호작용에 있는 '미시문화기술적 연구(Micro-ethnography)'이다.[33]

미시문화기술적 연구 방법은 연구의 구체적인 맥락을 중시하고 그 맥락에서 국지적 지식(local knowledge)을 얻는 것에 관심을 가진다. 또 특정한 제도적 상황에서의 구체적인 장면에 초점을 두며, 분석의 초점이 관찰 대상의 직접적인 상호작용에 있기 때문에 교실에서의 수업 분석[34]처럼 어느 정도 규격화된 상황을 연구하기에 매우 유용

---

32) ethnography는 국내에서 '문화기술지', '민족지', '민속지', '문화기술적 연구', '일상생활 기술적 연구' 등으로 번역된다. ethno가 '인종, 민족'이라는 뜻이고, graphy가 '화법, 서법, 기록법'이나 ‥‥‥誌, ‥‥‥記'의 뜻이다(NAVER 사전). ethnography는 특정한 민족, 집단에 대해서 최대한 객관적으로 기술한 글을 말한다고 볼 수 있다.

33) 조영달,『한국 중등학교 교실 수업의 이해』(교육과학사, 2001), 72~73면. 참조. 조영달은 이 책에서 'Macro-ethnography'를 "거시 기술적 연구", 'Micro-ethnography'를 "미시 기술적 연구"로 번역하였는데, 연구자는 'ethnography'를 '문화기술적 연구'로 통일하여 진술하고자 하기에, 본 연구에서는 'Micro-ethnography'를 '미시문화기술적 연구'로 수정하였음을 밝힌다.

34) 김경희 외,『좋은 수업 바라보기』,『교실수업개선 장학자료집』(인천광역

한 방법이라 할 수 있다(이혁규, 1996: 25). 본 연구의 구체적인 설계 내용은 다음과 같다.

1) 연구 대상

(1) 허락받기

연구자는 가능한 매우 평범하고 일상적인 한문 수업을 볼 수 있는 상황을 찾고자 했다. 또한 연구를 위한 수업 촬영이 허락될 수 있는 학교와 교사를 찾아야 했다. 이를 위해 수업을 공개하는 것에 동의하고 적극 협조할 수 있는 교사를 찾았는데, 그 과정이 쉽지는 않았다. 아직까지 자기의 수업을 타인에게 공개한다는 것은 큰 용기를 필요로 하는 것 같다. 다행히 서울 강북의 ○○고등학교에 근무하는 A 교사와 □□중학교에 근무하는 B 교사에게 수업을 관찰해도 좋다는 허락을 받았다.[35]

시 교육청, 2006), 5면. 이 연수 자료집에 따르면 수업 분석은 '수업 기록에 바탕을 두고 수업에 있어서의 한 가지 한 가지의 사실이 갖는 의미를 분명히 하는 것이다. 수업에 있어서 한 개의 사실, 예를 들어 교사의 발언을 다른 사실, 즉 학생의 발언과 관련시켜 그 사실이 갖는 의미를 분명히 하는 것이다. 그리고 그 사실의 의미를 수업 전반에 걸쳐 파악하는 것'이라고 볼 수 있다.

35) 심사 논문의 초고에는 학교명, 교사명, 학생명 등 모든 고유명사를 假名으로 기재하고 각주를 통해 논문에 나오는 모든 고유명사가 가명임을 밝혔다. 그러나 논문 심사 중에 가명 또한 實名으로 오해할 수 있고, 가명이라 하더라도 실제로 그 이름을 가진 교사나 학생이 존재할 수 있으므로 '○○고', 'A 교사' 등으로 수정하도록 하라는 심사위원 선생님들의 의견에 따라 고등학교는 '○○고', 고등학교에 근무하는 교

우선 연구의 내용을 담은 연구 계획서를 가지고 A 교사를 만나 면담을 했다. 면담 중에 연구 목적을 설명하고, 용기를 내어 수업을 공개해 준 것에 대해 감사의 인사를 했다. 이어서 교감과의 면담을 통해 학생들에게 피해가 가지 않는 범위 내에서 연구를 허용하겠다는 허락을 받았다. 교감의 연구 허락 후, 곧바로 관찰할 학급의 학생들을 만나 수업 관찰에 따른 안내 사항을 전달했다. 연구자가 수업 시간에 직접 들어와 교사와 학생의 수업 장면을 촬영하거나, 수업하는 교사가 직접 카메라를 설치하여 수업을 촬영했다. 학생들의 학습에 최소한의 피해도 없도록 노력할 것을 약속한 후 학생들의 동의를 받았다. 연구에 참가한 □□중학교의 B 교사도 고등학교에 근무하는 A 교사의 경우와 마찬가지의 과정을 거쳐서 연구 허락을 받았다.

2) 연구 대상 학교·학급

연구 대상 가운데 ○○고등학교는 서울의 여타 지역에 비해 학부모의 교육열이 그다지 높지 않은 지역에 위치한 사립 남자 고등학교이다. 학교는 대단위 아파트에 둘러싸여 있지만, 학부모들의 소득 수준이 높은 편은 아니며, 대부분 맞벌이로 생계를 유지하는 형편이다. 이 학교는 전체 85명의 교사가 재직 중이며, 40세 이후의 교사들이

사는 'A 교사', 중학교는 '□□중', 중학교에 근무하는 교사는 'B 교사' 등으로 수정하였다. 이 글 또한 '○○고', '□□중', 'A 교사', 'B 교사'로 적는다.

많은 수를 차지하고 있으며, 학교운영위원회나 평교사협의회가 활발하게 운영되는 편이고, 학생 위주의 교육이 이뤄지는 학교이다.[36]

수업을 관찰하기 위해 방문한 교실은 일반적인 고등학교의 교실과 크게 다르지 않다. 교실 앞쪽에는 칠판과 급훈이 담긴 액자, 국기 등이 있다. 교실 오른쪽 창문 옆에는 요즘 어느 교실에나 설치되어 있는 프로젝션 TV와 장식장이 위치해 있다. 교단 선진화 기자재는 TV 앞에 놓인 길쭉한 컴퓨터 책상에 포켓인 방식으로 내장되어 있다. 학생들은 두 명씩 짝을 지어 앉아 있고, 전체적으로 4개의 분단으로 나뉘어 있다. 교실 앞의 다른 쪽에는 '학급 시간표'와 '○○인의 생활신조'가 부착되어 있다. 교실 문은 나무문인데 달력이 부착되어 있다. 교실 뒤쪽의 게시판엔 학급 시간표, 공지사항 등의 각종 게시들이 조금은 제멋대로 부착되어 있다. 칠판의 가장자리에는 주번 할 일, 다음 주 행사, 오늘의 조회사항 등의 공지사항이 잔뜩 기

---

36) 필　자: 그런데 이 학교는 시간표가 특이하네요?
　　A 교사: 왜?
　　필　자: 보통 수업 끝나고 청소하는 것으로 알고 있는데, 6교시 끝나고 청소하고 7교시를 하네요?
　　A 교사: 어, 중간에 청소하지.
　　필　자: 그럼, 다시 청소해요?
　　A 교사: 아니, 그때는 종례만 해.
　　필　자: 아, 이게 과학적일 수도 있겠다. 보충 있어서 그런가?
　　A 교사: 보충도 있지만, 요때 끝나고 아이들 다시 한 번 환기시키는 거야. 졸리기도 하고, 정신도 없고 늘어지고 지겨우니까, 요때 청소하는 거지. 요즘 청소야 뭐 쓰레기 줍는 거니까. 이렇게 하면, 오후 수업이 지겹지 않아. 아이들도 힘들어 하지 않고.
　　필　자: 이 학교는 시간표도 훌륭하네요. 아이들에게 점심시간도 많이 확보해 주고.

재되어 있다.

연구 대상 가운데 □□중학교는 사립 남자 중학교라는 점에서, 연구 대상인 고등학교와 큰 차이를 보이진 않는다. 다만 ○○고등학교처럼 아파트에 둘러싸여 있지는 않고, 연립 주택이 많은 지역에 위치해 있으며, 학부모의 경제 수준은 다소 열악한 편이다. 이 학교는 전체 23명의 교사가 재직 중이며, 기간제 교사가 많은 수를 차지하고 있다. 학교의 역사가 오래되어 校舍가 매우 낡은 편이다. 두세 번 힘을 줘야 밀리는 나무 창틀은 연구자가 다니던 초등학교를 떠올리게 한다.

수업을 관찰하기 위해 방문한 학교는 설립한 지 오래되어서인지 건물 외관이 매우 낡아 보인다. 교실도 마찬가지라서 교실 문이나 바닥이 학교의 역사를 말해주는 듯하다. 다만, 학생들이 앉은 책상과 의자는 새것이다. 이 학교는 아직도 敎壇이 남아 있고, 교단 위에는 敎卓이 있다. 교탁 뒤에는 오래되어 보이는 칠판이 부착되어 있다. 창가 쪽에는 자물쇠가 채워진 장이 있다. 프로젝션 TV를 보관하는 장식장 같다.

3) 연구 대상 교사

본 연구에서 이해하고자 하는 대상은 중등학교에 근무하는 한문 교사의 교수 활동이다. 따라서 주 연구 대상인 교사를 선정하는 데 많은 어려움이 있었다.

연구 대상 교사 가운데 고등학교에 근무하는 A 교사는 20년 이상의 교육 경력을 가진 한문 교사이다. 처음 학교에 방문한 날도, A 교사는 부서 업무로 인해 여기저기 인터폰을 하면서 업무 처리를 하고 있었다. 연구자는 연구 참여자와의 유대감 형성을 위해 A 교사의 업무 처리에 도울 일이 없을지 문의하기도 했다.[37)]

A 교사는 교육대학원 한문교육 전공으로 석사 과정 수료를 했다. 차분하고 안정된 분위기에서 수업을 진행하는 편이며, 학교 업무로 바쁜 와중에도 수업 시간에 학생들의 한문 독해 능력 신장을 위해 熱과 誠을 다해 수업한다. 경력이 오래되었음에도 불구하고 같은 교과를 가르치는 교사들의 모임이나 연수에 참가하여 교과에 대한 자기 연찬도 게을리 하지 않는다. 그럼에도 불구하고 본인의 수업에 대해 스스로 부족하다고 느끼고 있으며, 동영상을 촬영하여 연구할 만큼 특별한 것도 없는 수업 운영을 하고 있다는 겸손한 태도를 가지고 있다. A 교사는 대부분의 교과에서 일반적으로 많이 사용되는 '직접 교수법'의 교수·학습 방법을 통해 자신의 수업을 운영한다. 일부 단원에서는 수업과 관련된 과제를 미리 제시하고 몇몇 학생의

---

37) A 교사: (전화 통화 도중 상대방에게) 그 부서로 다시 보냈습니다. 오늘 보고야. 허허허.
　　필　자: 오늘 보고인데, 공문이 오늘 내려오고 그래요? 저희 학교는 그럴 경우 못하겠다고 하는데. 힘드시겠어요.
　　A 교사: (전화 끊으며) 그래도 해줘야지, 이 업무가 우리 학교는 학생부 쪽인데, 우리 쪽에 잘못 내려와서 학생부로 다시 돌려보낸 거야.
　　필　자: 저희 학교는 재량활동부에서 다 하는데.
　　A 교사: 그래? 그럼 그 학교 사무분장 표 좀 보내줄래? 우리 학교는 부서 업무 조정이 필요한 것 같아.
　　필　자: 아, 그래요. 파일로 있으니까, 돌아가면 즉시 메일 보내드리죠.
　　A 교사: 아, 그래. 하하. 커피 한 잔 타 줄까?

自願으로 발표하는 방법을 활용한다. 이러한 방법은 학생들의 참여를 유도하기 위해서이다.

중학교에 근무하는 B 교사는 약 10년의 교육 경력을 가진 한문 교사로, 2006년 현재 근무하는 중학교에서 교육정보부장을 맡고 있다. B 교사는 서울 소재 대학교에서 한문교육을 전공한 여교사이다. 교직에 임용된 지 10년 정도 되었지만, 학교를 옮기지 않는 사립학교의 특성상 다른 학교에 근무한 적은 없다. 2006년 현재 담임을 맡고 있진 않지만 부장교사로 바쁘게 생활하고 있다. B 교사는 교직에 임용되던 해부터 한문 교사들의 연구 모임에 나가고 있다. 모임에서 한문 수업에 관한 여러 가지 고민들을 나누며 교과 교육에 관한 노하우를 공유한다. 현재 B 교사는 몇 해 전부터 관심을 가지고 공부해 온 '협동학습'을 통해 한문 수업을 운영하고 있다.

4) 연구 기간

본 연구는 학교 관리자와 해당 교사, 학생의 연구 허락을 받은 후 2006년 9월 초부터 시작하여 12월 초까지 진행되었다. 2006년 8월 말에 학교를 방문하여 연구 허락을 받고, 수업을 관찰하기 위한 학급을 선정하고, 학기 초에 정해진 교과 학습 진도 계획서를 통해 수업을 관찰하기 위한 일정을 짰다.

본격적인 수업 녹화는 9월 셋째 주에 시작되어 12월 첫 주에 종료되었다. 고등학교는 한 학급의 한문 수업이 주당 2시간씩 배정되어 있어, 일주일에 두 시간의 수업을 녹화하였다. 중학교는 한 학급의 한문 수업이 주당 1시간씩 배정되어 있어, 일주일에 한 시간의 수업을 녹화하였다. 이 기간 동안 체육대회 등의 학교 행사나 공무로 인한 교사 출장 등으로 수업을 못하게 되는 경우를 제외하고 모든 수업을 녹화했으며, 중간 중간에 연구자가 연구학교를 직접 방문하여 관찰했다. 수업에 대한 깊이 있는 이해를 위해 연구학교에 방문하여 연구 대상 교사와 면담을 했고, 녹화한 테이프를 그때그때 수거해 왔다. 특히 연구자가 직접 참여하여 관찰한 수업은 그 즉시 轉寫하고 分析하여 현장에서 듣고 본 것을 가급적 기록으로 남기려고 노력하였다. 2006년 12월과 2007년 1월에 자료 정리 작업을 하였고, 2007년 2월부터 종합적인 분석 작업을 착수했다.

5) 자료 수집 및 분석

자료 수집은 참여 관찰, 수업 녹화, 교사 면담을 통해 이루어졌고, 그 외에 문서 수집 등의 방법을 병행하여 이루어졌다. 수집된 자료는 전사 작업을 통해 컴퓨터 자료로 변환하였고, 연구가 진행됨에 따라 증가되는 자료의 혼돈을 피하기 위해 분류 번호에 따라 정리하였다.

참여 관찰을 실시한 수업의 경우, 현장에서 관찰 일지를 기록하였다. 참여 관찰 후에는 귀가한 즉시 현장 기록을 정리하고 수업 장면이 녹화된 비디오테이프를 轉寫(transcribe)하였다.[38] 참여 관찰을 하

---

38) 김영천, 『질적연구방법론1』(문음사, 2006), 437면. 김영천에 따르면 '전사 작업은 현장에서 수집하거나 기록한 자료들을 추후 분석을 위하여

지 않은 수업의 경우, 녹화된 비디오를 즉시 전사하지 않고 일단 테이프를 보면서 떠오르는 생각들을 따로 메모하였다. 이는 비참여 관찰의 경우, 수업을 처음 보면서 동시에 전사 작업을 진행하면 수업을 처음 볼 때 떠오르는 생각을 정리하기가 어렵기 때문이다. 이와 같이 수업에 참여하지 않은 상황에서의 메모와 전사의 분리 작업은 해당 수업에 대한 사전 친밀감을 확보하기 위해서도 필요한 과정이라 할 수 있다.

교사 면담은 보이스 레코더로 녹음했다. 해당 교사와 처음 만나 면담을 나눌 때는 면담 일지를 꺼내놓고 메모하며 면담을 진행했다. 하지만 두 번째 면담부터는 메모를 하지 않고 이야기를 나누었다. 그 이유는 메모에 신경 쓰다 보니 말을 하는 사람에게 신경 쓰지 못하게 되고, 연구자가 메모하는 모습을 보고 상대방도 말을 멈추거나 천천히 말하거나, 심지어는 연구자의 메모를 보면서 자신의 말을 다시 수정하는 상황이 벌어졌기 때문이다. 면담이란 것이 단순하게 상대방의 말을 충실히 기록하는 것이 목적이 아니기에, 메모를 하게 되면 면담의 목적에 충실할 수 없다. 그래서 대화의 기본에 충실하기 위해 상대방의 눈을 마주 보며 대화 내용에 맞장구를 치고, 때론 연구자의 의견도 개진하는 면담을 하려고 노력해야 한다. 이와 같이 자연스러운 대화를 통한 면담 수행에 톡톡히 기여한 것이 '보이스

깨끗하고 체계적으로 새롭게 받아 적는 것으로, 최근에는 컴퓨터를 사용하여 워드 작업으로 기록하고 보존하는 작업'이다. 또 '전사의 대상은 현장 작업을 통해 연구자가 획득한 모든 형태의 현장 자료－관찰일지, 녹화테이프, 학생 공책 내용들－가 모두 포함될 수 있으며, 전사과정을 통해 체계화되어 있지 못했던 내용들이 깨끗하고 체계적으로 정리되어 출력될 수 있다.'라고 설명하고 있다.

레코더'[39])이다.

이와 같이 수집한 원 자료를 대상으로 컴퓨터로 전사한 후, 전사한 자료를 대상으로 분석을 시작한다.[40] 연구자는 이 연구를 위한 전사 작업을 다음과 같은 과정을 통해 완성한다.

첫째, 워드 작업을 통해 컴퓨터 자료로 변환시킨다.

둘째, 표현에 문제가 있는 정보들－철자, 띄어쓰기, 표기법의 오류 등－을 교정한다.

셋째, 많은 자료의 효율적인 관리를 위해 코딩 체계를 세워서 고유의 코드를 각 전사 자료에 붙인다.

연구자는 관찰한 모든 수업과 면담한 모든 결과를 본 연구를 위한 전사 자료로 다루진 않는다. 또한 참여자의 수업 내용을 그대로 기록하되, 교사와 학생의 상호 대화뿐만 아니라 관찰한 것을 전사 자료에 포함시킨다.

---

39) 보이스 레코더는 테이프 방식의 녹음기에 비해 중간에 테이프를 갈아 끼워도 되지 않을 정도로 녹음 시간이 길고, 비교적 녹음되는 음질도 깨끗하며, 무엇보다 컴퓨터로 옮기는 과정이 특별한 변환 과정을 거치지 않고 파일을 옮기는 정도의 작업만 필요할 정도로 간편하다는 이점이 있다. 이러한 장점은 면담 같지 않은 자연스러운 면담을 진행하고자 할 때 연구자 자신도 녹음을 하고 있다는 것을 망각할 정도로 녹음에 신경 쓰지 않아도 된다는 장점이 있다.(연구자 주)

40) 김영천, 앞의 책, 2006, 442면. 참조. 김영천은 이 책에서 "전사 작업이 현장에서 수집한 자료들을 컴퓨터의 자료로 변화하는 작업이기는 하지만, 이 작업 역시 연구 도구인 연구자에 의해 이루어지는 만큼 연구자의 개인적인 주관에 의해 취사선택되어 전사된다는 사실을 명심해야 한다."고 밝히고 있다. 또한 "연구자가 워드 작업을 할 자료와 워드 작업을 하지 않을 자료를 먼저 구분한 뒤 전사 작업을 하기 때문에, 필요한 내용과 필요하지 않은 내용에 대한 연구자의 판단이 분석 이전에 개입된다."고 밝히고 있다.

전사 자료의 표기는 미시문화기술적 연구방법에서 일반적으로 사용되는 전사 규정[41])에 따라 다음과 같은 원칙을 따른다.

첫째, 모든 전사 자료는 〈자료의 종류-연구 참여자-분류번호〉의 순서에 따른 소제목을 표기하며, 필요한 경우 제목의 끝에 '자료의 행 번호'를 추가하거나 소주제를 표기한다.

둘째, 수업이나 면담 중에 연구자가 관찰한 행위나 상황 등은 ( ) 안에 표기한다.

셋째, 교사와 학습자의 말은 각각 '교', '학'(1명 학생의 말), '학학'(2명 이상의 학생의 말)으로 표기한다.

넷째, 5초 미만의 비교적 짧은 동안의 휴지는 ' / ', 5초 이상의 비교적 긴 동안의 휴지는 ' / / '으로 표기한다.

다섯째, 학생들의 답변이 없을 때는 '……'으로 표기한다.

여섯째, 전사 자료의 일부를 생략할 때는 '〈중략〉'이라고 표기한다.

일곱째, 전사 자료 중 한자를 竝用할 필요가 있는 부분은 '한글(한자)' 형태로 표기한다.

여덟째, 교사의 발문이나 학생의 대답 가운데 특히 유의미한 것은 밑줄을 그어 표기한다.

관찰한 것을 기록으로 남기는 작업은 매우 중요하다. 이러한 작업은 일정 시간이 지난 후라도 수업 활동을 회상하고 추가 연구를 진행할 수 있도록 자료를 체계적으로 정리·분석하기 위해 필요하다.[42]) 교실에서의 활동을 기록하기 위해 사용되는 도구는 비교적 비

---

41) 이에 대한 자세한 소개는 위의 책 454~456면 참조.
42) 김경희 외, 앞의 책, 5면. "수업은 비디오와 음악 테이프, 사진 등 다양

구조화된 것(노트를 하는 것)으로부터 고도로 구조화된 것(특정 행동을 관찰하는 시기와 소요 시간에 대한 명백한 절차 포함)에까지 광범위하다(설양환 외, 2005: 53).

이 연구는 참여 관찰과 비참여 관찰을 병행한다. 관찰하는 과정에서 가장 어려운 점은 수업 중 발생하는 모든 일을 관찰할 수 없다는 점이다. 특히 교실에서 연구자가 관심을 가지는 활동은 눈 깜짝할 사이에 일어나는 경우가 대부분이다. 따라서 이러한 어려움을 조금이라도 해소하기 위해서 관찰자의 눈과 손을 보조할 수 있는 도구가 필요하다.

수업을 관찰하면서 전혀 기록하지 않는 연구자는 없을 것이다. 그럼에도 불구하고 기록은 일정 정도의 한계가 있다. 노트에 기록하는 방법에 비해, 음성 녹음기나 영상 녹화기(캠코더)를 이용할 경우 여러 가지 이로운 점이 있다. 물론 여기엔 단점도 부수적으로 따라 온다. 예를 들어, 교사나 학생이 녹음이나 녹화를 인식하고 수업을 진행할 경우 십중팔구 자연스러운 수업을 방해할 수 있다.

수업 관찰 내용을 기록하는 도구에 따라 각각의 장단점이 있기 때문에 연구 목적이나 연구 대상, 상황에 따라 적절한 기록 도구를 취한다.[43] 관찰 기록을 도울 수 있는 장비의 사용은 여러 가지 단점에도 불구하고 사용 허가만 얻을 수 있다면, 연구자가 자료를 수집하고 분석하고 보존하는 데 큰 도움이 된다.

한 매체에 의해 기록된다. 그러나 이러한 기록으로부터 수업 분석을 하기 위해서는 문자에 의한 수업 기록이 불가피하다. 왜냐하면 오직 언어에 의해서만 사실을 사실로 파악할 수 있으며, 사실에 의미를 부여할 수 있기 때문이다."
43) E. C. Wragg, 앞의 책, 41면.

전사한 자료를 반복하여 읽으면서 교사의 수업 활동 가운데 독해와 관련된 내용을 찾으려고 노력한다. 분석하는 중에 본 연구에서 관심 가진 활동이 드러나면 그 교수·학습 현상에 대한 개념적인 범주를 메모하면서 분류한다. 이와 같은 귀납적인 분석 방법은 질적 연구 방법에서 자연스럽게 갖춰지는 것이다. 이러한 방법으로 수업

〈표 10〉 관찰 기록 도구에 따른 장단점

기록 도구	장 점	단 점
노 트	• 즉각적인 참조 가능 • 시간이 절약됨 • 수업 후 토론 시간에 즉시 사용 가능 • 수업 시간에 관찰자가 본 모든 사태를 기록할 수 있음	• 관찰자가 무엇을 기록할 것인지 순간적인 결정을 내려야 하기 때문에 그 기록 내용이 피상적일 수 있고 신뢰도가 떨어질 수 있음 • 관찰 장면을 다시 보기 어려움 • 관찰자의 존재로 인해 학급이 영향을 받음
녹음기	• 토의, 분석, 설명을 위하여 반복적 사용 가능 • 교사 발언 내용을 정확히 파악하기가 용이 • 관찰자의 코멘트도 동시에 기록할 수 있음 • 녹취록 작성 전문가에게 의뢰하여 수업 내용에 대한 녹취록 제작 가능	• 얼굴 표정, 몸짓, 동작 등과 같은 중요한 시각적 단서를 얻을 수 없음 • 무선 마이크를 사용하지 않을 경우 음질이 나쁠 수 있음. 교실이 음향학적으로 소리가 울릴 경우에는 이 문제가 더욱 심각함 • 어떤 학생이 발언하는지 구분하기가 어려움 • 분석할 때에도 시간이 많이 걸림
캠코더	• 반복하여 보고 들을 수 있는 소리 및 시각 정보 기록 가능 • 순간적인 결정을 내려야 하는 압박감 없음 • 교사에게만 초점을 맞출 수도 있고, 학생 개인 또는 집단에 초점을 맞출 수도 있음 • 참여자와 함께 수업 내용을 토론할 수 있음	• 교실 실내 온도, 냄새, 카메라 촬영 각도 범위 밖에서 일어나는 사건 등에 대한 정보를 얻을 수가 없음 • 카메라가 학급에 영향을 미침 • 분석할 때에 시간이 많이 걸림

동영상을 전사하고, 전사한 자료에서 독해 활동과 관련된 요소를 찾아내고, 찾아낸 자료를 다른 수업 동영상에서 찾아낸 자료와의 비교 분석을 통해 독해에만 해당하는 교수학적 내용 지식을 찾아낸다. 교사 면담 일지도 정리하고, 학생들의 학습 내용을 파악하기 위해 수업 시간에 사용한 교과서와 노트 자료를 수합하여 정리한다. 이러한 자료를 통해 전체 연구에 중요하게 작용할 수 있는 의미를 발견할 수도 있다.

◘ 2. 연구의 타당성과 신뢰성

질적 연구에 있어서 연구의 타당성은 삼각측정, 연구 참가자에 의한 연구 평가 작업, 전문가 협의 등의 방법을 사용한다.44) 연구의 타당성과 신뢰성은 연구의 질을 담보하는 데 매우 중요한 요소로 긴밀하게 연결되어 있다. 신뢰도와 내적 타당도는 모두 중요하지만, 신뢰도 없이 내적 타당도를 갖기는 불가능하므로, 내적 타당도를 보다 부각시킬 필요가 있다.45)

---

44) Sharan B. merriam, Op. cit., p.169. "There are six basic strategies an investigator can use to ensure unternal validity. Triangulation, Member checks, Long—term observation at the research site or repeated observations of the same phenomenon, Peer examination, Participatory modes of research, Reseacher's biases."
45) Guba, E. G. & Lincoln, Y. S., *Effective Evaluation*(San Francisco:

1) 삼각측정

삼각측정(triangulation)이란 용어는 항공 영역에서 목표 지점을 찾을 때 유용하게 사용된 측량 방법이다. 이 방법이 가지고 있는 전제는 첫째, 어떤 사실에 대한 이해는 특정한 한 가지의 방법에 의존하기보다는 여러 가지 방법이나 자료에 의존하였을 때 그 연구 대상에 대한 탐색과 이해가 보다 정확할 수 있다는 데 있다. 둘째, 상이한 두 가지 이상의 방법들이 동일한 현상에 대해서 동일한 결과를 도출하였을 때 연구자가 내린 연구 결론에 보다 신뢰가 간다는 입장을 지지할 수 있다. 이 삼각측정은 질적 연구의 타당도를 증진시키는 방법으로 일반적으로 사용된다(김영천, 2006: 548~549).

연구자는 관찰, 면담, 관련 문헌 연구 등을 통해 연구 참여자의 수업을 이해하는 데 생길 수 있는 오류를 최대한 줄이고자 한다.

2) 연구 참여자에 의한 평가

'연구 참여자에 의한 연구 결과의 평가 작업(member check)'은 질적 연구의 타당도 작업에서 매우 중요한 준거라고 할 수 있다. 이 작업은 연구자가 도출한 임의적 분석과 결론이 과연 타당한지 연구 참여자에게 확인받는 절차이다. 이 과정을 거치는 이유는 연구자가 학습자로서 현장에 참여하고, 수집한 자료와 도출한 결론이 연구자

Jossey-Bass, 1981), p.120.

혼자만 경험한 것이 아니기 때문이다. 현장엔 연구자 외에 연구 참여자도 있었기 때문에, 그들이 그 현상들을 어떻게 바라보고 해석하였는지를 알아볼 필요가 있다.

연구자는 연구 분석 과정에서 미심쩍은 부분이 발생하면 연구 참여자에게 확인을 받았고, 연구 분석이 1차로 완료되었을 때 연구 참여자 확인 리스트를 통해 연구 참여자의 평가 작업을 실시했다(〈부록 4〉 참조).

우선 면담이나 수업 관찰 후엔 연구 참여자에게 전사한 자료를 보여 주고 해당 자료가 충분히 구체적인지, 객관적인지 확인을 받고, 혹시 잘못 기술되어 삭제를 요하거나 수정할 내용이 있는지, 또는 추가할 내용이 있는지 확인을 받았다. 그리고 전사한 자료를 통해 연구 참여자의 개인 정보가 노출될 가능성은 없는지 확인받고, 다음 면담이나 관찰을 위해 제안할 사항이 있는지 점검했다.

연구물이 일차 완성되었을 때 연구 참여자들과 면담을 통해 다음과 같은 사항을 확인받았다. 즉 연구 문제의 범위와 내용이 적절한지, 원 자료(raw data)를 직접적으로 제시하면서 관찰한 결과가 올바르게 분석되었는지, 수업이 하나의 이야기처럼 어렵지 않으면서도 흥미롭게 기록되어 읽는 이로 하여금 대리 경험의 기회를 제공하는지, 관찰 및 해석에 타당성은 있는지 확인받았다. 또한 연구물에 연구자의 역할과 견해가 잘 드러나 있는지 확인받고, 연구자의 분석에 동의하는지 확인받았다.

3) 전문가 협의

'전문가 협의(specialist meeting)'는 연구 과정 중에 연구자로 하여금 오류나 편견에 빠지지 않도록 하며, 연구의 전 과정에 걸쳐 정직성을 유지할 수 있도록 하기 위한 방안이라 할 수 있다.

본 연구는 연구 설계부터 연구 결과를 해석하는 과정까지 수업 이해 전문가 1명과 전공 관련 전임 교수 2명, 관련 박사학위 소지자 1명과 지속적인 협의를 하였다. 또한 10년 이상의 교육 경력을 가진 한문 교사에게 연구물을 보여주고 연구의 타당성을 함께 협의하였다.

◘ 3. 연구 윤리

질적 연구는 연구 참여자의 사생활을 침해할 가능성이 농후하며 이를 통제하기가 쉽지 않다. 왜냐하면 질적 연구는 연구 참여자 개인과의 직접적인 관계 형성에 의해 이루어지기 때문이다. 그러므로 연구 참여자의 충분한 사전 동의가 반드시 선행되어야 한다.

본 연구에서는 '허락받기' 과정에서부터 연구 참여자에게 연구 목적을 설명하고 허락을 받았다. 면담을 하기 전에 미리 연구 목적 이외에는 면담 내용을 사용하지 않을 것이며, 가명으로 처리될 것을 약속하였다. 또한 연구 결과 생성된 모든 자료는 '연구 참여자의 평가 확인' 작업을 통해 원 자료(raw data)를 그대로 사용하였으며, 원 자료에 대한 거짓, 임의 수정, 생략 등을 하지 않았는지 확인을 받았다. 마지막으로 연구 참여자가 최종 연구 논문에서 생략되길 원하는 부분이 있다면 생략을 요청할 수 있음을 설명하였다.

漢文科 授業의 讀解 樣相

                IV장은 두 교사의 수업을 통해 수집된 자료의 분석 결과를 보여주고, 한문 수업의 의미를 발견하고자 했다.

  A 교사의 수업은 교사가 먼저 본문을 설명하고, 설명 중에 학생들에게 질문을 던지고, 본문의 축자적 풀이를 통해 해석 시범을 보이는 교수 활동으로 구성된다.

  B 교사의 수업은 학생들의 모둠을 통해 교과서를 재구성한 학습지를 풀어보는 협동학습 활동으로 구성된다.

Ⅳ. 漢文科 授業의 讀解 樣相

■ 1. 고등학교 한문과 수업의 독해 양상

수업은 매우 많은 요소들로 구성된다. 교과 내용이나 학습 주제, 학생들의 인지적 수준, 학습 집단의 조직, 교수법의 유형, 교사·학생의 상호작용 형태 등의 요소들은 수업 상황에서 서로 연관을 맺으면서 하나의 맥락을 갖추게 된다.

수업 관찰 연구는 수업의 많은 요소 가운데 어떤 요소를 중심으로 분석할 것인지 수업 관찰의 초점을 맞출 필요가 있다. 관찰 초점을 맞춘다는 것은 복잡한 교실 수업 상황 속에서 중점적으로 볼 것이 무엇인지 결정하는 것이다. 본 연구에서 관찰의 초점은 교사의 교수 활동 중 한문 독해 지식이 드러나는 장면이다.

수업을 관찰한 후 필요한 작업은 수업을 기술하는 것이다. 관찰한 결과를 생생하게 드러나도록 기록하되, 연구자 개인의 판단이나 해석은 우선 배제해야 한다. 이 작업이 '授業 記述'이다. 수업 기술을 위한 기록은 〈표 11〉과 같은 관찰 기록장 등을 이용하여 기재한다.

〈표 11〉 수업 관찰 기록장 예시

일시: 2006년 10월 13일(금), 3시 40분~4시 30분 (7교시)
교사: A 교사
학급: 서울 강북의 ○○고등학교 1학년 12반 학생

시 각	교사 행위	학생 행위	기타 (상황)
〈15 : 40〉	반장의 인사를 기다리면서 죽비로 교탁을 딱딱 친다. 학생들이 점점 조용해진다.	반장은 인사를 하려고 일어선다. 나머지 학생들은 선생님을 발견하고 인사할 준비를 한다.	교실에 교단선진화 기자재 있음.
	경례를 받는다.	반장, 경례한다.	학생들 두발이 모두 스포츠형임.
〈15 : 42〉	흰색 펜으로 칠판 위쪽에 "목숨과 바꾼 사랑"이라고 적는다. "111쪽을 펴세요. 오늘 배울 단원은 여인열전 가운데 목숨과 바꾼 사랑이죠" 111쪽을 읽는다.	학생은 눈으로 따라 읽는다.	뒤쪽의 학생일수록 교과서가 없는 학생이 더러 발견됨.

'수업 기술'은 관찰한 사실의 기록이므로, 그 안에 숨어 있는 의미를 발견하는 작업이 뒤따라야 한다. '수업 기술'엔 수업을 기록한 사람의 발견이나 해석은 드러나지 않는다. 이 때문에 '수업 해석'이 필요하다.

수업은 연구자의 주관적인 신념이나 관심 등에 따라 판단되고 이해될 때, 그 수업의 의미가 드러날 수 있다. 이러한 해석은 유일한 것이 아니다. 동일한 교실 상황이라 하더라도 연구자에 따라 다양한 관점에서 상이한 해석을 할 수 있다. 오히려 이러한 해석의 다양성은 하나의 수업 관찰만으로도 다양한 의미의 발견과 이에 대한 생산적인 대화를 가능하게 해 준다. 다만 연구자의 편견이나 부적절한 몰이해에 의해 해석의 오류가 발생하진 않아야 하겠다.

수업은 복잡하고 다양한 활동으로 이루어진다. 이러한 활동이 교사의 교수 행위에 관련된 활동이든 학생의 학습 행위에 관련된 활동이든, 실제 수업을 분석하기 위해서는 수업에 담긴 복잡하고 다양한 활동을 어떻게 구분해서 분석할 것인지 결정할 필요가 있다.

학교 수업에서 가르치고 배우는 과정의 핵심수단은 교사와 학생의 상호작용이며, 이러한 작용은 크게 교사, 학생, 교재가 그 수단으로서 중심 역할을 한다고 볼 수 있다. 즉 수업은 교사가 새로운 학습 목표 달성을 위해 교재를 통해 학생의 인지 구조에 의미 있는 변화를 가져오게 하는 과정이라고 할 수 있다. 따라서 본 연구에서는 수업을 구성하는 다양한 요소를 교실 환경, 수업 자료, 교사의 교수 형태 및 내용, 학생의 학습 활동 등으로 나누고, 이 가운데 한문과 수업에서의 독해 양상을 살피기 위한 요소로 수업 자료로 사용된 '교재'와 교사의 교수 형태 및 내용을 파악할 수 있는 '수업 활동'을 선별하여 살펴보겠다.

먼저 '교재'에서는 A 교사의 수업에서 사용된 교과서를 분석하겠다. 분석을 통해 각각의 세부 단계에서 어떤 독해 활동 구성요소를 찾을 수 있는지 살펴보겠다. '수업'에서는 분석의 편의를 위해 수업 중 이루어지는 활동을 도입, 전개, 정리의 세 단계로 구분하여 분석하겠다. 각 단계의 고유한 활동, 이를테면 수업의 도입 부분에서만 드러나는 특징적인 활동뿐만 아니라 해당 수업에서만 특별하게 드러난 활동까지 포함하여 살펴보겠다. '교수법'에서는 A 교사의 수업에서 특징적으로 드러난 교수법에 관해 살펴보겠다.

1) 교 재

A 교사는 교과서를 중심으로 수업을 진행한다. 아래에 소개할 수업에서 다룬 부분은 대학서림에서 출간한 제7차 고등학교 검인정 교과서인 『고등학교 漢文』의 〈Ⅴ. 여인 列傳〉이다. 먼저 교과서가 어떤 모습을 가지고 있는지 파악하기 위해 〈Ⅴ. 여인 列傳〉의 단원 전개 양상을 살펴보겠다.

교과서는 우선 대단원명이 제시되어 있고, 대단원명 아래에 해당 단원의 내용과 학습 목표가 간략하게 소개되어 있다. 학생들로 하여금 소단원에서 학습해야 할 내용들을 미리 알게 하고자 하는 취지이다. 소단원으로 들어가면, 대단원과 마찬가지로 우선 소단원명이 제시되어 있고, 소단원명 아래에 해당 소단원의 내용과 본문 내용을 통해 다루어야 할 문제가 소개되어 있다.

본문은 원문을 끊고 토를 달아 놓은 방식으로 제시된다. 원문의 내용 가운데 인명이나 지명 등의 고유어는 밑줄 표시가 되어 있다. 본문 아래에는 단을 나누어 '새로 나온 한자'가 배치된다. '새로 나온 한자'를 통해 본문에 새로 나온 한자의 음과 뜻을 알 수 있다. 본문 옆 날개에는 어휘 관련 정보가 소개된다. 본문에 나온 어휘들 가운데 보다 자세한 정보가 필요한 어휘들을 뽑아 학생들이 본문을 읽는 데 참고가 되도록 한다.

본문 다음에는 '어구 해설'이 이어진다. 어구 해설은 축자적 풀이만으로는 해석이 어려운 어휘나 구절에 대해 보다 자세한 풀이나 설명이 제시된다. 여기까지가 본문에 나온 문장을 독해하는 데 필요한 정보를 제공하는 부분이다.

다음에 나오는 내용은 '더 알아보기', '한자야 놀자', '어휘력 기르기' 등과 같이 본문의 내용과 직접적인 관련은 없지만 교과서 구성에 포함되어 있는 항목들이다. 마지막으로 단원 전체에서 학습한 내용에 대한 평가 문항이 나온다.

이상으로 소단원의 전개 양상을 살펴보았다. 대단원 아래의 소단원이 모두 마무리되면, 대단원을 정리하는 의미로 문장의 형식에 대한 설명과 문장 독해에 필요한 허사에 대한 설명이 대단원의 말미에 간략하게 제시된다. 이와 같은 단원 전개 양상을 표로 정리하면 〈표 12〉와 같다.

〈표 12〉〈V. 여인 열전〉의 '13. 황진이'의 단원 전개 양상

내 용	항 목	비 고
V. 여인 列傳	(대단원명)	
봉건적 질서에 의해 가장 큰 피해를 받은 사람들은 누구일까? 아직도 그러한 봉건적 인식 속에서 희생당하고 있는 사람들은 누구일까? (中略) 이 단원에 수록한 글들은 바로 여성과 관계된 것들이다. 비록 봉건적 질곡에서 숱한 희생을 당하며 살았지만 그중에는 당당하게 자신의 목소리를 낸 여성들도 있다. 앞으로의 세상은 함께 사는 곳이어야 한다. 이 글들을 통해 우리는 여성 문제에 대한 인식을 새롭게 할 필요가 있다.	(대단원 개관)	
13. 황진이	(소단원명)	
송도의 유명한 기생 황진이(黃眞伊)는 많은 일화를 남겼다. 그녀는 才色이 뛰어났을 뿐만 아니라 뜻이 크고 의협심이 강하여 제한된 신분이었음에도 불구하고 중세의 고정 관념에 사로잡히지 않고 인생을 주체적으로 살았다. 그녀의 삶의 방식은 고착된 사회적 관념을 뛰어넘어 자유로운 의식을 갖고자 했다. 다음 이야기에 나타난 황진이의 이러한 삶을 통해 현실을 극복하고 이겨내려는 능동적인 자세를 배워보자.	(소단원 개관)	12. 목숨 과 바꾼 사랑 14. 劍女
吾聞하니 中國人은 願生高麗國하여 一見金剛山이라. 況我國人이 生長本國하여 去仙山咫尺인데 而不見 眞面目이 可乎아? 今吾偶奉仙郎하여 正好共作仙遊하니 山衣野服으로 恣討勝賞而還하면 不亦樂乎아?	(본문)	
偶(우)짝, 뜻하지 아니하게, 허수아비 偶然, 偶像, 配偶者 恣(자)방자하다, 마음 내키는 대로 하다 放恣, 恣行 還(환)돌아오다 還俗, 還屬, 錦衣還鄕 *咫(지)길이, 짧은 거리(咫尺)	새로 나온 한자	

내 용	항 목	비 고
① 吾聞하니 中國人은 願生高麗國하여 一見金剛山이라: 내가 들으니 중국인은 고려국에 태어나서 금강산을 한번 보기를 바란다고 합니다. ② 況我國人이 生長本國하여 去仙山咫尺인데 而不見眞面目이 可乎아?: 하물며 우리나라 사람이 본국에 태어나 성장하여 좋은 산을 지척에 두고서도 진면목을 보지 않는 것이 옳겠습니까? 生長: 나서 자라다. 去: 거리 仙山: 경치가 좋은 산 ③ 今吾偶奉仙郞하여: 지금 제가 우연히 그대를 모시게 되어, 仙郞: 남자를 높여 부르는 말 ④ 山衣野服으로 恣討勝賞而還하면 不亦樂乎아?: 산의(山衣)·야복(野服)의 소박한 차림으로 좋은 경치를 마음껏 구경해 보고 돌아온다면 또한 즐겁지 않겠습니까? 山衣·野服: 평상복. 소박한 차림 恣討: 마음껏 구경하다. 不亦樂乎: 또한 즐겁지 않겠는가?(반어)	어구 해설	
【칠실녀 이야기】	더 알아보기	
집어넣을 한자어 經穴, 基礎, 無鉛揮發油, 矯角殺牛, 終了, 屢次 집어넣을 한자어 朗讀, 茫然自失, 王妃, 體操, 祭祀, 索引, 宣戰布告 집어넣을 한자어 騷音, 自肅, 陳述, 水蒸氣, 鎭火, 補佐官	한자야 놀자	

내 용	항 목	비 고
○ 시조 문학의 享有층이 확대되면서 注目할 만한 일은 여류 작가들의 창작 활동이다. 이 중 상당수는 妓女의 작품이다. 당시 선비들의 시조가 관념적 表出이었다면 기녀들의 시조는 숨김없는 서정의 표현이었다. 이처럼 기녀는 음악·무용 등 傳統 文化의 계승자일 뿐만 아니라 문학에서도 두드러진 활약을 보였다. 위 글은 매창(梅窓) 계랑(桂娘)의 시조로서 그녀가 사귀던 유희경(劉希慶)이 서울에 올라간 뒤 소식이 없으므로 이 시조를 짓고 守節했다고 한다.	어휘력 기르기	
1. 본문의 구절 풀이가 올바르지 않은 것은? ① 況: 하물며 ② 咫尺: 아주 가까운 거리 ③ 可乎: 옳겠는가? ④ 仙郎: 고상한 그대 ⑤ 勝賞: 감상을 이기다 (中略) 4. 황진이의 삶은 동시대 여성들의 삶의 방식과 어떤 차이점을 보이는지 말해 보시오.	평가	
문장의 형식: 반어문(反語文) 한자의 쓰임: 則	(대단원 마무리)	

교실에서 진행되는 수업 양상을 파악하기 위한 연구의 하나로 교과서를 연구 대상으로 하여 그 양상을 분석하는 연구를 들 수 있다. 왜냐하면 교과서는 해당 교과의 내용이 어떤 수준에서 어떤 모습으로 구체화되는지 파악하기 위해 가장 좋은 연구 대상이기 때문이다. 교과서는 해당 교과의 내용을 학교에서 가르칠 수 있는 수준으로 변형하여 학생에게 제공하는 전형적인 수단이며, 교사의 수업을 듣는 학생이 이용하는 직접적인 자료이므로, 이러한 연구의 기초 분석 대

상이 되기에 충분하다.

교과서는 문서로서의 교육과정과 이를 실현하는 수업의 架橋 역할로, 교사의 교수 활동과 학생의 학습 활동을 연결시켜 주는 매우 중요한 매개이다. 따라서 교과서가 매개로서의 역할을 충분히 하고 있는지 분석하기 위해서는 교재의 양상, 특히 교재의 단원 전개 양상이 어떠한지 분석할 필요가 있다.

단원은 학생들이 배우고 교사가 가르칠 '내용의 묶음'으로 교재의 근거가 되며, 하나의 완결된 학습 내용이 구성단위이다(이재승, 1999). 단원 전개 방식은 단원 구성 요소 간의 짜임으로 구현된다. 교과서에 들어가는 내용이나 학습 요소를 어떻게 짜고, 이를 어떻게 효과적이고 체계적으로 잘 조직화하느냐에 따라 이를 전달하는 수업의 양상이 크게 좌우된다. 학습자의 학습 방법 또한 이에 따라 변화된다(이경화, 2006: 59~60). 따라서 수업 양상을 살피는 데 있어, 교재의 단원 전개 양상을 살피는 작업은 우선적으로 처리해야 할 과제이다.

A 교사가 사용하는 대학서림의 『고등학교 漢文』은 다음과 같은 특징을 가진다. ⅰ) 동양의 고전 중에서도 한국한문학을 위주로 내용을 선정하였다. ⅱ) 文・史・哲 자료를 골고루 배치하여 漢文科의 통합교과적 특성을 드러내고자 하였다. ⅲ) 놀이를 통해 한자・한자어를 익히도록 하였다(신표섭 외, 2001: 5).

특히 이 교재는 학습자의 독해 활동과 관련하여 학습자의 본문 풀이에 도움이 되도록 본문에 나온 한자가 둘 이상의 뜻을 가진 경우에 본문에 사용된 한자의 뜻에 밑줄이 그어져 있다. 즉 본문 아래에 새로 나온 한자의 음과 뜻이 제시되는데, 한 글자가 둘 이상의 뜻을 가진 경우는 본문에 사용된 한자의 뜻에 해당되는 풀이에 밑줄을 그어 표시해 준다. 학습자는 이러한 장치를 통해 해당되는 한자의 뜻을 쉽게 파악할 수 있으며, 1차 문장 풀이에 직접적인 도움을 받을 수 있다. 또한, 이 교재는 대단원이 끝날 때마다 한자의 쓰임이나 문장의 구성에 관한 문법 사항을 제시함으로써 학습자의 독해 활동에 도움이 되도록 했다.

아래에서 소개할 A 교사의 수업에서 다룬 내용은 교과서의 열세 번째 단원인 〈황진이〉 가운데 1차시 학습 내용에 해당되는 부분이다. 해당 단원의 학습 목표는 ⅰ) 본문 학습을 통해 한문 문장의 독해력을 기르고, ⅱ) 중세의 고착된 관념을 뛰어넘고자 하는 황진이의 삶을 통해 주체적인 삶의 방식을 배우고, ⅲ) 여성을 주인공으로 하는 야담 작품의 특성을 이해하는 것이다. 이상과 같은 학습 목표 가운데, 본 차시 수업의 목표는 본문 풀이 학습을 통해 한문 독해력을 기르는 것이다.

이제 교과서의 단원 구성 체제나 학습 활동의 분석을 통해 독해 활동과 관련된 구성 요소가 어떻게 구현되었는지 살펴보겠다.

교과서의 대단원 구성 체제는 먼저 대단원명을 제시하고, 다음으로 대단원이 어떤 내용을 담고 있으며 어떤 학습 목표를 성취해야 하는지에 관해 간략히 소개한다. 소단원 구성 체제는 먼저 소단원명을 제시하고 소단원이 어떤 내용을 담고 있으며 본문 내용을 통해 생각해 볼 문제는 어떤 것인지 소개하여 학생들의 궁금증을 유발하고 있다.

대단원명 아래의 단원 소개나 학습 목표, 소단원명 아래의 단원 소개나 문제 등은 학습자의 인지구조 내에 있는 아이디어나 기억을 자극하고 활성화시킬 수 있도록 구성되어야 한다. 인간이 사물을 인식하는 지각 구조는 집합을 이루고 있는 여러 가지 기존 개념이 새로운 학습 과제를 받아들이는 데 도움을 준다고 본다. 따라서 새로운 지식이나 개념, 정보를 기존 개념 체제 속으로 동화시키기 위해선 기존의 배경지식(schema)을 자극할 수 있는 아이디어나 내용을 '사전 학습자'로 제시해야 하는데, 이런 사전 학습자의 효과를 주는 것이 先行組織者(advanced organizer)이다(전성연 외, 2007: 101~103).

대부분의 교과서는 단원의 맨 앞에 '개요'와 같은 선행조직자를 포함하고 있다. 여기엔 새로운 정보와 현재 학생이 가지고 있는 배경지식을 연결해 주는 개념상의 다리라고 할 수 있는 선행조직자의 역할에 맞는 내용이 제시되어야 하겠다.

본 연구 대상이 되는 교재 또한 선행조직자의 역할을 하는 내용이 제시되어 있지만, 학습자를 자극하여 활성화시킬 수 있는 아이디어나 내용이 필요하다고 할 수 있다. 다음 두 그림을 보면, 어떤 유형의 단원 개요가 '선행조직자'의 역할을 충실히 할 수 있는지 알 수 있다.

〈그림 1〉을 보면, 학생들의 흥미를 유발시킬 수 있는 장치로 '4컷 만화'가 제시되어 있다. 학생들은 글자만 나열된 〈그림 2〉와 같

〈그림 1〉
〈Ⅱ. 先人의 智慧〉의 단원 개요

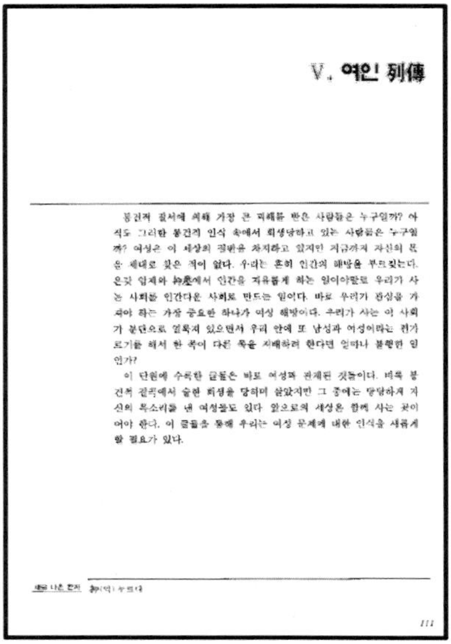

V. 여인 列傳

봉건적 질서에 의해 가장 큰 피해를 받은 사람들은 누구일까? 어
쩌면 봉건적 인식 속에서 희생당하고 있는 사람들은 누구일
까? 여성은 이 세상의 절반을 차지하고 있지만 지금까지 자신의 본
을 세대로 살은 적이 없다. 우리는 흔히 인간의 해방을 부르짖는다.
온갖 압제와 yo로에서 인간을 자유롭게 하는 일이야말로 우리가 사
는 사회를 인간다운 사회로 만드는 일이다. 바로 우리가 관심을 가
져야 하는 가장 중요한 하나가 여성 해방이다. 우리가 사는 이 사회
가 불완전한 불완전하고 있으면서 우리 안에 또 남성과 여성이라는 편가
르기를 해서 한 쪽이 다른 쪽을 지배하게 한다면 일마나 불행한 일
인가?
   이 단원에 수록한 글들은 바로 여성과 관련된 것들이다. 비록 봉
건적 질서에서 음한 취급을 당하던 삶이었지만 그 중에는 당당하게 지
신의 목소리를 낸 여성들도 있다. 앞으로의 세상은 함께 사는 것이
어야 한다. 이 글들을 통해 우리는 여성 문제에 대한 인식을 새롭게
할 필요가 있다.

〈그림 2〉
〈V. 여인 列傳〉의 단원 개요

은 단원 개요보다 해당 단원의 학습 내용을 핵심적으로 제시해 주는 이러한 장치에 보다 관심을 갖게 된다. 선행조직자는 학습에 들어가기 전에 학습을 촉진시켜 주는 역할을 한다. 이어지는 학습 과제에 대한 정보를 제공해 줌으로써 학습자의 성취동기를 증가시키기 위해 대개의 경우 구체적이고 익숙한 언어로 제공하거나 그림, 사진 등을 통해 제공되는 것이 바람직하다.

선행조직자가 효과적으로 제시될 경우, 이어지는 학습목표에 대한 성취 욕구 또한 높아져서 긍정적인 학습 효과를 끌어낼 수 있으므로, 이어지는 단원의 글감이나 형식, 성격에 따라 선행조직자의 역할이 크다는 것을 파악할 수 있다.

교과서에 직접 서술되어 있진 않지만, 대단원 〈V. 여인 열전〉은 주체적으로 살아간 여성들의 모습을 통해 남녀평등에 대해 알아보는 단원이다.46) 교사용 지도서에는 또한 제13과의 지도 내용으로 '황진

---

46) 신표섭·이병주·이윤찬·강경모·백광호·허시봉·류기영·이태희, 『고등학교 한문』 교사용 지도서(대학서림, 2002), 150면. 이 지도서에는 '이 단원에서는 여성을 주인공으로 삼은 작품을 세 편 뽑아보았다. 중세 봉건적 사회에서는 권력을 남성이 쥐고 있었기 때문에 모든 것이 남성 중심이었고 이에 여성들의 삶은 수동적일 수밖에 없었다. 그러나 그 속

이의 주체적인 삶의 방식'과 '글짓기와 문장 속에서의 한자어 활용'
이 제시되어 있다.47) 이러한 내용은 교사용 지도서에만 제시될 것이
아니라, 교과서에도 직접 제시되어야 하겠다. 그래서 학생들이 이를
통해 학습 목표나 학습 활동의 主眼點을 파악할 필요가 있다.48)

소단원명 다음에는 학습할 원문을 끊고 吐를 달아 놓은 〈본문〉이

에서도 수동적인 자세를 떨쳐버리고 자신들의 몫을 찾기 위해 주체적
으로 살아간 여성들이 있다. 〈중략〉 우리는 이 단원을 통해 학생들에
게 남녀가 왜 평등하게 대접받아야 하며 그러기 위해서 우리는 어떻게
살아야 하는지를 가르칠 수 있을 것이다.'라고 제시되어 있다.

47) 위의 책, 150~151면. 교사용 지도서에 제시된 'V. 여인 열전'의 소단원
지도 내용은 다음과 같다.

〈표 13〉〈V. 여인 열전〉의 소단원 지도 내용

	소단원	지도 내용
12	목숨과 바꾼 사랑(p.112~p.115)	• 조선 시대 천민들의 신분적 지위에 대한 이해 • 글짓기와 문장 속에서의 한자어 활용
13	황진이(p.116~p.119)	• 황진이의 주체적인 삶의 방식 • 여성을 주인공으로 한 야담 작품의 특성 • 글짓기와 문장 속에서의 한자어 활용
14	劍女(p.120~p.124)	• 현실에 안주하지 않고 살아가는 검녀의 삶의 방식 • 조선 후기 야담의 문학적 특성 • 글짓기와 문장 속에서의 한자어 활용

48) 위의 책, 158면. 교사용 지도서에 제시된 제13과 '황진이'의 학습 목표
이다.
① 중세의 고착된 관념을 뛰어넘고자 하는 황진이의 삶을 통해 주체적인
삶의 방식을 배울 수 있다.
② 여성을 주인공으로 하는 야담 작품의 특성을 이해할 수 있다.
③ 본문 학습을 통해 한문 문장의 독해력을 기를 수 있다.

나온다(〈그림 3〉 참조). 학생들은 이를 통해 '끊어 읽기'를 익힐 수 있다. 특히 본문에 현토를 하는 방식은 학습자 중심의 독해 활동에 주요하게 기여할 수 있는 방법이다.

13

황진이

송도의 유명한 기생 황진이(黃眞伊)는 많은 일화를 남겼다. 그녀는 재능이 뛰어났을 뿐만 아니라 뜻이 크고 의협심이 강하여 천한 신분이었음에도 불구하고 중세의 고정 관념에 사로잡히지 않고 인생을 주체적으로 살았다. 그녀의 삶의 방식은 고착된 사회적 관념을 뛰어넘어 자유로운 의식을 갖고자 했다. 다음 이야기에 나타난 황진이의 이러한 삶을 통해 현실을 극복하고 이겨내려는 능동적인 자세를 배워보자.

황진이는 금강산이 천하의 명산이라는 말을 듣고 한번 청아한 유람을 떠나고자 하였으나 함께 갈 사람이 없었다. 그때 이생원이란 사람이 있었는데 정승 집 아들로 사람됨이 호방하고 소탈하여 뜻이 맞을 것 같았다. 진이가 조용히 이생에게 말하였다.

吾聞하니 中國人은 願生高麗國하여 一見金剛山이라. 況我國人이 生長本國하여 去仙山咫尺인데 而不見眞面目이 可乎아? 今吾偶奉仙郎하여 正好共作仙遊하니 山衣野服으로 恣討勝賞而還하면 不亦樂乎아?

그리고는 이생에게 종들을 따르지 못 하게 하고 또한 베옷과 초립 차림으로 봉소 양식을 짊어지게 하였다. 진이도 가벼운 옷차림으로 그를 따라 금강산에 들어가 깊은 곳까지 이르지 않은 데가 없었다. 여러 절에서 걸식을 하고 궂은 일도 마다하지 않고 중에

새로 나온 한자 偶(우) 짝, 뜻하지 아니하게 恣(자) 방자하다, 마음 내키는 대로 하다 還(환) 돌아오다 *咫(지) 길이, 짧은 거리

116

〈그림 3〉 '황진이' 본문1

본문의 아래에는 〈새로 나온 한자〉가 있다. 이 부분은 본문에 새로 나온 한자의 음과 뜻을 소개하는 역할을 한다. 〈새로 나온 한자〉는 문장의 외면에 드러난 정보를 중심으로 일차적 풀이를 시도할 때 적절하게 활용할 수 있다. 학습자들은 〈새로 나온 한자〉를 통해 한자를 바르게 소리 내어 읽거나 문장 속 한자의 뜻을 파악하는 독해 활동을 해결할 수 있다.

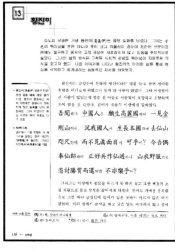

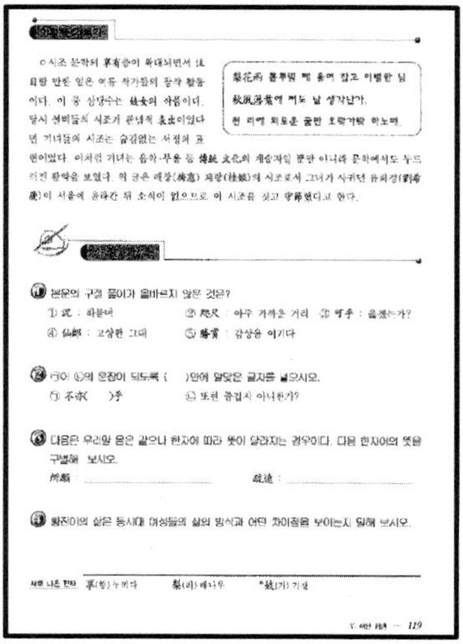
○시조 문학의 享有층이 확대되면서 注目할 만한 일은 여류 작가들의 창작 활동이다. 이 중 상당수는 妓女의 작품이다. 당시 선비들의 시조가 관념적 表出이었다면 기녀들의 시조는 숨김없는 서정의 표현이었다. 이처럼 기녀는 음악·무용 등 傳統 文化의 계승자일 뿐만 아니라 문학에서도 두드러진 활약을 보였다. 위 글은 매창(梅窓) 계랑(桂娘)의 시조로서 그녀가 사귀던 유희경(劉希慶)이 서울에 올라간 뒤 소식이 없으므로 이 시조를 짓고 守節했다고 한다.

梨花雨 흩뿌릴 제 울며 잡고 이별한 님
秋風落葉에 저도 날 생각난가
천 리에 외로운 꿈만 오락가락 하노매

1. 본문의 구절 풀이가 올바르지 않은 것은?
① 況 : 하물며 ② 咫尺 : 아주 가까운 거리 ③ 可乎 : 옳겠는가?
④ 仙郎 : 고상한 그대 ⑤ 勝賞 : 감상을 이기다

2. ㉠이 ㉡의 문장이 되도록 ( )안에 알맞은 글자를 넣으시오.
㉠ 不亦( )乎 ㉡ 또한 즐겁지 아니한가?

3. 다음은 우리말 음은 같으나 한자에 따라 뜻이 달라지는 경우이다. 다음 한자어의 뜻을 구별해 보시오.
所願 : ______ 疏遠 : ______

4. 황진이의 삶은 동시대 여성들의 삶의 방식과 어떤 차이점을 보이는지 말해 보시오.

새로 나온 한자 享(향) 누리다 梨(리) 배나무 *妓(기) 기생

119

〈그림 4〉 '황진이' 본문4

〈어구 해설〉은 본문에 포함된 문장 가운데 보다 자세한 풀이가 필요하거나 축자적 풀이만으로는 해석이 어려운 구절에 대한 설명이 제시된다(〈그림 4〉 참조). 한문은 典故性이 강하여 관련된 典故에 대한 설명이 있어야만 문장을 올바르게 독해할 수 있는 경우가 있는데, 이때 〈어구 해설〉을 참고할 수 있다. 학생들은 〈어구

해설〉을 통해 문장 속에 포함된 한자나 어휘, 구절의 뜻을 알 수 있고, 문장에 사용된 주요 허자의 용법도 파악할 수 있다. 해당 문장과 관련된 典故가 있다면 이 또한 알 수 있다. 그리고 이를 통해 문장의 일차적인 풀이를 할 수 있다.

〈어구 해설〉까지는 본문에 제시된 문장을 독해하는 데 직접적으로 필요한 학습 정보를 담고 있다. 이후 제시되는 〈더 알아보기〉는 본문의 내용과 관련하여 유사한 주제의 다른 글을 소개하거나 본문에 나온 작품을 지은 작가의 다른 작품을 소개하는 등의 방식을 취한다. 〈한자야 놀자〉나 〈어휘력 기르기〉는 본문의 내용과 직접적으로 관련되지 않기 때문에, 가르치는 교사에 따라 취사선택하여 지도할 수 있는 부분이다. 마지막으로 〈평가 문항〉이 나온다(〈그림 5〉 참조). 이 부분은 수업을 통해 소단원

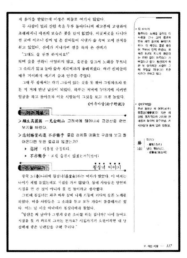

〈그림 5〉 '황진이' 본문2

의 학습 내용을 충실하게 다루어져서 학습자가 학습 목표에 어느 정도 도달했는지 파악해 보는 부분이다.

이상으로 교과서의 단원 구성 체제를 따라 단원 전개 양상을 분석했다. 교과서의 단원 전개는 해당 단원에서 다루어야 할 학습 요소에 가장 적절한 방식으로 구현하되, 학습자의 흥미를 고려한 활동 또한 갖춰져야 하겠다. 한문과의 교과서는 대개 주제 중심의 단원 구성 체제를 갖는데, 단원에 수록되는 글의 주제나 내용을 긴밀하게

연계하여 단원을 구성하는 것 못지않게 소단원의 전개 양상이 교육 과정에 제시된 학습 요소나 학습 목표를 효과적으로 담보할 수 있어 야 하겠다.

A 교사의 수업에 사용된 교과서의 단원 전개 양상을 분석한 결과, 학습자가 구체적으로 학습 목표를 인지할 수 있도록 안내되어야 함 에도 불구하고 이러한 안내가 충분하지 못한 점을 문제점으로 지적 할 수 있다. '대단원 개관'과 '소단원 개관'을 통해 학습할 본문이 어떤 내용을 담고 있는지 소개하고, 어떤 학습 목표를 성취해야 하 는지 소개함으로써, 학습자로 하여금 본문의 내용을 예측해 볼 수 있도록 해야 할 것이다. 학습 목표가 명시적으로 제시되어 있다면 학습자들이 보다 명확하게 성취해야 할 목표를 파악할 수 있을 것이 며,49) 본문의 글을 감상하고 그것을 학습자의 내면에 담는 데 도움 이 되는 생각거리를 제공하는 역할을 할 것이다.

독해 활동 구성 요소와 관련해서는, '내용 예측하기', '끊어 읽기', '한자 바르게 소리 내어 읽기', '문장 속 한자·어휘·구절의 뜻 알 기', '허자 파악하기', '1차 문장 풀이하기', '典故 파악하기' 등의 독 해 활동 구성 요소를 찾을 수 있었다. 이상의 내용을 정리하면 〈표 14〉와 같다.

---

49) 명시적 학습 목표는 교사용 지도서에만 수록되어 있다. 교사용 지도서 에 제시되어 있는 대단원 'V. 여인 열전'의 학습 목표는 다음과 같다.
① 자신의 삶을 운명으로 받아들이지 않고 능동적으로 살아가려 한 여 성들의 삶을 통해 주체적인 삶의 자세를 배울 수 있다.
② 중세 봉건 시대 여성들의 삶의 모습을 이해할 수 있다.
③ 한자의 음과 뜻을 알고 한자어의 쓰임을 알 수 있다.
④ 문장 해석을 통해 기초적인 한문 독해력을 기를 수 있다.

〈표 14〉『고등학교 漢文』에 드러난 독해 활동 구성요소

항 목	목 적	독해 활동 구성요소
(대단원명)	대단원명 제시	•
(대단원 개관)	대단원의 학습할 내용을 미리 안내	• 내용 예측하기
(소단원명)	소단원명 제시	
(소단원 개관)	소단원의 학습할 내용을 미리 안내	• 내용 예측하기
(본 문)	학습할 본문 제시	• 끊어 읽기
새로 나온 한자	학습할 내용 중 새로 나온 한자 소개	• 한자 바르게 소리 내어 읽기 • 문장 속 한자·어휘 뜻 알기
어구 해설	학습할 본문의 내용 가운데 풀이가 어려운 부분에 대한 보충 설명 제시	• 문장 속 한자·어휘 뜻 알기 • 문장 속 구절 뜻 알기 • 허자 파악하기 • 1차 문장 풀이하기 • 典故 파악하기
더 알아보기	소단원 주제와 유사한 내용의 글 소개	•
한자야 놀자	학습할 한자 제시	•
어휘력 기르기	문장 속에서 한자어 활용에 대한 예시	•
평 가	본문 학습 내용에 대한 평가	•
(대단원 마무리)	문장 형식과 독해에 필요한 허자 소개	• 허자 파악하기 • 1차 문장 풀이하기

2) 수 업

한문 수업에 드러난 독해 교수 활동을 찾기 위해서는 우선 수업을 면밀하게 기록해야 한다. 수업을 관찰하는 것이, 관찰로만 끝나선 연구를 진행할 수 없다. 연구를 위해선 관찰한 것을 기록하지 않으면 안 된다. 즉 수업을 연구하는 작업은 수업을 기록한 자료를 연구하는 작업이라 할 수 있다. 또한 수업을 면밀하게 기록하는 작업은 연구물을 읽는 독자로 하여금 최대한 생생하게 상황을 실감하게 하고, 이를 통해 연구 결과를 자연스럽게 받아들이게 하기 위한 작업이다.

이 절에서는 관찰한 수업 가운데 독해 양상을 가장 잘 살펴볼 수 있는 한 차시의 수업을 골라 기록·분석하여 한문 수업의 양상을 살펴보겠다.

수업을 관찰하기 위해 방문한 교실은 일반적인 고등학교의 교실과 다른 점은 크게 없다. 교실 앞쪽에는 칠판이 있고, 오른쪽에는 요즘 어느 교실에나 설치되어 있는 프로젝션 TV와 장식장이 위치해 있다. 교단 선진화 기자재는 TV 앞에 놓인 길쭉한 컴퓨터 책상에 포켓인 방식으로 내장되어 있다. 학생들은 두 명씩 짝을 지어 앉아 있고, 전체적으로 4개의 분단으로 나뉘어 있다. 교실 앞의 다른 쪽에는 '학급 시간표'와 '○○인의 생활신조'가 부착되어 있다. 교실 문은 나무문인데 달력이 부착되어 있다. 교실 뒤쪽의 게시판엔 학급 시간표, 공지사항 등의 각종 게시들이 조금은 제멋대로 부착되어 있다. 칠판의 가장자리에는 주번 할 일, 다음 주 행사, 오늘의 조회사항 등의 공지사항이 잔뜩 기재되어 있다.

교실에 앉아 있는 남학생들은 교복을 입고 있는데, 요즘 고등학생 답지 않게 대부분 스포츠형의 머리 모양을 하고 있다. 교사가 교실에 들어오자 아이들은 떠들던 것을 자제한다. 하지만 완전히 조용해지진 않고 두런거리는 정도의 소리가 계속된다. 교사는 교탁 앞에서 한발 물러서서 가지고 있던 죽비로 교탁을 툭툭 친다. 반장은 일어나서 조용해지길 기다리다가, 대부분의 학생들이 조용해지자 교사에게 인사를 한다. 수업이 시작되었다.

○●수업관찰자료 - A - 02 - 01 - 13

(교실에 들어서자 교사는 무표정한 모습으로 교탁 위에 교과서를 펼친 후, 학생들에게 오늘 배울 곳을 알려준다. 학생들은 교과서를 펴기 시작하지만, 그리 서두르는 것처럼 보이진 않는다.)

교: 자, 116쪽. / 먼저, 단원 개관을 함께 읽고 본문을 설명하겠습니다.

(교사는 본문에 소개된 단원 개관을 읽는다. 읽으면서 학생들에게 교과서에서 즉시 답을 찾을 수 있는 질문을 던지기도 한다. 이때의 질문은 어느 특정 학생을 지정하지 않는다. 학생들이 자리에 앉은 채로 대답한다. 주로 교실의 앞쪽에 앉은 학생들 사이에서 대답 소리가 나온다. 또한 교사는 단원 개관을 읽어 나가면서 추가 설명이 필요하다고 생각되는 곳은 예를 들거나 인용을 하는 등의 다양한 방법으로 보충 설명을 하기도 한다.)

교: 송도의 유명한 기생 황진이는 많은 일화를 남겼다. 그녀는 재색이, 그녀는 누구죠?

학학: 황진이.

교: 재색의 뜻이 뭐야?

학: 재주와 미모.

교: 재주와 용모가 뛰어났을 뿐만 아니라 뜻이 크고 의협심이 강하

여 제한된 신분이었음. 제한된 신분? 여기서는 제한된 신분이 뭐죠?

학학: 기생.

교: 기생이죠. 제한된 신분임에도 불구하고 중세의 고정관념에 사로
잡히지 않고 인생을 주체적으로 살았다. 또는 여자의 인생은 상
징적인 말로, '세 명을 모시고 살아야 한다.'는 말이 있죠. 어렸
을 땐, 부모님, 결혼해서는 남편의 말을 따르고, 나이 들어서는
아들을 따라야 한다. 그녀는 순종적인 여인의 삶의 거부하고 주
체적인 삶을 산 것이죠. 그녀의 삶의 방식은 고착된 사회적 관
념을 뛰어넘어 자유로운 의지를 갖고자 했다. 다음 이야기에 나
타난 황진이의 이러한 삶을 통해 현실을 극복하고 이겨내려는
능동적인 자세를 배워 보자.

교: 오늘 발표자의 황진이에 대한 여러 가지를 보겠습니다.

(교사의 이 말이 끝나자 한 학생이 자리에서 일어나 교실 앞으로
나온다. 학생은 준비한 발표 자료가 종이로 된 것이 아니고 컴퓨터
파일로 된 것인지, 컴퓨터 책상 앞에 가서 앉는다.)

교: 발표자가 발표를 준비하는 가운데 어, 교과서 116쪽 왼쪽 날개
에 보면, 황진이에 대한 소개가 간단하게 되어 있어요. 어, 물
론 발표자가 이것까지 준비해 왔겠지만, 조선 중종 때 개성 출
신이었다는 것. 시와 가창에도 능했고, 많은 일화를 가지고 있
다는 것. 이런 것들을 알아 두시구요. 본문에 없습니다만, 황진
이가 남긴 시조와 한시 작품이 다수가 남아 있습니다.

수업의 도입 부분이다. 학생들에게 해당 시간 동안 무엇을 배울지
안내하는 시간이다. A 교사는 학생들에게 오늘 배울 곳의 쪽수를 알
려주고, 배울 내용을 함께 읽었다. 이제 교과서 중심의 수업이 진행
될 것이라는 것을 짐작할 수 있다. 특히 A 교사는 교과서를 읽다가

관련된 예를 들 때 학생들에게 친숙한 소재나 이야기를 통해 설명한다. 위의 자료(수업관찰자료－Ａ－02－01－13)에 나온 것처럼 조선시대 여인들의 순종적인 삶을 설명하면서 '여성은 평생 세 명을 모시고 살아야 한다.'는 이야기를 통해 학생들에게 설명한 것을 예로 들 수 있다.

Ａ 교사는 교과서 지문을 읽으면서 불특정 학생에게 질문을 종종 던진다. '그녀는 뭐죠?', '재색의 뜻이 뭐야?', '제한된 신분이 뭐죠?' 등과 같은 질문이다. 이러한 질문은 학생들에게 복잡한 사고를 요구하는 것이 아니다. 다만 학생들이 진행되고 있는 수업에 함께 하고 있는지 확인하는 과정이라 할 수 있다. 학생들의 동참을 유도하는 목적에서 질문하는 것이므로, 특정 학생을 지목해서 질문하진 않는다. 학생들 또한 자신이 답을 할 수 있는 질문일 경우, 자신을 지정해주길 기다리지 않고 즉시 답변한다. 이러한 질문 방식은 학생의 수업 동참 여부를 파악하는 데 매우 유의미하다. 다만 특정 학생을 지목해서 질문하지 않기 때문에, 수업에 관심 없는 학생에게는 수업에 적극적으로 참여하지 않는 분위기를 허용할 수도 있다.

Ａ 교사의 질문과 관련하여, 학생들의 답변은 즉시적이다. 지난 시간에 배운 것을 복습하는 것이 아니므로 배우지 않은 내용이다. 학생들은 배우지 않은 내용임에도 교사가 묻는 질문에 곧잘 대답한다. 어찌된 것일까? 다음과 같은 교사의 설명을 통해 그 이유를 알 수 있다.

○●교사면담자료－Ａ－1013－1
예습을 미리 해온 상태라 본문은 1차시로 마칠 수 있어요. 끝나면 그 다음 단원에 대해 무조건 예습을 검사합니다. 예습 검사는 철저하게 하지요. 예습을 해 오지 않으면 수업이 불가능해요. 다 조사해 왔으니까 대답을 잘하는 거죠. 해석 같은 것을 잘하는 것도 그것 때문이 아닐지.

A 교사는 모든 학생에게 다음 차시에 배울 내용을 예습하게 했다. 예습은 노트에 본문을 한 번 쓰고, 본문에 나온 한자의 음과 뜻을 조사해 오는 것이다.

◦●수업관찰자료 - A - 02 - 14 - 37

발표 학: 발표 시작하겠습니다. 황진이의 일화를 조사했습니다.

(발표를 맡은 학생은 발표 자료를 파워포인트로 준비했다. 준비한 파워포인트 자료는 그림이나 소리, 동영상 등이 없이 다만 텍스트만 입력된 슬라이드 유형이다. 한 화면에 너무 많은 글 자료가 제시되어 글자 크기가 작고 식별이 쉽지 않다.)

발표 학: 첫 번째 일화는 한 총각과의 일화인데, 한 마을에 사는 한 총각이 황진이를 사랑하여 상사병에 걸려 죽었는데, 황진이 집에 이르자 말뚝처럼 굳어져 움직이지 않았답니다. 죽은 총각의 상여에 황진이가 치마를 벗어 올려 주니까 상여가 움직였다는 이야기입니다.

학: 속옷 아니고? 속옷으로 알고 있었는데.

(두 번째로 제시된 벽계수와의 일화 또한 글 자료로 제시되는데, 설명 중에 황진이의 사진이 나오자 학생들의 환호가 이어진다. 프로젝션 TV 화면에는 TV에서 방영되던 '황진이'란 드라마의 주연 여배우 사진이 등장한다. 학생들의 환호로 인해 TV 화면을 보지 않던 몇몇 학생도 TV에 시선을 집중한다. 학생 전원의 이목이 집중되는 순간이다.)

발표 학: 두 번째는 벽계수와의 일화입니다. 벽계수라는 사람이 소문에 황진이와 만나면 사랑에 빠진다고 했으나 자신은 빠

지지 않는다고 호언장담했는데, 어느 마을의 원으로 가는 도중, 황진이 노랫소리에 뒤를 돌아보다가 나귀의 등에서 떨어져 망신을 당했다는 이야기입니다.

(몇몇 학생들은 '황진이' 사진이 TV에 나오자 '오올--'이란 환호를 외친다.)

발표 학: 관련된 시조를 보겠습니다. '청산리 벽계수야 수이 감을 자랑마라. 일도 창해하면 돌아오기 어려우니 명월이 만공산하니, 쉬어간들 어떠리. 이것은 황진이가 벽계수가 말을 타고 갈 때 불렀던 시조라고 합니다.

발표 학: 세 번째는 지족선사와의 일화입니다. 지족선사라는 30년 동안 수도한 스님이 있었는데, 어느 날 황진이가 불제자가 되겠다고 찾아왔습니다. 지족선사는 열심히 불도만 닦았다. 그러나 황진이의 교태 앞에 선사는 무릎을 꿇고 말았다.

발표 학: 서경덕과의 일화입니다. 서경덕은 황진이의 애교에 눈썹하나 까닥하지 않았다고 합니다. 어느 날 화담정사에 놀러 갔다가 돌아갈 시간이 되자, 황진이가 복통을 일으켜 신음했습니다. 서경덕은 한 채밖에 없는 이불을 주고 책을 읽었다. 황진이가 꾀병을 부리며 서경덕의 눈치를 보았으나 서경덕은 일체의 흐트러짐 없이 책을 읽었다고 합니다.

학: 서경덕

발표 학: 황진이와 서경덕이 지은 시조를 보겠습니다.

마음이 어린 후이니 하는 일이 다 어리다
만중운산에 어느 임 오리마는
지는 잎 부는 바람에 행여 그 임인가 하노라. - 화담 서경덕
내 언제 무신하여 님을 언제 속였관대
월침삼경에 올 뜻이 전혀 없네.
추풍에 지는 잎 소리야 낸들 어이 하리오. - 황진이

발표 학: 그리운 정에 떨어지는 잎 소리마저도 임이 아닌가 한다는
화담의 시조에 지는 잎을 난들 어찌하라는 황진이의 안타
까움을 노래한 것입니다.

교: 자, 여기서, 아까 그, 벽계수와의 시조를 다 볼 수는 없고. 우리
그, 왕족 중에 벽계수라는 호를 쓰는 이혼원이라는 분이 있죠.
이분이 어, 황진이와 만나면 내가 아주 당당하게 대처하겠다고
호언장담했죠. 이 이야기를 들은 황진이가 벽계수를 보고 시조
를 지은 것입니다.

교: '청산리 벽계수야. 수이 감을 자랑마라' 그랬죠? 이 시조는 중
의법을 썼어요. 중의법은 한 단어에 두 가지 뜻을 넣은 것이죠.
여기서, 청산리 할 때 청산 리, 리는 속. 청산 속에. 벽계수는
푸른 시냇물. 푸른 시냇물이기도 하지만, 또 하나 벽계수 그 사
람을 가리키는 말이기도 하죠.

교: 수이 감을 자랑마라. 너 잘생겼다고 자랑마라.

교: 일도 창해함은 어떤 물이든 간에 바다로 흘러가버리면, 돌아오
지 않는다. 이 말이 뭐죠? 오랜 세월이 지나가면 그 말은 세월
은 돌이킬 수 없다.

교: 명월이 만공산하니, 밝은 달이 명월, 밝은 달, 황진이의 기명.
기생으로서의 이름. 그러니까. 한마디로 벽계수 보고 나랑 놀
자. 이런 이야기죠.

교: 이 시조를 황진이가 벽계수에게 하니까, 벽계수가 여기에 정신
이 빠져 말을 타고 가다가 떨어지고 망신을 당한 거죠.

A 교사는 교과서의 내용을 설명하면서 교사의 일방적인 강의로
진행되는 방식으로 수업을 운영한다. 이야기의 내용을 보완하기 위
해 시청각 매체를 활용하기도 하고 질문을 제기하기도 하지만, 학생

의 질문이 장려되지 않고 질문이 있더라도 단시 사실과 정보를 확인하고 분명히 하려는 것이지 높은 수준의 토의를 위한 것은 아니다. 물론 이러한 교수법을 초등학교나 중학교 저학년 수준에서는 널리 활용하기는 힘들겠지만, 대체로 중학교 고학년 이상의 수준에서는 적절하다고 볼 수 있다(박성익, 2005: 57).

학생의 발표는 수업 도입 부분에 실시된다(〈그림 6〉 참조). 발표는 교과서 본문의 주인공인 '황진이'에 대해 간단히 소개하고 '황진이'와 관련된 세 가지 일화를 소개하는 내용이다. A 교사는 동료 학생의 발표를 통해 학생들의 흥미를 유발하려 한 것 같다. 함께

〈그림 6〉 학생 발표 모습

공부하는 친구의 발표이기 때문인지 몰라도 수업에 참가한 대부분의 학생들이 발표 내용을 경청한다. 이러한 점에서 A 교사의 의도대로 학생들의 흥미를 유발했다고 볼 수 있겠다.

다만 준비한 학생의 발표는 발표를 한다기보다 준비한 자료를 읽는 수준에 가까워서, 내용이 제대로 전달되진 못했다. 내용이 제대로 전달되지 못한 데엔 여러 가지 이유가 있겠지만, 발표 자료를 준비할 때 인터넷에서 검색된 내용을 가감 없이 그대로 가져와 제작한 것도 한 가지 이유에 해당한다. 발표 학생이 정보를 수집한 후, 수집된 정보를 자신에게 맞게 직접 가공해서 발표 자료를 준비했더라면 내용 전달 측면에서 훨씬 나았을 것이다.

발표를 맡은 학생은 '파워포인트'라는 프레젠테이션 프로그램을

사용하여 발표 자료를 제작했다. 파워포인트는 프레젠테이션에 사용되는 프로그램인 만큼, 프레젠테이션 기회가 많지 않은 고등학생이 자주 접할 수 있는 프로그램은 아니다. 따라서 발표 자료를 제작한 학생은 나름대로의 어려움-발표 자료를 준비한 수고에 더해 발표 자료를 제작해야 하는 수고-을 겪었을 것이다. 물론 발표를 맡은 학생이 파워포인트를 능숙하게 다룬다면 비교적 쉽게 자료를 제작했겠지만, 발표용 PPT가 대부분 단순한 읽기 자료로 이루어진 것으로 미루어 볼 때 파워포인트를 능숙하게 다루진 못하는 것 같다. 이러한 상황에서 발표 학생이 준비한 것처럼 한 화면에 많은 양의 읽기 자료를 제시하는 프레젠테이션의 경우, 프레젠테이션을 듣는 청중에게 오히려 외면당할 수 있다. 따라서 위와 같은 형태의 발표는 굳이 파워포인트를 사용하는 번거로움을 거칠 필요가 없다. 오히려 동료들에게 자신이 준비한 내용을 효과적으로 전달하는 발표 요령을 익히는 것이 필요하다고 할 수 있다.

그럼, 발표 학생은 이처럼 여러 가지 부담을 안고 있는 발표를 왜 맡게 되었을까? 다음과 같은 A 교사의 이야기가 해답이 될 수 있다.

○●교사면담자료-A-1013-2

아이들에게 다음 차시에 학습할 내용에 대해 발표를 맡깁니다. 이 경우 조별로 시키기보다는 개인 발표를 시키는 편입니다. 수업보다는 수업 전에 준비 학습이 필요해서, 과제를 꼭 내주는데, 이것은 원하는 학생만 해 오기로 하고, 그 학생에게는 인센티브를 줍니다. 그리고 과제를 발표하게 하죠. 맹모 관련 성어 조사해 오기, 남녀차별 사례 조사하기 등을 했죠. 아이들이 발표 준비를 잘합니다. 어떤 학생은 관련된 뉴스를 CD로 구워 와서 발표하기도 합니다. 과제 학습이 학기 초에는 모든 학생에게 부과했는데, 진도를 못 나가니까, 원하는 학생만 하게 되었지요.

발표 내용을 듣고 학생들로 하여금 궁금한 것을 질문하는 시간이 있다면, 상호작용이 보다 활발하게 일어났을 것이란 생각도 들었다.

◌●수업관찰자료 - A - 02 - 38 - 63

교: 그러면, 이 본문의 이야기는요, 황진이가 금강산을 구경하고 싶었는데, 여자 혼자 어려우니까 남자 한 명을 유혹해서 함께 가려고 했다.

교: 그 남자는 바로 당시의 대가 집 자제로, 성은 이 씨인데 아직 벼슬이 없어서, 생. 학생이란 신분을 가진 거죠. 그 이생에게 천하의 명산인 금강산을 보러 가자고 권유하는 부분이죠.

교: 번역된 부분을 먼저 읽어보고, 원문을 살펴보죠.

교: 황진이는 금강산이 천하의 명산이라는 말을 듣고 한번 청아한 유랑을 떠나고자 하였으나 함께 갈 사람이 없었다. 그때 이생원이란 사람이 있었는데 정승 집 아들로 사람됨이 호방하고 소탈하여 뜻이 맞을 것 같았다. 진이가 조용히 이생에게 말하였다.

교: 자, 그래서 이제는 문장이 등장하죠. 문장을 한번 보죠.

(A 교사는 뒤로 돌아 서서, 칠판에 본문 내용의 첫 문장을 판서한다.)

> 吾聞하니 中國人은 願生高麗國하여 一見金剛山이라.

교: 오문(吾聞)하니 중국인(中國人)은, 다음이 뭐라고요? 여러분이

불러 주세요.

학: 원생 고려국 하여 일견금강산이라.

교: 일단은 지명 따위를 먼저 구분하는 게 좋죠. 중국(中國)이라는
지명이 나오죠. 그 다음에 고려국(高麗國), 그 다음에 금강산(金
剛山)이 나오죠? 금강산.

(A 교사는 3가지 색의 분필을 사용한다. 우선 본문은 흰색 분필을
사용해 판서를 하고, 설명할 때 나머지 두 가지 색의 분필을 사용한
다. 노란색은 판서한 원문에 대해 자세한 풀이를 해 줄 때 사용하고,
나머지 색은 중요한 내용을 표시할 때 사용한다. 여기서도 '중국'이라
는 지명과 '금강산'이라는 지명은 색을 바꿔서 표시한 후, 다시 노란
색 분필로 바꿔 든다.)

교: 나는 들었다.

<u>(교사는 '吾聞'의 뒤에 사선(/)으로 표시를 한다. 이러한 사선 표시
는 그 뒤에도 종종 이어진다.)</u>

교: 들은 내용이 뭐라고요? / / 나는 이런 말을 들었다. 뭔 말? 중국인
은 고려국에 태어나 금강산을 한번 보길 원한다고 나는 들었다.

교: 자, 중국인은 원(願), 무슨 원?

학: 원하다

교: 원하다 바라다, 생(生)은 태어날 생, 날 생.

교: 고려국은 우리나라를 가리키는 호칭이죠. 요즘은 코레아 대신 코
리아라고 하죠? 코레아라는 말이 더 원조죠. 사실은.

교: 자, 그 다음에 일견(一見), 한 번 본다, 뭐를?

학학: 금강산을

교: 중국인은 고려라는 나라에 태어나서 뭐한다? 금강산을 어떻게
한다? 보기를 원한다. 요 문장만 볼 것 같으면,

(교사는 '一見金剛山'이란 구절을 풀이하면서 '한 번 본다, 뭐를'이
라고 설명한다. 우리말의 어순에 맞는 해석을 제공하기보다, 한문의

어순에 맞는 풀이를 제공하고 있다. 그리고 '願 生 高麗國, 一 見 金 剛山'의 아래에 우리말 어순에 맞는 해석을 위해 해석 순서에 따른 번호를 '6−2−1−4−5−3'과 같이 달아준다.)

　　교: 요거 필기하시고. 다음 문장 해볼까요?

　이 부분은 수업의 전개 부분으로 해당 차시에 배울 원문을 학습하는 부분이라 할 수 있다. 원문 풀이는 크게 '판서', '1차 풀이', '2차 풀이'의 순서로 진행된다.

　먼저 '판서'는 교과서의 원문을 칠판에 정서하는 것이다. 이때 학생들에게 한자의 음이나 뜻을 설명해 주진 않는다. A 교사는 해당 차시에 들어가기 전에 학생들에게 예습을 과제로 부과한다. 예습 내용은 학습할 본문을 노트에 한 번 쓰고 한자의 음과 뜻을 미리 조사해 오는 과제이다. 이러한 과제는 학생들에게 본문에 대한 최소한의 준비를 하게 하는 효과가 있다. 다음을 보자.

　◦●교사면담자료−A−1013−3
　　예습을 미리 해 온 상태라 본문은 1차시로 마칠 수 있어요. 끝나면 그 다음 단원에 대해 무조건 예습을 검사합니다. 예습 검사는 철저하게 하지요. 예습을 해 오지 않으면 수업이 불가능해요.

　한자의 음과 뜻을 미리 조사하는 과제는 해당 차시의 수업을 준비하는 의미도 있지만, 교과서 진도를 나가는 문제와도 관련된다. '교과서의 진도'와 관련된 문제는 A 교사의 '질문 처리 방식'과 함께 다루겠다.

　A 교사가 수업 시간에 학생들에게 질문을 자주 던진다는 것은 이

미 확인한 바이다. A 교사는 종종 학생들에게 질문한 후 학생들의 답변을 기다리지 않고 넘어가거나, 질문을 던짐과 거의 동시에 답을 제시한다. 또한 A 교사는 자신의 질문에 단 한 명의 학생이라도 대답을 하면 다른 학생들도 모두 답을 한 것처럼 간주한다.

이런 수업 속에서 학생들의 학습은 다음과 같은 제약을 받게 된다. 첫째, 학생 각자가 학습의 주체로서 수업에 참여하지 못한다. A 교사가 자신의 질문에 대해 단 한 명이라도 정답을 말하면 다음 질문으로 넘어가거나, A 교사 자신이 정답을 말하거나, 질문을 생략하고 결론만 말하거나, 언급조차 하지 않음으로써, 대부분의 학생은 질문에 대하여 직접 생각해 볼 기회를 가지지 못한다. 그에 따라 다른 학생의 대답이나 교사의 말을 자신의 결론으로 받아들일 수밖에 없다.

A 교사의 이러한 수업 방식은 여러 가지 이유에서 기인한 것이겠지만, 교과서의 한 단원을 두 차시에 마쳐야 하는 부담이 수업을 빨리 진행하게 만들고, 또한 이러한 여유 없음이 아이들의 답변을 충분히 기다리지 못하게 만드는 것이라 할 수 있다. A 교사처럼 교과서에 제시된 내용을 중심으로 수업을 진행하는 교사라면, 교과서의 내용을 가급적 모두 다루고자 한다. 교과서는 한 학기 또는 한 학년의 학사 일정을 고려하여 단원이 구성되지만, 수업 현실은 거기에 딱 맞지 않는다. 학교의 여러 가지 행사나 교사의 과중한 업무로 인해 수업 결손이 발생하고, 그러한 결손은 온전히 교사 몫으로 돌아오기에 교사는 부지런을 피워야 한다. 교과서를 중심으로 수업할 경우, 어찌되었건 교과서를 마치는 것이 교육과정을 준수하는 것이기 때문이다. 이런 상황에서 A 교사는 학급의 모든 학생의 학습 완료를 확인하기보다는, 학급의 일부 학생의 학습 반응을 기준으로 한 학급

의 학습 완료를 확인하게 된다. 따라서 학급의 어떤 학생도 학습 반응을 보이지 않을 경우 답변을 기다리거나 다시 질문하지만, 그렇지 않을 경우 다음 학습으로 넘어간다.

교실의 수업은 교사와 학생의 상호작용으로 이루어진다. 따라서 교실의 수업을 이해하기 위해선 이러한 상호작용의 유형을 밝히는 것이 매우 중요하다. 위에서 나온 것처럼, 학생의 대답을 굳이 기다리지 않는 교사의 질문도 하나의 상호작용의 유형으로 구분할 수 있다.

이혁규는 이러한 상호작용을 '사회적 참여 구조'의 개념을 사용하여 여섯 가지로 분류한다.50) '사회적 참여 구조(social participation structure: SPS)'는 누가, 누구에게, 무엇을 어떻게 말하는 것과 관련된 참여자의 권리와 의무를 나타내는 것으로, 교실의 상호작용을 밝히는 것을 목적으로 하는 많은 연구에서 사용된다. A 교사와 학생들의 상호작용의 양상은 어떤 정도일까? 이혁규의 분류에 따르면, A 교사와

---

50) 이혁규, 『중학교 사회과 교실수업에 대한 일상생활기술적 사례 연구』, 서울대 박사학위논문, 1996.
SPS-1 유형: 교사가 주된 화자가 되고, 많은 학생들이 동시에 청자·화자가 되는 경우.
SPS-2 유형: 교사가 주된 화자로서 특정 학생 혹은 집단에게 말을 하고 교사에 의해 지명된 학생이 교사의 유도에 의무를 지니고 화자로 나서는 경우.
SPS-3 유형: 교사가 먼저 주된 화자가 되며, 이에 대해 많은 학생들이 동시에 반응하며, 이때 교사가 교과서나 지도, 공책 등의 매개물을 사용하는 경우.
SPS-4 유형: SPS-2와 유사, 교사에 의해 지명된 학생이 매개물을 통해 반응하는 경우.
SPS-5 유형: 학생이 먼저 주된 화자가 되고 교사가 이에 반응하는 경우.
SPS-6 유형: 교사가 먼저 주된 화자가 되고 이후 학생들의 상호작용으로 여러 개의 대화의 장이 생기는 경우.

같은 질문 유형은 제1유형에 해당한다. 제1유형은 교사 중심의 수업을 전개하는 경우에 주로 나타난다. 따라서 A 교사의 수업은 학생과의 상호작용의 빈도나 정도를 보다 높이는 것이 필요하다고 볼 수 있다.

'판서'에 이어지는 활동은 본문의 '1차 풀이'이다. '1차 풀이'는 '수업전사자료 A-02'에서 "일단은 지명 따위를 먼저 구분하는 게 좋죠."라는 A 교사의 말처럼, 우선 지명이나 인명 등의 고유어를 구분하는 것에서 시작한다. 지명이나 인명, 관직명 등은 학생들이 문장을 풀이할 때 쉽게 구분하지 못하는 정보 중의 하나이다. 학생들은 풀이를 하면서 대개 축자 해석을 하려는 경향을 보인다. 이러한 경향으로 인해, 고유어로 묶어야 하는 부분을 낱자로 풀어서 풀이하는 오류를 범하기도 한다. 제7차 교육과정의 교과서를 살펴보면, 이러한 오류를 방지하기 위해 인명이나 지명 등의 고유어에 표시를 해주는 교과서가 다수 있다.[51]

고유어를 구분한 뒤에는 본문을 풀이한다. 본문의 풀이는 본문을 읽으면서 원문의 중간 중간에 사선(/) 표시를 하는 것으로 시작된다. 이러한 표시는 끊어 읽을 부분을 표시하는 것이다. 끊어 읽을

---

51) "東方에 初無君長하더니 有神人이 降于太白山檀木下어늘, 國人이 立爲君하니 是爲檀君이라, 國號를 朝鮮이라 하고 初都平壤이라가 後徙都白岳하니라."에 보면 고유어에 밑줄을 그어 표시하고 있다. 출처: 『고등학교 漢文』(두산교과서, 이명학 외), 110면.
"昔에 有桓因庶子桓雄이 數意天下하여 貪求人世하니 父知子意하여 下視三危太伯하니 可以弘益人間이라. 乃授天附印三個하여 遣往理之하니 雄이 率徒三千하여 降於太伯山頂神壇樹下하니 謂之神市라."에 보면 인명에는 ───── 표시를 하고, 지명에는 ----- 표시를 하고 있다. 출처:『고등학교 漢文』(대한교과서, 안재철 외), 176면.

곳을 표시하는 이유는 올바른 풀이를 위해 적절한 길이의 의미 단위에 따라 끊어 읽기 위함이다.

A 교사는 본문을 끊어 읽으면서 본문을 읽는 순서대로 직접 풀이하며 진행한다. 위 수업 전사본에 보면, A 교사는 '一見金剛山'을 풀이하면서, '한 번 본다, 뭐를'이라고 학생들에게 묻는다. 이에 대해 학생들이 '금강산을'이라고 답하자, '금강산을 어떻게 한다, 한 번 보기를 원한다.'라고 풀이한다. 이처럼 한문을 끊어 읽을 때, 해당 외국어의 語順52)에 따라 읽는 순서대로 곧바로 풀이하는 독해 방법은 특히 우리말과 어순이 다른 외국어를 독해할 때 매우 유용하면서도 빠르게 문장을 풀이할 수 있는 방법이다.

일본어 등과 같이 '주어+목적어+서술어'의 어순을 가진 언어는 어순에 따른 문장 유형이 한국어와 비슷하다. 그러므로 유사한 어순이기에 해당 언어의 어순에 따라 우리말로 옮기더라도 크게 달라지지 않는다. 그러나 중국이나 영어와 같이 '주어+서술어+목적어'의 어순을 가진 언어를 우리말로 옮길 때는 해당 외국어의 어순에 따라 읽는 순서대로 곧바로 풀이하는 독해 방법이 매우 유용하다. 따라서 해당 언어를 처음 익힐 때 이러한 습관을 익혀 두면 문장의 뜻을 빠른 속도로 풀이하고 이해할 수 있다. 하지만 이러한 독해 방법은 '解釋'과 큰 차이가 있다.

본 연구에서는 최소한의 의미 단위로 묶어서 해당 외국어의 어순

---

52) 주어(S), 목적어(O), 서술어(V)의 어순에 따라 세계의 언어를 분류하는 경우가 있다. 그래서 한국어나 일본어, 중국어 등과 같이 '주어+목적어+서술어'의 순서를 가진 것은 SOV형이라 하고, 영어나 중국어 등과 같이 '주어+서술어+목적어'의 순서를 가진 것은 SVO형라 한다.

에 따라 읽는 순서대로 곧바로 풀이하는 독해 방법을 곧바로 읽고 곧바로 풀이한다는 의미에서 '直讀直譯'이라고 命名하겠다. 다음 예를 보면 이 두 가지 독해 방법이 어떤 차이가 나는지 보다 구체적으로 알 수 있다.

〈일본어〉私は 橋(はし)を 渡る 多くの 人々を 見た.
직독직역: 나는 다리를 건너는 많은 사람들을 보았다.
해석: 나는 다리를 건너는 많은 사람들을 보았다.

〈영어〉I saw many people crossing the bridge.
직독직역: 나는, 보았다, 많은 사람들을, 건너는, 다리를.
해석: 나는 다리를 건너는 많은 사람들을 보았다.

한문 또한 어순에 따른 유형으로 보면 한국어와 매우 다르다. '忍一時之忿 免百日之憂'란 문장을 살펴보겠다. 이 문장을 직독직역하면 '참다, 한때의 분, 면하다, 백일의 근심' 정도로 할 수 있다. 이 문장을 해석하면 '한때의 분을 참으면, 백일의 근심을 면할 수 있다.'로 할 수 있다.

이러한 풀이는 '逐字 解釋'으로 이어진다. '축자 해석'은 글을 해석하거나 번역할 때 원문의 글자 하나하나의 의미를 좇아 그대로 풀이하는 방법이다. '直譯'이라고 표현할 수도 있다. '축자 풀이'와 구분되는 것은 '意譯'이다. '의역'은 원문의 글자에 지나치게 얽매이지 않고 전체 문장의 의미를 살려 풀이하는 방법이다. 한문을 배우는 초보자일수록 원문에 충실하게 풀이하는 '축자 풀이'에 중점을 두어 학습해야 한다. 다만 '축자 풀이'만으로는 의미가 자연스럽게 전달되지 않는 경우에는 숨겨진 의미까지 더해서 풀이한다.53)

'사선을 그어 끊어 읽을 곳 표시하기', '의미 단위에 따른 끊어 읽기', '직독직역', '축자 해석', '우리말 어순에 맞게 번호 달기' 등의 교수 활동은 학생들의 풀이 과정을 돕기 위한 활동이며, 학생 스스로 독해할 수 있는 전략을 익히게 하는 활동이다. A 교사는 이러한 활동을 통해 원문의 순서에 충실한 풀이 과정을 학생들에게 보여 준다. 이러한 교수 활동은 학생으로 하여금 효과적인 독해 전략을 익히게 하려는 의도를 담고 있다. 물론 이 활동의 최종 목표는 '독해 능력 신장'에 있다.

◐●수업관찰자료-A-02-64-93
　(교사는 학생들이 칠판의 내용을 판서하는 동안 학생들의 노트 필기를 점검한다. 필기 점검을 통해, 노트를 가져오지 않거나 교과서를 가져오지 않은 학생이 있으면 꾸중한다. 필기 점검을 마치면, 다음 학

---

53) 이러한 예는 이 수업 말고도 다른 수업 관찰에서도 종종 볼 수 있다. 여기서는 한 가지 예만 소개하겠다.
〈수업관찰자료-A-01〉에 보면, A 교사가 "맞아. 너희들 오늘 너무 잘한다. 몸을 던져 죽은 것이지. '내투사(乃投死)'는 결국 '내투신이사'의 준말이겠지? 결국 이 시가 유언장이 되는 거지."라는 부분이 있다. '乃投死'를 '이에 던져 죽다'로 축자 풀이할 경우 의미가 구체적이지 않다. 그러나 '몸 던져 자살했다'로 의역할 경우 원문의 상황을 충실하게 전달하지 못한다. A 교사는 이러한 점을 보충하여 보다 자연스러운 풀이를 위해, 생략된 말을 보탠 '乃投身而死'로 보고 '이에 몸을 던져 죽다'로 풀이한다. 여기에 더 보태면 '乃投身於江而死'로 할 수도 있을 것이다. 이 경우 '이에 강물에 몸을 던져 죽었다'로 풀이할 수 있다.

습할 본문을 소리 내어 읽으면서 판서한다.)

> 況我國人이 生長本國하여 去仙山咫尺인데 而不見眞面目이 可乎아?

교: 황아국인(況我國人)이 생장본국(生長本國)하여 거선산지척(去仙山咫尺)인데 이불견진면목(而不見眞面目)이 가호(可乎)아?

교: 문장이 길 때는 글자 하나하나를 잘 분석해야 합니다.

교: 자, 먼저 이 긴 문장에서 전체적인 것을 보면, '황(況)'이 나오죠. 무슨 황?

교: '황(況)'은 '하물며'죠. '황'과 호응하는 것은 문장 끝의 '호(乎)'. 대개 문장 끝에 '호'가 나오면 의문을 나타낸다고 했죠? '하물며~이겠는가?' 이런 뜻이죠.

교: 그 다음에 '아국인(我國人)' 하면 뭐예요?

학학: 우리나라 사람

교: 어, 우리나라 사람. 그다음 '생장(生長)'이란 말은 뭐죠? 날 생이고. 길 장 말고 뭐 있지? 식물이 생장하잖아. 뭐야?

학: 자란다.

교: 그렇지. 태어나 자란다. '본국(本國)'은 그냥 본국이라고 하면 되고. '선산(仙山)'은 뭐냐면 신선이 사는 산. 당시 금강산을 신선이 사는 아름다운 산이라 했죠. 금강산을 가리키는 별칭 중의 하나로, 봉래산이란 명칭도 있어요. 봉래산은 전설 속에 나오는 신선들이 사는 산.

교: 그다음에 '지척(咫尺)', 많이 쓰죠? ○○고는 △△여고와 지척이다. 뭐죠? 아주 가까운 거리다. '거(去)'는 갈 거, 과거 거, 떨어지다, 여기서는 '어떤 거리가 떨어져 있다'이고. 그 다음에.

교: 이불견진면목(而不見眞面目). '진면목(眞面目)'이 뭐야? 너의 진

면목이 무엇이냐? 면목이 뭐야? / / 모습이야. 얼굴. 그럼, '진
면목'이 뭐야?

학: 참모습

교: 따라서 '불견진면목'이 뭐야? 참모습을 본 적이 없다지.[54]

교: '가(可)'자 이지. '가'는 '할 수 있다'로 많이 쓰입니다. 원래 뜻
은 뭐야? 가능하다지.

교: 여기 보자.

(교사는 '여기 보자'라고 말한 다음, 죽비로 칠판을 2~3번 친다. 죽
비는 칠판과 부딪치면서 '딱딱딱' 큰소리를 낸다. 죽비 소리로 인해 수
업에 집중하지 않는 학생은 수업에 집중할 수 있고, 졸음에 빠져드는
학생은 졸음을 쫓을 수 있다.)

교: 긴 문장이지만. (딱딱딱) 주목. 주목. 해석할 수 있어야지. 주목. / 수
업 때 선생님이 해석하는 과정을 잘 보고 놓치지 말아야 돼.
이 과정을 놓치면 어떻게 돼? 해석을 외우려고 듭니다. 해석은
외우려고 하면 안 돼. 외워지는 게 아니고. 해석하여 나가는 과정
을 여러분들이 배워야 돼. 그래야 저절로 외워지는 것이지. 외
우는 게 아니야. 자, 여기 봐. 긴 문장이잖아.

교: 하물며~이겠는가? 하물며 옳겠는가? 하물며 옳은 일이겠는가?

(A 교사는 각 구절을 읽으면서 곧바로 풀이하는 과정이 끝나면 한
번 더 풀이를 한다. 긴 구절은 글자 아래 해석 순서대로 번호를 붙이
기도 한다. 한 번 더 풀이할 때는 글자 한 글자 한 글자를 죽비나 손

---

54) A 교사는 '不見眞面目'을 설명하면서, 학생의 '참모습'이라는 풀이를 그
대로 받아 '참모습을 본 적이 없다'로 풀이하였다. '진면목'은 '본디부
터 지니고 있는 그대로의 상태'(本來的面貌, 『한어대사전』 2권 145면)
를 의미하는 말로, 佛敎의 '本來面目'이라는 말과 연결된다. 하지만 A
교사는 학생의 답변대로 풀이한다. 이러한 수업 장면은 학생의 자발적
인 답변을 격려하는 의미에서 이루어지는 것으로, 학생의 답변이 크게
잘못된 것이 아니라면 학생의 풀이를 살려서 풀이한다.

가락으로 짚어 가면서 우리말 어순에 맞게 풀이한다. 학생들은 최소한 2번 이상 본문 풀이를 눈과 귀를 통해 반복하여 학습하게 된다.)

> 교: 하물며 본국에 태어나 자라서 신선이 사는 산을 가까운 거리에 두고서 참모습을 보지 못하는 것이 옳은 일이겠는가? / / 옳은 일이란 의미인가?
>
> 학: 옳지 않다.
>
> 교: 반어법이죠? 앞의 것과 연결해서 보죠. 자. 여기 봐? 손 놓고. 필기시간 줄 테니까.
>
> (A 교사는 손가락을 대신하여 죽비를 이용해 한 글자씩 가리키며 풀이한다.)
>
> 교: 나는 들었습니다. 중국인이 우리나라에서 태어나 금강산을 한번 보길 원한다고. 하물며, '하물며'가 왜 있을까? 중국인도 이러는데, 그 나라에 태어난 사람은 당연히 봐야 한단 뜻이죠. 그래서 이런 표현을 쓴 것이죠. / 금강산을 지척에 둔 우리나라 사람이 금강산의 참모습을 보지 못하는 사람이 옳은 일이겠는가? 한 거죠. / 필기하세요.

A 교사는 수업 중간 중간에 학생들에게 '필기할 시간'을 제공한다. 필기할 시간은 수업 중간에 학생 스스로 학습을 정리하는 시간이다. 동시에 수업 시간 내내 칠판 앞에서 수업을 진행하는 A 교사의 수업 동선을 고려한다면, 필기할 시간은 A 교사가 아이들의 학습을 직접 둘러보는 시간이다. A 교사는 이 시간을 이용해 노트, 교과서 등의 수업 준비물을 확인하고, 원문의 한자에 해당하는 음과 뜻이 노트에 기재 여부를 확인하여 예습 상태를 점검한다(〈그림 7〉 참조).

A 교사는 수업 중에 종종 例를 들어 설명한다. '예시'는 학생들이

이미 알고 있을 법하거나 흥미 있어 하는 사실을 예로 들어 설명함으로써 학생들의 이해를 돕는 것이다. 예를 들어 설명하는 것은 교수·학습 상황에서 일반적으로 사용되는 교수법이다. 한문과에서도 '예시'는 매우 효과적인 교수법으로, 현재 자주 사용되지 않는 어

〈그림 7〉 예습 검사

휘를 학습할 때나, 원문에서 이해하기 어려운 개념 등을 학습할 때, 오늘날의 상황과 비교하여 학습하면 보다 쉽게 이해할 수 있을 때 특히 유용하다. '수업전사자료 A−02−64−93'에 보면, '지척'이란 용어를 설명하면서 '○○고는 △△여고와 지척이다'라는 예를 들거나, '면목'이란 용어를 설명하면서 '너의 진면목이 뭐냐', '면목이 없다' 등의 예를 드는 것도 모두 '예시'에 해당된다.

　A 교사는 '축자 풀이'를 본문 풀이의 원칙으로 한다. A 교사는 수업 중에 손가락이나 죽비를 이용해 글자를 짚어가며 풀이한다(〈그림 8〉 참조). 이러한 수업 방식은 학생들로 하여금 은연중에 '축자 풀이'에 젖어들게 할 수 있다. 한문 독해의 첫출발은 한자의 음과 뜻을 아는 것이지만, 해당 구절에 맞는 음과 뜻을 파악해서 한 글자한 글자씩 원문의 맥락에 맞는 뜻을 좇아 풀이하는 것이 중요하다. 교사가 축자 풀이를 강조하여 가르치지 않으면, 학생들은 '대충', '비슷하게' 해석하거나 교과서 뒤에 나온 풀이를 그대로 베끼게 된다.

　A 교사는 수업 중에 '하물며가 왜 있을까'라고 학생들에게 질문을 던진다. 이 질문의 유형은 통상적인 질문의 유형과 조금 다르다. A 교

〈그림 8〉 손가락으로 짚는 장면

사의 질문은 대부분 학생들이 즉시 답을 할 수 있는 단답형 질문이다. 단답형 질문은 수업의 주된 흐름을 방해하지 않는 질문이다. 교사가 단답형 질문을 하는 것에 대해 다양한 원인이 있을 수 있다. 그중 즉시 답을 할 수 있는 단답형 질문을 하는 것은, 다양한 답이 나올 수 있는 애매모호한 질문을 할 경우 수업의 맥이 끊길 가능성이 있기 때문일 것이다. A 교사의 경우도 이 때문에 단답형 질문을 선호하는 경향이 있다. 그러나 '하물며가 왜 있을까'와 같은 질문은 단답형 질문이라고 보기 힘들다. 이러한 질문은 학생의 독해 과정에 개입하는 질문이다. 이 질문은 학생들이 곧바로 대답할 수 있는 질문이라기보다, 어느 정도의 사고 과정을 통해 답을 찾아야 하는 질문이다.

A 교사는 이러한 질문을 가끔 제시하면서 학생들의 독해 과정에 적극적으로 개입하고, 학생들의 본문 이해를 끌어간다. 학생들은 이러한 질문을 통해 원문의 외면에 드러난 의미 외에 드러나지 않은 의미까지도 파악할 수 있게 된다. 본문에서 '吾聞하니 中國人은 願生高麗國하여 一見金剛山이라.'라는 문장과 '我國人이 生長本國하여 去仙山咫尺인데 而不見眞面目이 可乎아?'라는 문장의 연결은 '況'인데, 이 두 문장은 '하물며~이겠는가'라는 외면적인 의미만으로는 문장의 의미를 완전히 이해하기 힘들다. 여기엔 A 교사의 설명처럼 '중국인도 이 정도인데, 그 나라에 태어난 사람은 당연히 봐야 한다.'라는 의미가 숨어 있다. 이와 같은 두 문장 사이의 드러나지 않

은 의미를 파악해야만 비로소 문장의 의미가 완전히 파악될 수 있다.

○●수업관찰자료-A-02-94-128

(대부분의 학생들은 조용히 필기한다. 필기를 먼저 끝낸 몇몇 학생들이 잡담을 하기 시작한다.)

교: 야, 왜 이렇게 떠들어? 잘하는 애들이 떠들고 그래?

교: 뭐, 저 아저씨는 계속 책을 찾네.

(학생들이 필기하는 동안, A 교사는 교실 오른쪽 앞에서부터 시작하여 학생들의 필기 상황을 점검한다. 갈지자 형태의 동선으로 학생들의 노트 점검을 마친 A 교사는 다시 교실의 칠판 앞으로 가서 나머지 본문을 판서한다. 판서한 후, A 교사는 방금 배운 것을 손가락으로 칠판의 한자를 짚어 가며 풀이한다.)

> 今吾偶奉仙郎하여 正好共作仙遊하니,
> 山衣野服으로 恣討勝賞而還하면 不亦樂乎아?

교: 나는 중국인이 고려국에 태어나 금강산을 한번 보기를 원한다고 들었다. 하물며 우리나라 사람이 본국에 태어나 신선 사는 산을 가까이 두고서 참모습을 보지 못하는 것이 옳은가?

교: 자. 아주 중요한 문장이죠.

교: 금(今), 무슨 금야?

학: 이제.

교: 자. 이제, 지금 내가. 자, '우(偶)' 자는 사전을 찾아보면 '짝'이란 뜻으로 나와 있어요. 그런데 여기서는 뜻하지 아니할 우. '뜻하지 아니할'을 한자로 뭐라고 하죠? 뭔 단어 있죠? 우연. 우연히.

교: 봉(奉)은 뭐야? 받들어 모시다. 선랑(仙郎)이라 그랬는데, 랑(郎)
　　이 뭐야? 사내 랑. 신선 선을 붙인 것은 상대 사내를 높인 것
　　이죠. 대개 사랑하는 사람. 좋아하는 남자를 아름답게 부르는 표
　　현이죠. 오늘날로 말하면, 고상한 그대, 멋진 자기. 선랑. 선랑
　　을 그럼, 낭군님, 아니면 보통 쓰는 말이 서방님, 고상한 당신?
　　뭐 좋습니다.

교: 그 다음에 정호공작선유(正好共作仙遊)라. 이것도 쉽진 않아요.
　　'정(正)'이 바를 정자니까, 여기서는 순수한 우리말로, '딱' 이런
　　의미죠.

교: '호(好)'는 뭐야? 좋을 호 자니까. 좋다. 그럼, 딱 좋다. 뭐가 딱
　　좋냐? 공작하기 딱 좋다. '공(共)' 자는 함께라는 의미이고, '작
　　(作)' 자는 지을 작이니까 하다. 그럼, 뭔가 함께 뭔 일을 도모
　　하는 것.

교: 뭐를? 선유(仙遊). 유는 노닐 유, 신선 선. 신선 같은 유람. 그
　　니까 번역하면, 지금 당신과 함께 신선과 같은 유람을 하기에 딱
　　좋다. 이거죠.

교: 이제, 내가 어떻게? 우연히, 뜻하지 아니하게 서방님을 받들어
　　모셔서, 서방님과 같이. 신선 같은 유람을 함께 하기에, 유람하기
　　에 딱 좋으니. 신선 같은 곳을 함께.

교: 산의야복(山衣野服). 의도 옷이고, 복도 옷이죠. 산에서 입는
　　옷. 들에서 입는 옷, 가벼운 옷차림, 소탈한 옷차림. 소박한 옷차
　　림. 이렇게 풀이합니다.

교: 자. 자토승상이환(恣討勝賞而還)으로.

교: 자는 멋대로 뭐뭐하다. 마음껏 뭐뭐하다. 아, 쟤는 성격이 지 멋
　　대로야 할 때, 방자하다. 이럴 때 쓰죠?

교: 그 다음에 '토(討)'는 칠 토. '치다'라는 뜻, 여기서는 어느 지역
　　을 이렇게 돌아다니는 것. 여기서 '자토'는 맘껏 돌아다니면서

구경하다. 그죠?

(A 교사는 이 부분을 설명하면서, 노란색 분필과 빨간색 분필을 계속 바꿔 가면서 설명한다. 특히 '승상'을 설명할 때는 빨간색 분필로 중요하다는 표시까지 더한다.)

교: 뭘 구경하는지 나오겠지? 승상(勝賞)! 여기서 주의할 게 '승상'이죠. 원래 승은 뭐죠? 이기다의 뜻이죠. '~~이 낫다'는 뜻도 되고. 아주 이름이 난, 뛰어난 경치를 가진 장소를 뭐라고 해?

학: …….

교: 명승지라고 하죠? 이 내용이 교과서 117쪽 날개 하단에 정리되어 있으니까, 표시해 두세요. 그 밑에 있죠? 바로 여기서 '승'자가 '뛰어날 승', '나을 승' 자죠. 여기서 '상(賞)'은 볼거리, 여기서 볼거리는 금강산의 경치. 그럼, '승상(勝賞)'은 '뛰어난 경치' 이렇게 보는 게 좋죠. 그럼 '자토승상'은 뭐냐? 뛰어난 경치를 맘껏 구경하다. 이렇게 해석하면 되겠죠? 그 다음에 한자가 뭐야? 접속사 '이(而)'가 있으니까 마음껏 구경하고 돌아온다면.

교: 여기까지 다시. 이제 내가 우연히 서방님을 받들어 모셔서 신선 같은 유람을 함께 하기에 딱 좋으니 소박한 옷차림으로 뛰어난 경치를 마음껏 구경하고 돌아온다면. 불역락호아.

교: 그 뒤에 엎드린 사람?

교: 자, 여기 '불역락호(不亦樂乎)아'에서 우리가 지난 시간에 정리한 것이 나오네요.

교: '불역~호' 생각납니까? 우리가 1학기 때 배운 것. 학이시습지(學而時習之)면 불역열호(不亦說乎)아? 배우고 때때로 익히면 또한 기쁘지 아니한가? 시험에도 냈죠? 그때 '불역~호'는 '또한~~하지 아니한가'의 뜻이에요. '락(樂)'자가 즐거울 락 자니까, 또한 즐겁지 아니한가? 즐겁다? 즐겁지 않다?

학: 즐겁다.

교: 즐겁다. 네. 무슨 형?

학: 반어형

교: 네. 이게 바로 반어형 구문이야. 또한 즐겁지 아니한가.

교: 그래서 연결해서 보겠습니다. 문장이 쉽지 않고 중간에 선생님이 의역도 많이 해서 쉽지 않죠. 연필 놓고. 해석할 땐 칠판을 보라고 했죠.

(본문의 1차 풀이를 마친 A 교사는 학생들에게 연필을 놓으라고 한 후, 지시봉으로 짚어 가면서 다시 우리말 어순에 맞게 풀이를 한다.)

교: 지금 내가 우연히, 뜻하지 아니하게 서방님을 받들어 모시고 신선 같은 유람을 함께 하기에 따악 좋으니, 소박한 옷차림으로, 즉 산에서 들에서 입는 소박한 옷차림으로 뛰어난 경치를 마음껏 구경하고 돌아온다면 또한 즐겁지 않겠습니까?

교: 이렇게 금강산 구경 가기를 권했어요. 뒷이야기는 요 뒤에 나와 있으니까 좀 있다 보기로 하고. 일단 필기부터 합니다. 필기하고 나면 선생님과 함께 해석하기를 합시다.

A 교사는 판서를 중심으로 수업을 진행한다. 그리고 흰색, 노란색, 빨간색 등의 다양한 색분필을 사용한다(〈그림 9〉 참조). 흰색 분필은 원문을 정서하는 데 사용하고, 노란색 분필은 원문을 풀이하는 데 사용하고, 빨간색 분필은 중요한 내용이나 시험에 출제할 만한 내용을 표시하는 데 사용한다. 교사가 수업을 하면서 중요한 것에

〈그림 9〉 색분필로 강조하기

표시를 하는 활동은 학생들 입장에서 보다 손쉽게 중요한 내용을 파악할 수 있는 효과가 있다.

대부분의 과목이 마찬가지이겠지만, 漢文科도 이전에 배운 내용이 계속 되풀이된다. 〈수업관찰자료－A－02－94－128〉에 보면, 1학기 때 배운 '不亦～乎' 용법이 다시 나온다. 교사는 다시 나오는 용법이나 구절이 있을 경우, 당시에 배웠던 기억을 되살려 줄 필요가 있다. 배웠던 것을 구체적으로 되살림으로써 학생들의 스키마(schema)를 보다 효과적으로 활성화시킬 수 있기 때문이다. A 교사는 1학기 때 배운 구체적인 문장－學而時習之면 不亦說乎아－을 들어, '不亦～乎'가 '또한～하지 아니한가.'라는 뜻임을 상기시킨다. 구체적인 문장을 예로 들어줌으로써 학생들은 당시의 기억을 보다 쉽게 떠올릴 수 있다. 학습의 범위는 새로운 것을 배우는 것뿐만 아니라 배웠던 것을 다시 익히는 것도 포함된다.

○●수업관찰자료－A－02－129－196

교: 자, 됐습니까? 지금부터 해석해 봅시다. 선생님이 몇 사람 시킬 거야.

교: 자, 주목.

(A 교사는 학생들의 주목을 유도하기 위해 다시 죽비로 교탁을 두세 번 '딱딱딱' 소리 나게 두드린다. 대부분의 학생들이 칠판을 주목한다.)

교: 자, 주목. 저 뒤에.

(한 학생이 옆 학생과 잡전을 피우고 있다. 죽비로 교탁을 내리치는 소리가 작은 편이 아닌데, 무시하고 잡전을 피우고 있다. 교사가 다시 주목하게 하기 위해 교탁을 두세 번 '딱딱딱' 더 세게 두드린다.

교실 가득 죽비 내리치는 소리가 울린다.)

교: 자, 여기 보자. 따라서 읽습니다.

교: 오문(吾聞)하니

학학: 오문하니

교: 중국인(中國人)은

학학: 중국인은

교: 원생(願生) 고려국(高麗國)하여

학학: 원생 고려국하여

교: 일견(一見) 금강산(金剛山)이라.

학학: 일견 금강산이라.

교: 나는

학학: 나는

교: 중국인이

학학: 중국인이

교: 고려국에 태어나

학학: 고려국에 태어나

교: 금강산을 한번 보기를

학학: 금강산을 한번 보기를

교: 원한다고 들었다.

학학: 원한다고 들었다.

교: 황(況) 아국인(我國人)이

학학: 황 아국인이

교: 생장(生長) 본국(本國)하여

학학: 생장 본국하여

교: 거(去) 선산지척(仙山咫尺)인데

학학: 거 선산지척인데

교: 이(而) 불견진면목(不見眞面目)이

학학: 이 불견진면목이

교: 가호(可乎)아.

학학: 가호아.

교: 하물며 우리나라 사람이

학학: 하물며 우리나라 사람이

교: 본국에 태어나 자라서

학학: 본국에 태어나 자라서

교: 신선이 사는 산을 가까운 거리에 두고

학학: 신선이 사는 산을 가까운 거리에 두고

교: 참모습을 보지 못하는 것이 옳은 일이겠는가?

학학: 참모습을 보지 못하는 것이 옳은 일이겠는가?

교: **금(今) 오(吾) 우(偶) 봉(奉) 선랑(仙郎)하여**

학학: 금 오 우 봉 선랑하여

교: 정호(正好)하니 공작선유(共作仙遊)하니

학학: 정호 공작선유하니

교: 산의야복(山衣野服)으로

학학: 산의야복으로

교: 자토(恣討) 승상이환(勝賞而還)하면

학학: 자토 승상이환하면

교: 불역락호(不亦樂乎)아.

학학: 불역락호아.

교: 지금 내가 우연히

학학: 지금 내가 우연히

교: 서방님을 받들어

학학: 서방님을 받들어

교: 함께 신선 같은 유람을 하기에 딱 좋으니,

학학: 함께 신선 같은 유람을 하기에 딱 좋으니,

교: 소박한 옷차림으로

학학: 소박한 옷차림으로

교: 뛰어난 경치를 맘껏 구경하고 돌아온다면

학학: 뛰어난 경치를 맘껏 구경하고 돌아온다면

교: 또한 즐겁지 않겠는가?

학학: 또한 즐겁지 않겠는가?

이제 본문 풀이는 끝나고 정리 단계에 들어간다. 이 단계는 학생들과 교사가 함께 반복해서 본문을 읽고 풀이하는 부분이다. A 교사는 본문을 가급적 짧게 끊어 읽고, 학생들에게 소리 내어 따라 읽게 한다. 그 뒤 본문의 풀이 또한 짧게 끊어서 들려주고, 학생들에게 소리 내어 따라 하게 한다. 이때 반드시 손가락이나 죽비를 이용해 글자를 짚어 가면서 해석한다. A 교사의 수업에서 '반복 학습'은 무척 큰 비중을 차지한다. 전체 수업 시간의 약 30%를 차지한다. 이 정리 단계는 수업이 시작되고 약 35분이 경과된 후 시작된다. 50분 수업 가운데 약 15분은 A 교사를 따라 읽고 풀이하는 활동이다. '반복 학습'의 중요성은 다음과 같은 교사의 면담에서도 강조된다.

◐교사면담자료 - A - 1013 - 4

반복 안 하면 안 돼요. 처음엔 내가 해주고, 그 다음에 두 번 정도 따라 읽게 하고, 그 다음에는 또 내가 짚어주면, 지네들이 풀이하게 하고. 제일 마지막 단계가 지우고 학생 스스로 풀이하는 거예요. 그 단계를 소화해 내는 애들이 35명 중에 3~4명 정도 되려나.

여기서 의미 있게 살펴볼 부분이 있다. A 교사는 본문을 읽으면서 의미 단위보다 더 최소의 단위로 끊어 읽기를 한다. '願生 高麗國'이나 '況 我國人'이나 '今 吾 偶 奉 仙郎' 등에서 그 예를 찾을 수 있다. 끊어 읽는 기준은 다양하다. '황 아국인'처럼 하나의 의미로 붙여야 하는 어휘의 경우 해당 어휘의 앞에서 끊어 읽는다. '원생 고려국'처럼 문장 성분이 달라지는 경우, 하나의 문장 성분이 다른 문장 성분과 만나는 곳에서 끊어 읽기도 한다. '금 오 우 봉 선랑'처럼 낱낱의 글자나 단어를 모두 끊어 읽기도 한다. 읽는 사람에 따라 짧게 끊어 읽기도 하고, 길게 끊어 읽기도 하기 때문에 끊어 읽기에 대한 정답은 없을 수도 있다. 그러나 '끊어 읽기'에 정답이 없을 수도 있지만, 원칙은 있다. 그것은 최소한의 의미 단위를 깨서는 안 된다는 것이다. 위에서 예를 든 구절을 살펴보겠다. '願生高麗國'은 '願 生 高麗國', '願生 高麗國' 등으로 끊어 읽는 것은 가능하지만 '高麗國'을 '高麗 國'이나 '高 麗國'으로 끊어 읽어선 안 된다.

A 교사가 끊어 읽기를 반복해서 보여주는 것은 '끊어 읽기'가 한문 학습에 있어서 매우 중요하기 때문이다. 끊어 읽기는 '句讀'와 관련이 깊다. '句'는 문장과 문장 사이에 休止가 필요한 곳을 표시하는 것으로, 휴지를 표시하기 위해 끊어 읽게 된다. '讀'는 하나의 문장 안에서 구절과 구절 사이에 休止가 필요한 곳을 표시하는 것으로, '구'와 마찬가지로 휴지를 표시하기 위해 끊어 읽게 된다. 이 둘을 합쳐 '구두'라고 하며, 한문을 읽을 때는 구두를 기준으로 끊어 읽어야 한다.

구두를 통해 끊어 읽는 것은 문장의 일차적 풀이나 의미 이해와 관련이 깊다. 중국의 유명한 작가인 魯迅도 '구두를 틀리게 하는 것은 곧 그 내용을 이해하지 못하고 있는 것이다'라고 언급하여[55] 구두를 올바르게 끊어 읽는 것이 글의 내용을 이해하는 데 매우 중요한 요소임을 강조하고 있다.

○●수업관찰자료-A-02-197-226

교: 자, 한 번만 더 하고 시켜 보겠습니다. 처음에 자원해서 해보는 게 좋죠.

교: 자, 다시. (딱딱딱) 이번엔 풀이만 해줄게.

교: 나는

학학: 나는

교: 중국인이

학학: 중국인이

교: 고려국에 태어나

학학: 고려국에 태어나

교: 금강산 한번 보기를 원한다고 들었다.

학학: 금강산 한번 보기를 원한다고 들었다.

교: 하물며 우리나라 사람이

학학: 하물며 우리나라 사람이

교: 본국에 태어나 자라서

학학: 본국에 태어나 자라서

교: 신선이 사는 산을 가까운 거리에 두고

학학: 신선이 사는 산을 가까운 거리에 두고

교: 참모습을 보지 못하는 것이 옳은 일이겠는가?

학학: 참모습을 보지 못하는 것이 옳은 일이겠는가?

교: 지금 내가 우연히

---

55) 관민의 저, 서울대 동양사학연구소 옮김, 『고급한문해석법』(창작과비평사, 1994), 6면.

학학: 지금 내가 우연히

교: 서방님을 받들어

학학: 서방님을 받들어

교: 함께 신선 같은 유람을 하기에 따악 좋으니

학학: 함께 신선 같은 유람을 하기에 딱 좋으니

교: 소박한 옷차림으로

학학: 소박한 옷차림으로

교: 뛰어난 경치를 마음껏 구경하고 돌아온다면

학학: 뛰어난 경치를 마음껏 구경하고 돌아온다면

교: 또한 즐겁지 않겠는가?

학학: 또한 즐겁지 않겠는가?

'반복 학습'의 연속이다. 이번에는 교사가 본문의 해석만 읽고 학생들은 따라 했다. 반복 학습은 고등학교의 다른 교과 수업에서 흔히 보기 힘든 초보적인 교수·학습 방법일 것이다. 이러한 수업 방법은 중국어나 일본어 등의 제2외국어 교과에서 볼 수 있을 뿐이다. 고등학교 한문을 이렇게 학습하는 이유는 무엇일까? 그 이유는 아마도 고교 과정에 개설된 교과라 하더라도 학생들의 학습 정도가 초보 학습자의 수준에 머물러 있기 때문일 것이다. 이처럼 초보 학습자에 머물러 있는 이유는 다양하지만, 무엇보다 큰 이유는 현 교육과정의 특이한 구조 때문이다.

현재 시행 중인 제7차 교육과정에서 '한문'은 중학교와 고등학교에 개설되어 있다. 그런데 고등학교에 진학한 학생 가운데 중학교에서 한문을 배운 학생은 동일한 학습 경험을 가지고 있지 못하다. 현재 중학교 교육과정에서 한문은 1년만 배울 수도 있고, 2년만 배울 수도 있고, 3년만 배울 수도 있다. 학교마다 모두 다르다. 고등학교에 진학하면 이렇게 다양한 학습 경험을 가진 학생들이 한 교실에 모인다. 한문 수업의 수준을 어디에 맞춰야 할 것인가? 교사들은 어쩔 수 없이 중학교에서 900자를 학습했다는 전제 아래 수업을 진행한다. 고등학교 교과서가 중학교 한문교육용 900자를 학습했다는 전제 아래 집필되기 때문이다. 그러나 고등학교 교과서대로 수업을 진행하게 되면, 중학교에서 한문을 전혀 배우지 못한 학생에서부터 1년만 배운 학생들은 십중팔구 어려워한다. 어려워하기 때문에 교과에 대한 흥미를 잃고, 흥미를 잃게 되면, 다른 학생들에 비해 뒤처지게 된다. A 교사는 이러한 점 때문에 '반복 학습' 등의 초보적인 학습 방법에 매달리게 된다.

●수업관찰자료 - A - 02 - 227 - 239
　교: 고개 들어. 고개 들어라. 해볼 사람?
　교: 발표 안 한 사람 중에 누가 할 거야?
　교: 시켜서 하면 이제 안 되는 거야. 해보라우.
　(교사에게 지적받은 학생이 칠판 앞으로 나온다. A 교사는 죽비를 학생에게 건네며 해석해 보길 지시한다. 학생은 지시봉으로 글자를 짚어 가면서, 교사가 시범 보인 것을 그대로 따라서 해석하기 시작한다.)
　발표 학: 나는 중국인이 고려국에 태어나 금강산 한번 보는 것을 원한다고 들었다. 하물며 우리나라 사람이 본국에서 태어나고 자라 신선이 사는 산을 가까운 거리에 두고 참모습을 보지 못하는 것이 옳겠는가?
　교: 잘하네?
　발표 학: 지금 내가 우연히 서방님을 받들고 함께 신선 같은 유람

을 하기에 딱 좋으니, 소박한 옷차림으로 뛰어난 경치를
맘껏 보고 돌아온다면 또한 즐겁지 않겠는가?

학학: 이야, 이야.

교: 잘한다. 상당한 수준이죠.

교: 또 할 사람 있어? 내가 한번 해보겠다.

이제 교사가 계속 반복해서 시범 보이던 것을 학생 스스로 수행하는 단계이다. 지적받은 학생은 나와서 발표한다. 곧잘 따라 한다. 이러한 방법은 이른바 '직접 교수법'에 해당한다. '직접 교수법'은 행동주의 심리학을 기반으로 하는 교수법이다. 교사가 많은 수의 학생들에게 새로운 용어나 기능을 설명한 후, 교사의 지시에 따라 연습을 계속하는 교수 형태이다. 학생들은 암송하거나 단순한 기능을 읽힐 때 교사의 시범을 잘 보고, 스스로 연습하도록 하는 교수법이다.

하지만 여기서 한 가지 생각해 볼 것은, 과연 교사가 한 것을 그대로 따라하는 것이 잘한 것인가 하는 것이다. 이것이 특정 기능을 연마하는 것이라면, 교사가 시범 보인 그대로 따라하는 것은 매우 잘한 것일 수 있다. 그러나 독해라면 어떨지 모르겠다.

◦●수업관찰자료 - A - 02 - 254 - 311

교: 이렇게 어휘 설명을 적어놓고 해석하는 건, 문장의 구조를 먼저 이해하라는 거예요. 문장의 구조를 여러분들이 이해하면, 글자 뜻만 암기하면 되는 거예요. 자, 기본적으로 문장의 구조를 이해하지 못하면, 해석을 무조건 외울 수밖에 없어요.

교: 자, 그러면 지우고서 한번 해보죠,

학학: 헤? 헉. 아. 없어 이제.

교: 그래야, 해석을 하는 거지. 여러분의 능력은 충분히 할 수 있어요. 집에서도 시험공부는 이렇게 하는 거야.

(A 교사는 칠판에 판서된 내용 가운데 원문만 남겨 두고 해석 순서를 표시하는 번호나 풀이 정보를 모두 지운다. 다시 죽비를 지시봉 삼아 글자를 짚어가며 다시 학생들과 함께 읽기 활동을 한다.)

교: 자, 따라 하는 거야.

〈중 략〉

교: 이번엔 내가 짚기만 할 테니까, 여러분들이 천천히 해석해 보면 되겠습니다.

(이제 A 교사는 학생들에게 해석의 바통을 넘긴다. 다만 완전히 넘기지는 못한다. 그래서 교사는 아무런 말없이 풀이 순서대로 글자를 짚어 나간다. 학생들은 교사가 짚어나가는 순서대로 소리 내어 풀이한다.)

학학: 내가 중국인이 고려국에 태어나

학학: 금강산 한번 보기를 원한다고 들었다.

(여기까지 한 목소리로 풀이하던 학생들은 다음 구절에서 각기 약간 다른 풀이를 한다. 다른 풀이는 ;으로 표시한다.)

학학: 하물며 우리나라 사람이 본국에 태어나 자라서 신선 같은;
　　　신선이 사는 산을 지척에; 가까이 두고

학학: 참모습을 보지 못하는 것이 옳겠는가.

학학: 지금 내가 우연히 서방님을 받들어

학학: 신선 같은 유람을 함께 하기에 딱 좋으니

학학: 소박한 옷차림으로

학학: 뛰어난 경치를 마음껏 구경하고 돌아온다면

학학: 또한 즐겁지 않겠는가?

교: 자, 이제 지금 하는 사람이 진짜다. 한번 해볼 사람? 없어? 점수 반납시켜야겠다. 36번!

(A 교사는 이제 직전의 한문 성적을 참고하여 특정 학생을 지명한

다. 지명당한 학생은 칠판 앞으로 나와 지시봉을 잡고 글자를 짚어가며 풀이를 시도한다. 그러나 해석 순서나 어휘 정보가 지워진 원문은 몇 번씩 따라 읽었음에도 불구하고 풀이하기가 쉽지 않다.)

학: 나는 중국인이 고려국에서 태어나 금강산을 한 번 보았다고 들었다. 하물며 우리나라에서 태어나

교: 어?

학: 하물며 우리나라 사람이 본국에서 태어나 자라서 신선 같은 산을 가까운 거리에 두고 참모습을 보지 못하는 것이 옳은 일이겠는가?

(수업의 종료를 알리는 종이 울린다.)

교: 자 됐다. 자, 다음 시간에 준비할 것. 잘 들어. 놓치지 말고 들어. 숙제야. 발표자가 빠뜨린 것, 교과서 117쪽 오른쪽 날개의 첫 번째 이야기의 밑에서 세 번째 줄 보면, 임제라는 사람이 그의 무덤을 지나가며 지은 시조가 있다고 되어 있죠. 바로, 임제라는 사람이 지은 황진이의 시조를 찾아서 노트에 적어올 것. 양이 많지 않으니까 다음시간 숙제. / 이상.

이 부분은 수업의 마무리 부분이다. 칠판에 판서된 내용을 원문만 남기고 모두 지운다. 그 상태에서 한 학생을 지명하여 본문을 풀이하게 한다. 지명당한 학생은 몇 번씩 따라 읽고 따라 풀이한 원문인데도 자연스럽게, 쉽게 풀이하진 못한다. 따라 하기를 많이 되풀이했지만, 혼자 풀이하기엔 역부족이다. 따라서 수업 시간에 혼자서 연습할 수 있는 시간을 주는 것도 고려할 만하다.

이 수업에서 판서된 내용을 원문만 남기고 지운 것은 학생들이 '판서 내용을 보며 풀이하기'에 익숙해지면, '판서 내용을 보지 않고 풀

이하기'도 자연스럽게 익힐 것이라는 예상 아래 이루어졌다고 할 수 있다. 하지만 학생들의 반응은 다르다. 교사가 원문을 뺀 나머지 판서 내용을 지우자 학생 가운데 한 명은 '헉! 이제 없어'라고 짧게 탄식한다. 이것은 지금까지 교사가 한 글자 한 글자 짚어 가면서 몇 번씩 반복해서 따라 한 활동의 기대치와는 다르게 줄곧 원문 아래의 해석을 보고 기계적으로 입으로만 교사의 말을 따라 했음을 알 수 있다. 즉 무의식적으로 교사의 말을 따라한 것이지, 머릿속으로 본문의 풀이를 염두에 두고 교사의 말을 따라한 것은 아닌 셈이다. 이것은 분명 이 수업에서 놓치고 있는 부분이라 할 수 있다. 좋은 수업은 교사의 수업을 수동적으로 따라가는 학습을 통한 것이 아니라 끊임없이 자신의 머리를 굴리는 학습(minds-on learning)을 통해 이뤄질 것이다.

종이 치자, 교사는 다음 차시 예고를 하고 과제를 부과한다. A 교사의 수업에서 '과제 부과'는 다음 차시의 수업을 진행하는 데 매우 중요한 역할을 한다. 수업 시간에 본문의 한자의 음과 뜻은 따로 배우지 않기 때문에 학생들이 과제를 통해 다음 차시에 배울 한자의 음과 뜻을 조사해 오는 과정이 반드시 선행되어야 한다.

이상으로 한 시간 동안의 수업을 면밀히 관찰하고 그 결과를 기록한 후, 연구자의 시각에 의해 분석했다. 위의 수업은 A 교사의 수업을 관찰한 자료 가운데 가장 일상적이면서도 독해 교수 활동을 잘 보여주는 수업을 골라서 기록하고 분석한 것이다. 동일한 수업 전사 자료라 하더라도 연구자에 따라 또는 연구 주제에 따라 분석이 달라질 수 있으므로, 적확한 분석을 하는 것도 중요하지만 그에 못지않게 수업 전사 자료를 있는 그대로 기록하여 독자에게 보여주는 것도 분석 못지않게 중요하다. 이제 관찰한 A 교사의 다른 수업 가운데, 본 연구에서 관심을 가진 독해 교수 활동에 관련하여 의미 있는 특징을 보이는 장면을 골라 분석하고자 한다.

○●수업관찰자료 - A - 03 - 28 - 31: 논술과의 연결

교: 이 안에 답이 있다. 우리가 언어 영역에 있어서 비문학영역은 그 제시문 안에 뭐가 다 있어? 답이 다 있어. 여기서 보면 칠실녀는 아까 그, 칠실녀가 살았던 시대에 그, 여인들, 여인들이 가지고 있는 고정관념이 있어. 뭐냐?

학: 아녀자가 걱정할 일 아니다.

교: 그렇지. 여기 보면, '그거야 나라의 벼슬아치들이 걱정하는 것이지 우리 같은 일개 아녀자가 왜 사서 걱정이란 말이요?' 이 것은 당 시대의 여인들이 갖고 있던 고정관념. 아녀자들은 정치에 신경 쓸 필요가 없다. 이런 것은 나라를 다스리는 벼슬아치나 특정 남자들, 이런 사람이나 신경 쓸 일이지, 내가 신경 써서 뭐하겠느냐. 우리는 상관없다. 나는 정치와 상관없다는 고정관념. 하지만 칠실녀는 그런 고정관념에서 벗어나 있는 것이지. 칠실녀가 주장한 게 뭐야? 만약 이 제시문을 읽고 글을 쓴다면, 그런 식으로 풀어 나가야 하는 거야. 여기서 나온 일반적인 당시의 고정관념, 그리고 칠실녀는 그 고정관념에서 벗어나 있던 여자다. 그러니까 이게 다르단 말이야. 칠실녀가 당시의 여자들과 똑같다면 이야기가 안 되지. 다르기 때문에 이야기가 된 거지. 이러한 현상은 오늘날에도 남아 있어. 오늘날의 여성들은 어떤 생각을 갖고 있을까? 이런 것이 하나의 문제가 될 수 있지. 그러니까 여러분들 논술이란 것은, 지금 인터넷에 실

린 글을 보면, 우리나라의 석학 이어령 박사 아시죠? 서울대 논술 보더니, '나도 못 풀겠다.'고 했어. 50년 동안 글 쓰신 분이. 그렇게 어렵게 내요. 그래서 아마, 사회적으로 굉장히 문제가 되기 때문에 문제가 쉬워지지 않을까 해요. 사실 논술이란 것의 취지는 굉장히 좋고, 수업에도 도움 되죠.

교: <u>원래 한문 수업이 논술에 맞아. 예전에 한문은 문 사 철이라 그래서, 내용 가지고 토론하고 그랬어. 그리고 과거 시험이 뭐였냐? 역사적 사건을 제시하고, 옛날 이러이러한 역사적 행위가 있었는데, 너라면 어떻게 하겠느냐? 이게 과거 문제야. 그러니까 옛날에는 논술이 일반화되어 있고 생활화되어 있었지.</u>

그런데 오늘날 주입식 교육이니, 뭐 몇 가지 중에 찍는 그런, 상황으로 인해 바뀌었지. 그런데 요즘 논술은 너무도 어렵게 내요. 그게 대개 50%가 고전에서 나오는데, 왜 고전에서 나오느냐? 고전의 내용이 대개 시간과 공간을 초월하기 때문에, 이런 것을 초월한 진리이기 때문에, 여기에 대해서 제시해 주고, 오늘날 이 글을 읽고 어떤 생각을 갖고 있는지 물어보는 거야. 자, 여기서 칠실녀는 고정관념의 관점에서 접근해야지. 그런데 오늘날 보면 이 칠실녀 이야기는 어떤 의미가 있을까?

〈중 략〉

여기에 남성보다는 여성들이 집안에서 안살림을 책임지는 경우가 많았고, 바깥일은 남자들이 했기 때문에, 이러한 고정관념이 있었겠지. 그런데 칠실녀는 이런 일들이 사실상 남녀노소 구분 없이 모든 사람들에게 영향을 미치는 것이니까 우리가 관심을 쏟아야 한다고 말하고 있지. 그러니까 고정관념이 있었고, 고정관념을 타파하는 이야기이기 때문에 이 이야기가 돋보이는 거야. 여러분들이 이런 것을 캐치하고 있으면, 여기에 대한 글을 여러분이 쓸 수 있어.

A 교사는 교과서에 제시된 '더 알아보기' 지문을 통해 '논술'과 연결한다. 위 수업 전사 자료를 통해 보다 명확히 알 수 있다.

A 교사는 칠실녀가 당시의 사람들이 가진 여성에 대한 고정관념을 깬 인물이란 점을 주목해야 한다고 지적한다. 그러면서 만일 '칠실녀'가 논술 소재로 출제된다면, 당시의 고정관념에서 벗어나 있는 인물이란 점을 제기한 후 오늘날에도 여전히 여성에 대한 고정관념이 남아 있는 현상과 연결시켜서 논리를 전개해 나가야 한다고 말한다. 그러면서 한문 고전엔 文·史·哲의 내용이 모두 담겨 있어 통합논술의 소재로 적절하다는 점도 아울러 짚고 있다. 또한 조선 시대에 시행하던 과거 시험이 오늘날의 논술 시험처럼 하나의 논제에 대해 자신의 생각을 적는 형식이었음을 알려 주면서, 논술이 새롭게 만들어진 시험 형식이 아님을 짚고 있다.

A 교사는 제시문을 정독하고 거기에 대한 자신의 생각을 논리적으로 풀어 나가는 것이 논술이라고 본다. 그리고 요즘 논술시험이 너무 어렵게 출제되고 있다는 점을 지적한다. 그러면서 한문 교과서에 나온 지문의 소재들이 논술에 자주 인용되는 고전 제시문으로 사용될 가능성이 있으므로, 평소에 정독하고 그 지문이 어떤 이야기와 어떤 주제를 담고 있는지 생각하는 습관을 가지도록 안내하고 있다.

한문과의 가장 기본적인 목표가 '한문 독해 능력 신장'임은 분명하지만, 교과서에 소개된 원문이나 한문을 기반으로 한 이야기를 통해 학생들의 사고력이나 논리력을 키워줄 수 있는 방안도 고민할 필요가 있다. 명제를 부여한 후 토론하는 과정에서 학생들이 자연스럽게 사고의 전환을 통한 재해석이 도출될 수 있도록 지도하는 것이다 (김상홍, 2004: 22). 아울러 고전 제시문을 통해 학생들의 창의력을 개발시키거나 발상의 전환까지 꾀할 수 있는지도 방안의 개발 또한 필요하다.

🅞➤**수업관찰자료-A-03-41-45: 본문 풀이 외의 정보**

교: 유희경이 누구였지?

학: 아, 유희경, 유희경 들어봤다.

교: 누구였어?

학생들: 한시, 월계도중

교: 그렇지. 신분이 뭐였지? 독특했는데?

학: 천민

교: 그렇지. 왜 천민이었지?

학: 엄마가 천민.

교: 아버지는 양반이었으나, 어머니는 천민이지. 그러니까 이런 사람들을 '얼자'라 했지. 조선시대에 이런 사람들은 어딜 못 나가?

학: 벼슬

교: 과거를 볼 수 없었지. 그래서 천하를 주유하면서 구경하고 팔도를 다녔지. 당시 전라북도 부안에는 최고의 기녀인 매창 계랑이 있었지. 유희경은 한 곳에 머물 사람이 아니니까 떠나지. 매창 계랑을 좋아했던 사람은 홍길동을 지은 허균, 최경창 등이 있었는데, 사랑을 얻은 사람은 유희경뿐이었다.

🅞➤**수업관찰자료-A-03-104: 본문 풀이 외의 정보**

교: 여러분, 검녀라는 글은 한문 단편이라는 소설 장르입니다. 작가는 안석경이고. 안석경의 호가 삽교, 안석경이 지은 한문 단편집의 이름이 삽교만록. 삽교만록에는 검녀 말고도 많은 작품이 실려 있어요.

○●수업관찰자료-A-04-17: 본문 풀이 외의 정보
　교: 뭘 알았느냐? 좌하지비기사(座下之非奇士). 이 좌하(座下)라는
　　　말은요, 학식이 높은 상대방을 부를 때 높여서 부르는 말입니
　　　다. 비슷한 말로 '귀하'라는 말이 있습니다. 예를 들어 왕을 부
　　　를 때 폐하, 전하 부르죠. 보통 우리가 상대방을 존경하는 말로
　　　좌하, 귀하가 있죠. 요즘 높여 부르는 말로 선생님이 있죠.

　한문 수업은 본문의 풀이만을 목적으로 하지 않는다. 〈수업관찰자
료-A-03-41-45〉에서 알 수 있듯이, 작품 이해에 참고가 될 만
한 인물에 대한 정보도 파악해야 하고, 학습할 작품에 해당하는 장르
등에 대해서도 파악해야 한다.
　본문에 나온 작가나 작품 정보 등도 포함된다. 〈수업관찰자료-A-
03-104〉, 〈수업관찰자료-A-04-17〉에서 알 수 있는 것과 같이
본문 풀이 외의 정보들도 중요한 교수 대상이다. 다른 언어에서의
독해도 마찬가지이겠지만, 한문 독해 또한 본문의 풀이 외에 다양한
정보를 알고 있어야 한다. 폭넓은 독서를 통한 다양한 배경지식의
습득에서부터 해당 글의 출처나 작가, 창작된 당시의 시대 배경 등
에 대한 이해가 필요하다.

○●수업전사자료-A-01-42-43: 학생들에게 친근한 것을 연결하여 설명
　교: 그래서 선비가 '능령종행'이라 그랬어. '능'은 '억지로 하다'이
　　　고. '령'은 하게 할 영. 억지로 또는 강제로 ~하게 하다. '종
　　　행'은 따를 종에 갈 행이니까 따라 가다. 그래서 해석 어떻게
　　　해? 선비가 그녀를 억지로 따라가게 했다. 이거지. 무조건 따라
　　　오게 한 거야. 그지? 조약 중에서도 강제로 약속을 하는 경우

는 늑약. 1905년에 우리나라에 한 게 뭐야? 늑약! 을사늑약. 요즘 국사시간에 배우죠? 강제로 한 조약이야.

수업전사자료 - A - 03 - 25: 학생들에게 친근한 것을 연결하여 설명

교: 그 다음에 숙심이에요. 숙(宿) 자는 잠잘 숙인데, 잠자는 게 아니고, 내 마음속에 오랫동안 있는 것, 비슷할 말로 오늘날 사용하는 것은 숙원 있죠. 여러분, ○○고 학생의 오랜 숙원은 뭐다? 두발자유.

수업전사자료 - A - 03 - 36 - 38: 학생들에게 친근한 것을 연결하여 설명

교: 기녀는 음악, 무용 등 전통 문화의 계승자일 뿐만 아니라 문학에서도 두드러진 활약을 보였다. 요즘으로 말하면, 연예인이야. 종합 예술인이지. 요즘 황진이 드라마를 보세요. 춤도 추고, 글도 짓고, 글을 가르치기도 하죠. 선비들을 상대해야 하니까 시 서화에 능해야 했다. 최고의 스타들입니다. 그러나 신분은 천했지. 그렇게 최고의 능력 있는 예술인. 오늘날 우리가 알고 있는 전통 문화들은 이 사람들이 계승한 것이라 해도 과언이 아닙니다.

수업전사자료 - A - 03 - 47 - 50: 학생들에게 친근한 것을 연결하여 설명

교: 이화우 흩뿌릴 제. 자, 보세요. 배꽃이 비처럼 내린다는 거예요. 4월에 보름달 떴을 때 배꽃 떨어지면 정말 멋있죠. 선생님도 한번 느끼고자, 도봉산 입구에 배 밭이 조그맣게 있는 데를 갔어요. 어느 보름달 막걸리 한잔 먹고 간 적 있는데, 정말 멋있어요. 옛사람들의 정취가 그냥 있는 게 아니란 거지.

수업전사자료 - A - 05 - 76 - 78: 학생들에게 친근한 것을 연결하여 설명

교: 검술은 검으로 싸우는 무술이다. 검은 인류가 도구를 사용하여 뭐하다가? 전투를 하다가 날이 뭐하지 못하여? 잘 알아 두세요.

예리하지 못하여 무기가 되었다. 요즘 인기드라마인 주몽만 봐도, 한나라의 힘이 어디서 나와요? 강철검, 그때만 해도 엄청 중요한 것이었고, 금와가 그래서 철제 무기를 만들려고 노력하죠. 철기 시대 이전에는 무기의 의미가 없었습니다. 소위 말해서 인마살상용이 될 수 없었어요. 그래서 청동기에는 크게 싸울 일이 없었죠. 그리고 철기시대에 철기는 주로 제사 그릇으로 많이 사용되었습니다.

A 교사는 종종 학생들에게 친근하거나 익숙한 것을 예로 들어 수업에 연결한다. 위 수업 전사 자료에 보면 명확히 드러난다. A 교사는 '억지로 할 늑'을 설명하기 위해 국사 시간에 배운 '을사늑약'의 예를 들거나 '宿'이 '잠자다'란 뜻 외에 '내 맘속에 오래도록 남아 있는 것'이란 뜻으로도 사용된다는 것을 설명하기 위해 학생들의 오랜 희망인 두발 자유를 예로 들어 한자의 뜻을 지도한다. 또 글감의 주요 인물이나 시대적 상황을 설명하기 위해 TV에서 방영 중인 드라마를 예로 들어 설명하고 있다.

A 교사는 교사 자신의 경험 또한 십분 활용한다. '이화우 흩뿌릴 제'라는 시구의 이미지를 보다 선명하게 설명하기 위해 학생들에게 친숙한 장소를 예로 들고, 여기에 교사 자신의 경험까지 곁들이고 있다. 학생들은 자신과 전혀 상관없을 것 같은, 그래서 흥미가 떨어지는 시 속에서의 이미지가 선생님의 이러한 설명을 통해 자신의 이야기가 될 수도 있음을 받아들이게 된다. 이처럼 학생의 이해관계 안에서 소통이 이루어질 때, 수업 효과는 보다 높아질 수 있다.

이상으로 A 교사의 수업을 기록하고 분석하였다. 교실에서의 수업 관찰은 수업의 질적 향상을 위한 중핵적인 요소이다. 그러나 수업 관찰이 그야말로 '관찰'로만 끝나선 안 된다. 수업의 관찰은 반드시 기록으로 남겨야 한다. 수업의 질적 향상을 위한 연구는 관찰한 기록을 대상으로 하기 때문이다. 관찰한 것을 최대한 상세히 기록하고, 수업 중에 교사와 학생이 주고받은 대화를 그대로 전사하는 작업이 '수업 기술'이다. '수업 기술'은 읽는 사람으로 하여금 수업 장면을 실제 본 것처럼 느끼게 해야 한다. 이렇게 기술했을 때, 연구자가 알게 된 것에 대해 연구자의 분석이 타당한지 파악할 수 있고, 연구자가 이해한 방식대로 수업을 이해할 수 있게 된다.

3) 교수법

교수법의 유형을 수업에서 주로 나타나는 활동이 교사의 교수 활동이냐 학생의 학습 활동이냐에 따라 구분할 수도 있을 것이다. A 교사의 수업은 교수법 측면에서 '직접 교수법(direct instruction)'에 의한 수업이라 할 수 있다.

직접 교수법은 교사가 주도적으로 수업을 이끌면서 수업을 통해 달성하고자 하는 기능을 학생들이 직접 연습하도록 만드는 교수법이다. 직접 교수법은 고대 희랍시대부터 현재에 이르기까지 가장 보편적으로 많이 사용되고 있는 교수법으로 어떻게 활용하느냐에 따라 매우 강력한 효과를 가져올 수 있는 교수법이기도 하다. 행동주의 이론에 기초를 두고 있는 직접 교수법은 인지주의의 영향을 받은 다양한 교수법들이 개발됨에 따라 시대에 뒤떨어진 교수법으로 간주되는 경향이 있지만, 교육이 시작된 이후 현재까지 보편적으로 많이 사용되는 교수법이다(전성연, 2007: 255~256).

직접 교수법은 학생들이 학습에 대부분의 시간을 보내도록 교사가 주도적으로 수업을 진행하는 방법으로, 교사가 학생들에게 새로운 개념과 내용을 설명하고 기술을 시범 보이며, 학생들이 연습을 하는 교수법이다(전성연, 2007: 263). 직접 교수법의 특징은 시범(demonstration), 피드백을 수반한 안내와 연습(guided practice), 학생의 독자적 연습(independent practice)을 들 수 있다.[56]

A 교사의 수업처럼, 직접 교수법에 의한 수업은 대개 설명하기, 시범 보이기, 질문하기, 연습하기의 네 단계로 이루어진다. 교사는 직접 교수법을 통한 수업을 통해 학생들에게 수업 목표 도달에 요구되는 기능이나 전략을 알려주고, 적절한 자료와 충분한 시간을 제공하는 한편, 학생의 활동을 지속적으로 안내하고 점검하여 효과적인 수업을 만드는 데 초점을 둔다.

'설명하기' 단계에서는 주어진 학습목표, 과제를 수행하는 데 필요한 지식, 원리, 과정 등을 구체적으로 설명한다. '시범 보이기' 단계에서는 주어진 학습과제를 수행하는 데 필요한 사고의 과정을 구체

---

56) 박수자,『읽기 지도의 이해』(서울대 출판부, 2001), 69면.
"직접 교수법의 구성 요소는 다음과 같다. ① 일련의 과정으로서 각 단계 설정, ② 각 단계별 전략에 대한 명시적 지도(효과적인 수행 모델 제시), ③ 학생의 오류에 대한 교정, ④ 교사 중심 활동의 점진적 축소 및 학생 중심의 독립적 활동 강화, ⑤ 적절한 양 및 범위의 실례를 사용한 체계적 연습, ⑥ 누적적인 복습, ⑦ 예견되는 오류에 대한 학습 활동 제공."

적이고 단순한 예를 통하여 교사가 직접 시범을 보이거나 모형을 제시한다. '질문하기' 단계에서는 설명하거나 시범을 보인 내용을 보다 구체적으로 이해시키기 위하여 주어진 학습과제를 성취하는 데 필요한 지식 원리 과정 등에 관하여 세부적으로 질문하고 대답하는 활동을 한다. 마지막으로 '연습하기' 단계에서는 주어진 학습 목표를 달성하기 위하여 이미 학습한 지식 및 원리를 사용하여 일정한 절차에 따라 실제로 이해하거나 표현하는 활동을 한다.

행동주의 이론에 기반을 둔 직접 교수법은 학생들의 학습 목표와 과제를 정한 후 해당 과제를 집중적으로 연습하게 하여 교사의 교정적인 피드백을 통해 학습 효과를 극대화하려는 교수법이다. 그러나 직접 교수법은 주어진 과제를 정확히 정의하고 분석해서 해결하는 학습에 치중하여, 지나치게 분석적이고 눈에 보이는 효과만을 추구하려는 경향이 있다. 또한 교사 중심의 면이 강해 수업 과정에서 일어나는 비학문적인 질문이나 활동은 의미 없는 것으로 취급한다는 비판을 받기도 한다.

수업의 의미를 찾는 이러한 작업은 어떤 의미가 있을까? A 교사는 자신의 수업 내용을 교과서에 제시된 대로 구성하였고, 교과서의 순서를 성실하게 따랐다. 그가 수업에서 〈소단원 개관〉을 학생들과 함께 읽은 것, 본문의 자구와 문장을 파악한 뒤 익숙하게 읽을 수 있을 때까지 반복해서 읽은 것, 〈어휘력 기르기〉의 한자어의 음을 불러준 뒤, 〈단원 형성평가〉를 학생들과 함께 푼 것 등은 교과서의 순서를 따라간 것이다. 즉 A 교사의 수업 내용은 교과서의 내용을 교사가 학생에게 효과적으로 전달한 것이고, 그 교과서는 국가에서 정한 교육과정을 직접적으로 반영한 자료이다.

학교에서 교사가 가르쳐야 할 교과의 성격, 목표, 내용, 교수·학습 방법, 평가 등을 지정한 규칙이 '교육과정'이다. 그리고 교육과정에서 지정된 것을 교사가 학생에게 전달하는 장이 바로 '수업'이다. 즉 수업이 이루어지는 교실은 교육과정이 실천되는 最前線이며, 최전선에서 교사와 학생에게 수업이 어떤 의미를 가지는지에 관한 연구를 통해 귀납적으로 교육과정을 연구할 수 있다.

교육과정을 연구한다는 것은 무슨 의미일까? 교과의 교육과정으로 한정하여 논의할 때, 해당 교과의 교육과정은 그 교과의 성격과 목표, 내용, 교수·학습 방법, 평가를 다루는 것이다. 수업을 연구하게 되면, 해당 교과의 성격, 목표, 교수·학습 방법, 평가가 교실 현장에서 어떻게 실천되는지를 상황을 통해 구체적으로 파악할 수 있다. 여기에 수업의 의미를 찾는 작업의 의미가 있다.

그래서 본 연구에서는 수업의 의미를 찾고자 수업 분석을 시도한 것이다. 일상의 수업에서 파악할 수 없는 여러 가지 사실은 수업 분석으로 나타나게 된다. 수업 분석에서 추출되는 데이터나 사실이 많으면 많을수록 좋다는 생각은 극복해야 할 대상이다. 추출된 데이터와 사실이 풍부하다고 해서 명확한 분석을 보장하는 것은 아니기 때문이다(김경희 외, 2006: 4). 따라서 수업 분석에 있어서 풍부한 자료의 수집보다 우선하는 것은 수업을 보는 목적이나 분석 초점을 명확히 하고, 한 차시의 수업이라도 면밀하게 분석하는 것이다.

◘ 2. 중학교 한문과 수업의 독해 양상

직접 교수법에 의해 한문과 수업을 진행하는 고등학교 A 교사의 사례에 이어 여기서는 중학교에 근무하는 B 교사의 수업을 살펴보겠다. B 교사의 수업도 먼저 교재 양상을 살피고, 한 차시 수업 활동을 수업의 도입·전개·정리 단계에 따라 기록하고 분석하겠다.

먼저 '교재'에서는 B 교사의 수업 교재를 분석하겠다. B 교사는 기존의 교과서를 교재로 사용하지 않는다. 자신의 교수학적 내용 지식에 기반을 둔 학습지를 직접 제작하여 사용한다. 이러한 학습지 분석을 통해 독해 교수 활동의 기반이 되는 요소들을 찾아보겠다. '수업'에서는 관찰한 B 교사의 수업 가운데 독해 교수 활동이 비교적 잘 드러난 한 차시의 수업을 면밀하게 기록·분석한 후, 관찰한 다른 수업에서 나타난 특징적인 독해 교수 활동을 기록·분석하겠다. '교수법'에서는 B 교사의 수업에서 특징적으로 드러난 교수법에 관해 살펴보겠다.

1) 교   재

B 교사는 교과서 내용을 바탕으로 수업을 진행하되, 교과서를 재구성한 학습지를 제작하여 활용한다. 관찰한 수업에서 다룬 부분은 2학기 진도 계획 내에서 '속담(2)'이다. 수업 시간에는 〈표 15〉, 〈표 16〉

과 같은 두 장의 학습지가 순서대로 학생들에게 배부된다.

'섬김이'[57)]가 교사로부터 첫 번째 학습지를 받아 온다. 섬김이 학생은 수령한 첫 번째 학습지를 받은 즉시 가위로 오려 네 등분 한 후 모둠의 구성원(이하 '모둠원')에게 배부한다. 학습지의 번호에 따라 해당 모둠원이 정해져 있다. 예를 들어 'no.1'은 섬김이가 맡는다. 모둠원은 학습지를 받으면 정해진 시간 동안 한자의 음을 자전에서 찾아 해당 한자의 뜻을 찾아 기록한다. 학습지에 제시된 정보 가운데 '힌트'에는 해당 한자의 뜻만으로 풀이가 매끄럽게 되지 않는 한자에 관한 추가 정보가 기재되어 있다. 주로 허사이다. 한자의 뜻을 기록하고 나면, 한자의 뜻을 참고하여 '겉뜻'을 적는다. '겉뜻'은 낱글자의 뜻을 빠짐없이 좇아 풀이하는 방식이다. '겉뜻' 아래에 기록해야 하는 '속뜻'은 문장의 의미를 살려서 풀이하는 방식이다. 첫 번째 학습지는 〈표 15〉와 같다.

---

57) B 교사의 수업은 모둠이 구성되어 있다. 한 모둠의 인원은 네 명인데, 역할에 따라 섬김이, 기록이, 칭찬이, 이끔이로 구성된다. 다음 교사의 면담자료를 통해 구체적인 역할을 알 수 있다.
"모둠은 4명 내지 5명으로 채울 수 있는데, 저는 4명이란 인원을 가급적 지키려고 합니다. 모둠 구성은 학기 초에 번호 순이나 좋아하는 것 고르기 등의 방법으로 정하고, '모둠 세우기'를 통해 모둠원의 유대를 강화해 줍니다. 모둠은 역할에 따라 모둠을 이끌어 가는 이끔이, 모둠원 가운데 칭찬받을 행동을 한 학생에게 칭찬을 날리는 칭찬이, 모둠 학습지 등을 기록하는 기록이, 그리고 모둠별 학습지를 배부하고 오리는 등의 신체적으로 많이 움직이는 임무를 맡은 섬김이로 구성됩니다."
〈교사면담자료-B-1022-1〉

〈표 15〉 중학교 '속담(2)' 수업 자료 1

2학년 漢文 속담(2)　　no.1 2학년 ( )반 ( )번 이름( )	2학년 漢文 속담(2)　　no.2 2학년 ( )반 ( )번 이름( )
1. 千 里 之 行 도 始 於 足 下 라. 　천 리 지 행　　시 어 족 하	2. 三 歲 之 習 이 至 于 八 十 이라. 　삼 세 지 습　　지 우 팔 십
〈힌트〉 * 之:~의,~하는, 가다, 그것 　　　 * 於:~에서,~에게	〈힌트〉 * 之:~의,~하는, 가다, 그것 　　　 * 于:~에서,~에게
〈겉뜻〉	〈겉뜻〉
〈속뜻〉	〈속뜻〉
2학년 漢文 속담(2)　　no.3 2학년 ( )반 ( )번 이름( )	2학년 漢文 속담(2)　　no.4 2학년 ( )반 ( )번 이름( )
3. 無 足 之 言 이 飛 于 千 里 라. 　무 족 지 언　　비 우 천 리	4. 夫 婦 之 戰 은 以 刀 割 水 라. 　부 부 지 전　　이 도 할 수
〈힌트〉 * 之:~의,~하는, 가다, 그것 　　　 * 于:~에서,~에게	〈힌트〉 * 之:~의,~하는, 가다, 그것 　　　 * 以:~으로서(수단)
〈겉뜻〉	〈겉뜻〉
〈속뜻〉	〈속뜻〉

　첫 번째 학습지 활동을 마치면, 모둠별로 선발된 학생들이 교실 앞으로 나와서 칠판에 자기 모둠의 활동 결과를 발표한다. 발표하는 동안 두 번째 학습지가 배분된다. 두 번째 학습지는 교사의 설명을 들으면서 올바른 해석을 기록하고, 주어진 글자 틀에 맞게 漢字를 쓰는 활동으로 구성된다.

〈표 16〉 중학교 '속담(2)' 수업 자료 2

2학년 한문 문장 수업3(속담2)
2학년 (   )반 (   )번 이름(   )
* 아래의 표를 완성하고 공책에 예쁘게 붙이세요.

1	千 里 之 行 도　始 於 足 下라. 천　리　지　행　　　시　어　족　하	
해 석		
쓰 기	千 里 之 行 도　始 於 足 下라.	
2	三 歲 之 習 이　至 于 八 十이라. 삼　세　지　습　　　지　우　팔　십	
해 석		
쓰 기	三 歲 之 習 이　至 于 八 十이라.	
3	無 足 之 言 이　飛 于 千 里라. 무　족　지　언　　　비　우　천　리	
해 석		
쓰 기	無 足 之 言 이　飛 于 千 里라.	
4	夫 婦 之 戰 은　以 刀 割 水라. 부　부　지　전　　　이　도　할　수	
해 석		
쓰 기	夫 婦 之 戰 은　以 刀 割 水라.	

대개 학교 교육에서 '교재'라고 하면 '교과서'를 의미했다. 또 교과서는 반드시 다루어야 할 典範으로 여겨졌다. 그러나 '교수·학습의 효율성을 높여 교육과정상의 목표를 달성하기 위해 동원되는 일체의 물리적·표상적 실체'를 모두 '교재'라고 규정한다면(이성영, 1995: 370~373), 수업 시간에 반드시 교과서만을 가지고 수업할 필요는

없다. 교육과정상의 목표를 달성하기 위해 교과서보다 나은 자료가 있다면, 그 자료를 교재로 사용해야 할 것이다. 21세기의 교재관은 지금까지와는 혁신적으로 달라야 하며, 그 방향은 대체로 교재의 다양화, 개별화, 고급화일 것이다(최현섭 외, 1999: 99).

B 교사의 수업 목표는 '한문 독해 능력의 신장'에 맞춰져 있다. 현행 중학교 한문 교과서 가운데 B 교사가 생각하는 목표에 적절한 교과서가 없어서, B 교사는 교사 스스로 제작한 학습지를 교재로 사용한다. 위에서 살펴보았듯이, 수업 시간을 통해 배부되는 B 교사의 수업 자료는 학생들의 한문 독해력을 높이는 데 초점이 맞춰져 있으며, 구성원 간의 긍정적인 상호의존성을 형성하는 데 도움이 되도록 제작되었다. 철저히 개별화되어 있으면서도 다양한 학습 결과가 나오도록 되어 있다.

B 교사의 수업에 사용되는 교재는 교과서의 내용을 참고로 하되, 교사가 필요하다고 판단한 부분만 발췌하여 새로운 내용을 더한 것이다. 교재는 매 시간 학습지로 제공되고, 인터넷 카페에 파일로 제공된다. B 교사의 수업 양상을 파악하기 위한 방법의 하나로 수업에 사용되는 교재를 분석하여 어떤 양상을 갖고 있는지 발견하는 방법을 들 수 있다. 특히 B 교사는 교과서를 가공한 학습지를 교재로 사용하기 때문에 B 교사의 독해 지식이나 지도하려는 학습 요소 등이 교재에 잘 드러나 있다.

학습지를 수업의 주 교재로 사용하는 교사는 교과서를 수업의 주 교재로 사용하는 교사에 비해 수업 준비에 드는 품이 훨씬 많을 것이다. 그러나 본인이 직접 제작한 교재이므로, 기존의 교과서를 사용하는 경우보다 교사의 의도를 보다 많이 담아낼 수 있을 것이다. 그러므로 B 교사처럼 교재를 직접 제작해서 사용하는 경우 수업을 분석하기 위해 교재를 분석하는 작업은 반드시 선행되어야 할 작업이다. 우선, 분석 대상인 수업에 사용된 학습지 가운데 일부를 소개하면 〈표 17〉, 〈표 18〉, 〈표 24〉와 같다(〈표 24〉는 부록 3 참조).

〈표 17〉 중학교 '속담(1)' 수업 자료1

2학년 한문 수업 자료 (속담1)　　no.4 2학년 (　)반 (　)번 이름(　　　) * 교과서 114쪽(또는 자전) 참고하여 아래 한자의 뜻을 찾고 해석을 써 넣으세요.	2학년 한문 수업 자료 (속담1)　　no.3 2학년 (　)반 (　)번 이름(　　　) * 교과서 114쪽(또는 자전) 참고하여 아래 한자의 뜻을 찾고 해석을 써 넣으세요.
草　綠　同　色　　〈겉뜻〉 초　　록　　동　　색　　〈속뜻〉	藥　房　甘　草　　〈겉뜻〉 약　　방　　감　　초　　〈속뜻〉
雪　上　加　霜　　〈겉뜻〉 설　　상　　가　　상　　〈속뜻〉	漢　江　投　石　　〈겉뜻〉 한　　강　　투　　석　　〈속뜻〉
2학년 한문 수업 자료 (속담1)　　no.2 2학년 (　)반 (　)번 이름(　　　) * 교과서 114쪽(또는 자전) 참고하여 아래 한자의 뜻을 찾고 해석을 써 넣으세요.	2학년 한문 수업 자료 (속담1)　　no.1 2학년 (　)반 (　)번 이름(　　　) * 교과서 114쪽(또는 자전) 참고하여 아래 한자의 뜻을 찾고 해석을 써 넣으세요.
東　問　西　答　　〈겉뜻〉 동　　문　　서　　답　　〈속뜻〉	同　價　紅　裳　　〈겉뜻〉 동　　가　　홍　　상　　〈속뜻〉
識　字　憂　患　　〈겉뜻〉 식　　자　　우　　환　　〈속뜻〉	怒　甲　移　乙　　〈겉뜻〉 노　　갑　　이　　을　　〈속뜻〉

〈표 18〉 중학교 '속담(2)' 수업 자료1

2학년 漢文 속담(2)　　　no.1 2학년 (　)반 (　)번 이름(　　　)	2학년 漢文 속담(2)　　　no.2 2학년 (　)반 (　)번 이름(　　　)
1. 千 里 之 行 도 始 於 足 下 라. 천 리 지 행　　시 어 족 하	2. 三 歲 之 習 이 至 于 八 十 이라. 삼 세 지 습　　지 우 팔 십
〈힌트〉 * 之:~의,~하는, 가다, 그것 　　　　* 於:~에서,~에게	〈힌트〉 * 之:~의,~하는, 가다, 그것 　　　　* 于:~에서,~에게
〈겉뜻〉	〈겉뜻〉
〈속뜻〉	〈속뜻〉
2학년 漢文 속담(2)　　　no.3 2학년 (　)반 (　)번 이름(　　　)	2학년 漢文 속담(2)　　　no.4 2학년 (　)반 (　)번 이름(　　　)
3. 無 足 之 言 이 飛 于 千 里 라. 무 족 지 언　　비 우 천 리	4. 夫 婦 之 戰 은 以 刀 割 水 라. 부 부 지 전　　이 도 할 수
〈힌트〉 * 之:~의,~하는, 가다, 그것 　　　　* 于:~에서,~에게	〈힌트〉 * 之:~의,~하는, 가다, 그것 　　　　* 以:~으로서(수단,)
〈겉뜻〉	〈겉뜻〉
〈속뜻〉	〈속뜻〉

　　B 교사는 수업 시간에 모둠원 각자가 해결해야 할 개인별 학습지를 먼저 배부한다. 이 개인별 학습지는 다른 구성원들의 도움을 받지 못하고 자기 혼자 책임을 져야 한다. 즉 협동학습의 요소 가운데 하나인 '個別的 責務性'을 위한 것이다. 학생들은 개인별 학습지를 통해 문장 독해에 필요한 개별 한자의 뜻을 조사하는 활동을 하게 되고, 조사를 마친 한자의 뜻을 참조하여 각자에게 맡겨진 문장을 풀이하게 된다. 학생들은 이때 허사 등의 정보를 '힌트'로 제공받게 된다.
　　개인별 풀이와 모둠원 간의 상호 검토를 마치면, 두 번째 학습지가 배부된다. 두 번째 학습지는 〈표 24〉와 같은 모둠별 학습지이다. '모둠별 학습지'에도 '개인별 학습지'와 마찬가지로 한자의 음이 제시된다. 모둠원은 각자 맡은 문장의 풀이를 바탕으로 하여 짝과 함께 1차 해석을 하고, 모둠원과 2차 해석을 하게 된다. 학생들 각자는 모둠별로 동시적으로 상호작용하게 되므로 교사의 일방적인 강의로 이루어지는 수업에 비해 한 집단의 구성원 간에 의견을 나눌 수 있는 기회를 많이 갖게 된다. 이에 따라 각자 풀이했던 문장 독해의 오류를 스스로 발견할 수 있는 기회가 교사의 설명 위주의 수업에 비해 훨씬 직접적으로 제공된다. 또한 교사의 설명 위주의 수업에서는 학생 개인의 잘못된 풀이까지 확인하기 어렵다. 하지만, 모둠별 협동학습에서는 동료 간의 상호 검토를 통해 잘못된 풀이가 발견될 경우 즉시 수정 가능하다.

B 교사가 사용하는 수업 자료는 다음과 같은 특징을 가지고 있다. 첫째, 모둠원 각자가 해결해야 할 과제로 주어진다. 둘째, '힌트'를 통해 허사에 관한 정보를 주어 해석하기 어려운 부분을 도와준다. 셋째, 문장을 통해 한자의 음과 뜻을 파악하도록 한다. 특히 독해 구성 요인과 관련된 특징으로 한자의 대표 뜻만으로 풀이하기 어려운 '허사'의 경우, 힌트를 통해 허사의 용법을 안내함으로써 학생들의 풀이를 돕고 있다. 학습자는 교사가 제공한 허사의 용법을 활용하여 문장의 1차 풀이를 교사의 도움 없이 수행할 수 있다.

이상과 같은 교재 분석을 통해, 중학교 학생들도 한문 독해를 중심으로 하는 수업이 가능함을 알 수 있다. 제 6・7차 한문과 교육과정에서 중학교 한문과 교육이 한자・한자어 위주였음을 부인할 순 없다. 새 교육과정이 한문 독해 능력을 가장 기본이 되는 요소로 앞세운 만큼 중학교 한문과 교육 또한 문장 위주의 수업이 이루어져야 하겠으며, 문장 위주의 교재가 개발되어야 하겠다.

B 교사는 오랜 기간 한문 과목을 가르쳐 온 경험을 바탕으로 중학교 학습자에게 필요한 독해 활동을 고려한 수업 교재를 학생 눈높이에 맞게 직접 제작하여 사용한다. B 교사의 교재에 드러난 독해 활동 구성 요소는 '한자 바르게 소리 내어 읽기', '토 달아 끊어 읽기', '문장 속 한자의 뜻 알기', '힌트 등을 통해 허자 파악하기', '각자 활동을 통해 1차 문장 풀이하기(겉뜻 알기)', '상호 검토 활동을 통해 2차 문장 풀이하기(속뜻 알기)' 등의 독해 활동 구성 요소를 찾을 수 있었다. 이상의 내용을 정리하면 〈표 19〉와 같다.

〈표 19〉 중학교 교재에 드러난 독해 활동 구성요소

항 목	목 적	독해 활동 구성요소
(본 문)	학습할 문장 제시	• 한자 바르게 소리 내어 읽기
(본문 독음)	학습할 문장의 독음 제시	• 토 달아 끊어 읽기
(한자 풀이)	학습할 본문에 제시된 음을 통해 한자의 뜻을 풀이하고, 허자의 뜻 파악	• 문장 속 한자 뜻 알기 • 허자 파악하기
(본문 풀이1)	개별 활동을 통해 본문 1차 풀이	• 문장 속 구절 뜻 알기 • 1차 문장 풀이하기
(본문 풀이2)	모둠원 간 상호작용을 통해 개인이 수행한 문장 풀이 수정 및 보충	• 2차 문장 풀이하기

2) 수 업

연구 대상 학급인 2학년 3반의 학생은 총 36명이다. 수업을 받는 학생 태도는 매우 활발한 편이었다. 한문 과목을 담당하는 B 교사의 수업 방식 때문이라 판단된다. 학생들에게 물어보니, 다른 교과 시간엔 주로 떠들거나 조용히 앉아서 수업을 듣는 편이라고 했다.

B 교사는 모둠을 짜서 수업을 진행한다. 아이들은 4명씩 모둠을 구성하여 앉아 있다. 좁은 교실에 모둠별로 책상을 배치하다 보니, 앞뒤 간격이나 좌우 간격이 매우 좁다. B 교사는 수업 중에 아이들의 모둠 활동을 살펴보기 위해 교실 내 모둠을 분주히 돌아다닌다. 모둠별로 앉다 보니 책상 간의 간격이 교사 이동이 불편할 정도로 좁다. 교실이 넓다면, 교탁을 중심으로 ㄷ 자 형태의 책상 배치가 가능할 것이다.

B 교사가 조그마한 바구니를 들고 교실에 들어온다. B 교사가 교실에 들어 왔지만, 아이들은 여전히 와글와글하다. 반장이 '차렷' 하고 주의를 끈 후, '경례'라고 인사하고 나서야 아이들은 교사에게 집중한다. "자, 그러면 지금부터 섬김이 학생 앞으로 나와 주세요." 하는 교사의 말로 수업이 시작된다.

○●수업관찰자료 - B - 04 - 4 - 9

 (교사는 들고 온 커다란 바구니를 교탁에 놓는다. 교실 뒤쪽의 카메라를 잠깐 쳐다보더니, 가운데 놓여 있던 교탁을 창가 쪽으로 이동한다. 연구 참고용으로 수거해 간 공책을 다음 주에 돌려주겠다는 연구자의 양해의 말을 아이들에게 전한다. 앞으로 나온 섬김이 학생은

빠른 속도로 교사에게 학습지를 받아 간다. 아이들은 다시 시끌벅적
해진다.)

　교: 자, 그러면 지금부터 섬김이 학생 앞으로 나와 주세요.

　교: 자, 다 됐으면 오려서 나눠 가지세요.

　(섬김이가 가져온 학습지를 오려서 나눠 가진 모둠은 교사에게 신
호를 보내기 위해 '하나 둘 셋 짝짝짜잔' 하고 박수 친 뒤, 손을 머리
위로 올린다. 섬김이가 모둠으로 가져간 학습지는 A4 한 장의 학습지
이다. 학습지는 모둠원끼리 나눠 가질 수 있도록 네 등분으로 편집되
어 있다. 섬김이는 모둠별로 학습지를 받아 와서 학습지를 가위로 오
린 후 모둠원에게 배부한다.)

　교: 자, 순서 알죠? 여기 앉은 사람이 1번, 옆이 2번, 앞이 3번, 그
　　　옆이 4번. 자, 종이 다 받았습니까? 자기 이름 쓰세요.

　(B 교사는 타이머[58])를 목에 걸고 있다. 학생들에게 특정한 학습 활
동을 지시한 후, 시간을 지정해 준다. 활동이 시작된 후, 칠판에 '割'
을 판서한다.)

　교: 자, 그럼, 교과서, 교과서 114쪽. 자, 지금부터 114쪽을 보고 자
　　　기한테 해당되는 한자 찾는 시간 3분. 준비. 시이작. 4번 친구
　　　들은 칠판 보세요. 저 한자는 '나누다 할(割)'입니다.

이 부분은 수업의 도입 부분이다. B 교사가 교실에 들어오면서 들

---

58) 연구자가 처음 학교를 방문했을 때, 관찰 일지에 '타이머'를 '초시계'로
　　기록했다. 그 뒤 연구 기간 중에 실시한 연구 참여자와의 연구 검토 면
　　담 때 B 교사가 '초시계'를 '타이머'로 바꿔야 한다고 의견을 제시했다.
　　'초시계'는 0초에서 시작하여 시간이 경과하는 방식이지만, '타이머'는
　　3분이나 5분이라는 특정 시간을 정한 후 작동시키면 0초가 되는 시점
　　을 알려주는 방식이기 때문에 차이가 있다고 설명했다. 연구 참여자의 의
　　견에 따라 '타이머'로 수정했다.

고 온 바구니엔 수업 보조 자료가 담겨 있다. 그 자료는 수업 시간에 수업 진행을 돕는 교수 자료이거나 학생들에게 배부될 학습 자료이다. B 교사는 '섬김이' 학생들을 교실 앞으로 나오게 하더니, 바구니에 들어 있는 자료 가운데 가위 한 개, 풀 한 개, 학습지 한 장씩을 앞으로 나온 학생들에게 건넨다. 학생들은 교사에게 학습 자료를 받더니 모둠 내에 들어가 가위를 들고 학습지를 오리기 시작한다. 모두 오린 종이는 모둠원에게 배부한다. 이 모든 과정이 매우 익숙하게 진행된다. 모둠원에게 배부된 종이는 네 등분 되어 있는 학습지다. B 교사는 '자기에게 해당되는 한자를 찾는 활동'임을 안내하고 활동 시간을 3분으로 제한한다고 안내한다. 교사의 '시작' 신호가 있자, 학생들은 곧바로 학습지 채우는 활동을 시작한다.

한자의 음과 뜻을 배우는 활동은 한문 수업에서 매우 기본적이면서도 중요한 활동이다. 원문을 풀이하는 것은 한자의 음과 뜻을 아는 것부터 시작되기 때문이다. 그런데 B 교사는 이러한 기본적이면서도 중요한 활동을 학생 스스로 수행하도록 한다. 교사의 설명을 듣지 않고 학생들이 능동적으로 자전을 찾아 가면서 한자의 음과 뜻을 찾는다. 그 찾는 모습이 분주해 보일 만큼, 학생들은 매우 열심히 수행한다. 이 활동에는 배제된 학생도 없다. 이렇게 만든 요인은 무엇일까?

우선, '모둠별 스티커'라는 기제가 사용된다. '모둠별 스티커'는 모둠원 전원이 각자에게 맡겨진 과제를 수행했을 때 받을 수 있는 일종의 강화제이다. 교사는 모둠 활동이 한 가지씩 완료될 때마다 이 스티커를 '모둠 상황판'에 붙인다. '모둠 상황판'은 모둠별로 받은 스티커를 붙이는 판이다. B 교사는 수업이 시작되면 이 판을 모둠에 배부했다가, 수업이 종료되면 다시 수거한다. 학생들은 모둠 상황판을 통해 '스티커'라는 눈에 보이는 '증표'가 점점 늘어가는 것을 직접 볼 수 있다. 스티커는 중학교 학생들에게 매우 훌륭한 강화제가 되어 학생들로 하여금 수업에 능동적으로 참여하도록 만든다.

다른 하나의 요인은 '타이머'이다(〈그림 10〉 참조). B 교사의 수업에서 '타이머'는 매우 중요한 수업 기자재이다. 모둠 학습에서 유의해야 할 사항 중의 하나는 모둠원끼리 하는 활동이 잡담이나 수업 외의 관심사로 빠지지 않도록 하는 것이다. 또한 모둠원 각자가 분담해서 수행해야 하는 활동이 일부 모둠원에게만 부과되지 않도록 해야 한다. 타이머는 모둠원끼리 하는 활동이 자칫 잡담으로 빠지는 것을 방지하는 장치이다. '수업전사자료 B-04-4-9'에서 '한자 찾는 시간 3분' 등의 발언에서 알 수 있듯이 B 교사는 모둠 활동을 하기 전에 항상 제한 시간을 정한다. 이 제한 시간은 학생들의 학습 활동이 빠르게 진행되는 데 일조한다.

〈그림 10〉 B 교사의 타이머

○●수업관찰자료-B-04-10-31
　(아이들은 자신의 학습지를 열심히 풀고, 교사는 배울 내용을 판서한다. 교사는 칠판을 4개로 나눠서 판서한다.(〈그림 11〉 참조) 학습지를 다 채운 모둠이 '하나 둘 셋, 짠짠짜잔' 하고 완료 신호를 보내자,

교사가 다가와 모둠별 스티커를 배부한다. 그 뒤 다시 칠판 앞으로 와서 판서한다. 완료 신호를 보내는 모둠이 하나 둘씩 증가한다. 학생 가운데 칠판이 안 보이는지, 교실 앞으로 나와 칠판에 필기된 내용이 무엇인지 파악한 학생이 있다. 타이머가 '삐비빅, 삐비빅' 하고 종료를 알리는 알

〈그림 11〉 4개로 나눈 칠판 판서

람 소리를 낸다. 타이머 소리를 듣고 교사는 종료를 알린다.

교: 그만, 그만.

교: 자, 지금부터 겉뜻과 속뜻을 찾을 터인데요, 겉뜻을 할 때요, 자, 겉뜻을 할 때 예를 들어 2번을 할 때, 자 선생님 보세요. 겉뜻과 속뜻 할 때요, 겉뜻을 '세살 버릇 여든 간다.'라고 하면 빵점입니다. 그것은 속뜻이구요, 겉뜻은 '세살의 습관이 여든까지 이른다.' 이런 식으로 한 글자도 빼놓지 않고 해석을 해야 돼요. 알겠습니까? 예. 자, 지금부터 긴 시간 주지 않고 2분 30초를 주겠습니다.

교: 자, 한번 해서 풀이하는 시간. 다 되면 박수 쳐주세요. 친구하고 이야기하지 않고 혼자 하는 시간입니다.

(교사는 4개로 나누었던 칸을 8개의 칸으로 다시 나눈 후, 계속 판서한다.)

학학: 짠짠자짠

교: 벌써 다 했어요?

교: 네, 겉뜻 속뜻 다 하세요.

교: 자, 옆 사람과 의논하지 않습니다.

교: 자, 겉뜻 속뜻까지 다 했어요?

교: 네. 잘했어요.

교: 내용을 다시 한 번 점검해보세요

교: 자, 친구와 의논하지 말고, 자기 혼자 연구하는 시간

학학: 짠짠짜잔.

교: 네

교: 시간이 거의 됐습니다. 20초 남았습니다.

　(타이머가 다시 '삐비빅, 삐비빅' 하고 울린다. 교사는 학생들에게 학습지 푸는 것을 거의 다 했는지 물어보고, 다된 모둠에게 스티커를 부여한다.)

교: 자, 이제 그만.

　위에서 언급한 것처럼, 학생들은 자신에게 배정된 본문의 한자의 뜻을 찾아 써 나간다. 한자의 뜻을 다 적은 모둠은 교사에게 완료했다는 신호로 '하나 둘 셋, 짠짠짜잔'이라고 소리 내어 말하며 박수를 친다. 이러한 행동은 교사가 사용하는 '타이머'와 마찬가지 의미를 가진다. 또한 다른 모둠의 학생들이 수업 외 다른 행동에 빠지지 않도록 한다. 처음 완료 신호를 보내는 모둠에 이어 여타 모둠에서도 연이어 '완료' 신호를 보내는데, 완료하지 못한 모둠의 구성원들은 다른 모둠의 완료 소리를 들으면서 자신의 모둠이 아직 완료하지 못했다는 사실로 인해 압박을 받는다. 이런 점으로 인해, '하나 둘 셋 짠짠짜잔'은 수업 활동을 활발하게 만드는 요인이 된다.

　한자의 뜻을 다 쓴 모둠은 '모둠 스티커'를 통해 보상받는다. 교사는 대부분의 모둠이 활동을 완료한 것을 확인한 후, 다음 활동으로 넘어간다. 학생들은 한자의 뜻을 다 찾은 뒤에 그 뜻을 연결하여 속담을 풀이하는 활동을 한다. 이 결과는 학습지의 '겉뜻'에 기록한다.

B 교사는 학생들에게 '겉뜻'과 '속뜻' 어떻게 다른지를 '三歲之習 至于八十'이란 속담을 예로 들어 설명한다. B 교사는 이 속담의 겉뜻을 '세 살 버릇 여든 간다.'라고 하면 0점이라고 이야기하면서, '세 살의 버릇이 여든까지 이른다.'라고 해야 올바른 겉뜻 풀이라고 설명한다. 겉뜻과 속뜻 파악하기는 특히 독해 활동에서 중요한 단계이다.

'겉뜻'은 원문의 글자 하나하나의 의미를 좇은 풀이로, 해당 한자가 가진 의미에 충실한 풀이이다. '속뜻'은 원문의 글자에 너무 얽매이기보다 전체적인 의미를 살린 풀이이다. 한문 초보 학습자일수록 전체적인 의미에 충실한 '속뜻' 풀이보다는 원문에 나온 낱글자의 의미에 충실한 '겉뜻' 풀이에 중점을 두어 학습해야 한다.[59]

'겉뜻'을 아는 것은 원문을 정확하게 이해하는 것이다. 원문을 정확하게 이해할 때, 그 원문에 담긴 전체적인 의미까지 이해할 수 있다. '겉뜻'을 정확하게 이해해야만 '속뜻'에 담긴 진의를 이해할 수 있다. '겉뜻'만으로 전체적인 문장의 의미를 제대로 전달하기 어렵거나 자연스러운 우리말로 표현되지 않을 경우엔 '속뜻'만으로 풀이할 수 있을 것이다. 위에서 예로 든 '세살 버릇 여든 간다'는 '三歲之習 至于八十'의 속뜻에 해당한다고 할 수 있다. 물론 이 속뜻만으로도 의미가 확실하게 드러나지만, 겉뜻은 '세살(三歲) 때의(之) 버릇(習)이 여든(八十) 까지(于) 이른다(至)'로 풀이해야 올바르다.

---

59) "학생들에게 '겉뜻'을 풀이하도록 할 때, 글자 하나하나의 의미를 좇아 풀이하는 것을 강조하는 목적은 학생들이 글자 하나하나의 쓰임을 생각하며 독해하는 습관을 갖게 하기 위해서이다. '속뜻'의 풀이에 중심을 두어 의미 전달에 치우치면 대충 풀이하고 그 풀이를 무조건 암기하려 하기 때문에 오랫동안 공부해도 실력은 늘지 않고, 학습의 흥미 또한 떨어진다."〈교사면담자료-B-1005-1〉

　교: 자, 이제부터는 1번 친구 것을 모둠의 가운데로 보내세요. 1번
　　　친구 것 '천리지행(千里之行)이 시어족하(始於足下)라.'를 검토
　　　해 주세요. 끝나면 박수칩니다.

　교: 생각보다 시간이 짧아요.

　교: 1번 검토 끝났으면 박수 쳐 주세요.

　('하나 둘 셋 짠짠짜잔'이라는 완료 신호를 보내는 모둠이 나오면,
교사는 해당 모둠에 모둠 스티커를 붙여준다. 다시 타이머가 울린다.)

　교: 자, 이제부터 2, 3, 4번 같이 검토해 주세요.

　학: 선생님, 2, 3, 4번이 다른 거 아니에요?

　교: 어? 아냐, 아냐.

　(모둠원은 서로 의논하면서 맞는지 책을 보면서 찾는다.)

　교: 지금 스티커 받은 모둠은 누가 발표할지 정하세요.

　(종료를 알리는 타이머가 울렸는데도, 아이들이 계속 토론을 하자,
B 교사는 박수를 따닥 딱 하고 친다. B 교사의 박수 소리를 들은 학
생들은 교사를 따라서 '따닥 딱' 박수를 친다. 박수를 치고 나서 왼손
은 검지를 세워 입술에 갖다 대고, 오른손은 '정지' 신호를 보내듯 앞
으로 내민다. 그 뒤 동작을 멈추고 입을 다문 채 교사를 바라본다. 몇
몇의 아이들은 여전히 토론을 하고 있다. 교사는 한 번 더 작은 소리
로 '따닥 딱' 박수를 친다. 교실은 완전히 조용해진다.)

　교: 지금부터는 칠판에 8칸으로 나눠져 있으니까, 모둠에서 한 명씩
　　　나올 수 있습니다. 1번은 1번만 쓸 수 있고, 2번은 2번만 쓸 수
　　　있어요. 지난번에 나온 사람은 자격이 없고, 각 모둠에서 1명씩
　　　만 나오세요. 자, 누가 나올지 의논할 시간 5초를 주겠습니다.

　B 교사의 수업은 전반적으로 약간 붕 떠 있다는 느낌이 들 정도

로 활발하고 역동적인 분위기를 가진다. 그러면서도 비교적 통제가 잘 이루어진다. 이러한 느낌은 학생들이 개별 학습을 마치고 상호 검토 활동을 할 때 더욱 드러난다. 모둠원은 자신들이 각자 풀이한 것이 맞는지 상호 검토하게 된다(〈그림 12〉 참조). 이 과정에서 활발한 토론이 일어난다. 여기에서도 학생들의 학습을 지속적으로 이루어지도록 만드는 것은 '스티커'이다. 상호 검토를 하는 이유는 자신의 풀이를 공유하기 위해서이다. 상호 검토를 통해 모둠원과 공유하여 수정된 풀이는 모둠의 풀이가 된다. 이 모둠의 풀이는 뒤에 이어질 수업 활동으로 이어진다. 뒤에 이어질 수업 활동은 각 모둠을 대표해서 1명의 모둠원이 칠판에 지정된 속담의 뜻을 적는 활동

〈그림 12〉 상호 검토하기

이다. 이때 제대로 발표하게 되면 모둠 스티커를 받게 된다. 그리고 제대로 하지 못할 경우, 다른 모둠의 모둠원에게 개인 스티커를 받게 하는 기회를 제공하게 된다. 따라서 상호 검토는 학생들의 모둠 점수를 지키거나 올리는 데 매우 중요한 활동이다. 그래서 아이들은 분위기가 시끌벅적할 정도로 활발하게 모둠 토론에 임하게 된다.

　B 교사의 수업에는 교사와 학생 간에 맺은 몇 개의 약속이 있었다. 수업관찰자료에 보면, 도입부에서 나온 완료 신호 외에 또 다른 신호가 나온다. 바로 '따닥 딱'이라는 박수 신호이다. B 교사는 학생들이 토론에 너무 몰입한 나머지, 타이머의 종료 신호를 못 듣고 계속 토론을 하자, 이 박수 신호를 보낸다. 이 박수 신호는 완료 신호

로 사용된 박수와 비교할 때, 박수 횟수나 리듬이 다르다. 학생들은 이 박수 소리를 듣자, 하던 행동을 멈추고 교사의 신호를 따라 한다. 교사의 신호의 의미가 학생이 하던 행동을 '중지'하라는 것임을 알 수 있다. 아이들은 신속하게 하던 행동을 중지한다. B 교사의 수업 분위기가 붕 뜬 것 같으면서도 비교적 학생들과의 소통이 잘되는 것은 이와 같이 교사와 학생이 미리 정한 몇 개의 약속에 의해 수업이 진행되기 때문이다. 학생들은 '개별 학습', '상호 검토'로 이어지는 일련의 활동을 통해 교사의 수업을 수동적으로 따라가는 학습이 아니라 자신이 직접 활동해 보고(hands-on), 자신의 머릿속에서 계속 생각하게 하는(minds-on) 학습을 하게 된다.

◦●수업관찰자료-B-04-45-57

(5초 뒤, 교사는 모둠별로 정한 발표자의 이름을 칠판에 기록한다. 그 뒤 나와서 모둠을 대표해서 해당하는 속담의 겉뜻을 적게 한다. 학생들은 칠판 앞에 나가서 모둠별로 기재한다. B 교사는 또 다른 학습지를 배부한다.)

교: 자, 모둠별로 제일 잘생긴 학생이 나와서 쓰는 거네.

교: 받은 학습지에는, 먼저 번호와 이름 적으세요. 자, 모둠장이 한 자의 뜻을 쓰는 거야. 지금부터 한자의 뜻 쓰기. 자, 준비.

교: 자, 준비, 시이작. 3분입니다.

(모둠장은 모둠별로 나눠준 모둠별 공통 학습지에 모둠원 개인의 학습지에 작성한 한자의 뜻을 모아서 기재한다.)(〈그림 13〉 참조)

교: 다음 네 모둠 나와 쓰세요. 겉뜻 하는 겁니다. 겉뜻.

(타이머가 울리지만, 활동을 완성하지 못한 모둠이 대부분이다. B 교사는 시간의 부족을 인정하며 30초를 더 준다. 아이들은 30초를 더 준

다는 교사의 말에 큰소리로 대
답을 하고, 활동을 계속한다.)

학학: 자, 하나 둘 셋, 짠짠짜잔.

교: 한자 쓰기 쓰세요. 지금 한
자의 뜻을 모둠별로 정리
하고 있는데요, 1분 뒤에
는 설명 시작하겠습니다.

교: 그만. 지금 선생님이 한자
학습지에는 스티커 안 줬
어요? 왜죠?

〈그림 13〉 모둠장 한자 뜻 기재

학학: 숙제예요.

교: 네, 숙제로 해 오세요. 설명 시작하겠습니다.

각 모둠별로 대표 학생이 나와 발표를 한다. 발표 방식은 매번 다
르다. '속담(2)'의 수업은, 발표 학생이 나와 칠판에 해당 속담의 겉
뜻과 속뜻을 쓰는 방식으로 발표가 이루어진다. 발표에서 나온 풀이
는 어떠한 참고 자료 없이 학생들이 직접 풀이한 것이라서 엉성하기
는 하지만, 학생의 학습 결과를
'날 것' 그대로 생생하게 느끼게
해준다.(〈그림 14〉 참조)

〈그림 14〉 모둠별 발표

모둠별 대표 학생이 발표하는
동안, 모둠원의 학습은 멈추지 않
는다. B 교사는 또 다른 학습지를
배부한다. 이 학습지는 개별 학습
과 상호 학습을 통해 의견이 모아

진 한자의 음과 뜻을 한 장의 학습지에 모으는 역할을 한다. 이 학습지는 수행평가 대상에 포함된다.

수업관찰자료 - B - 04 - 61 - 107

교: 자, 이제부터는 칠판을 보세요. 선생님 설명하겠습니다. 자, 여기에 동그라미 받은 모둠은 모둠 스티커를 받을 수 있어요. 자, 그렇지만, X가 되면, 틀리게 되면, 선생님이 다른 모둠의 해당 학생에게 기회를 주는데, 1번 속담은 각 모둠의 1번 모둠원만, 2번은 2번 모둠원만 할 수 있어요. 이때는 개인별 스티커를 줍니다. 그래도 못 맞추면 어느 학생이나 맞추면 됩니다.

교: 천의 마을을 가는 것을 행할 때는 발에서 시작한다, 하늘의 마을에, 어, 이거 '하늘 천'으로 잘못 봤다.(〈그림 15〉 참조) 행하여도 처음에는 전에 있던 곳보다 만족 못한다. 자, 여기서 개인 문제 하나 내볼까요? 始는 여러 가지 뜻이 있습니다. 말해볼 수 있는 사람?

학1: 처음. 시작

교: 처음. 시작. 이 친구가 두 개 다 말해버렸네? 처음과

〈그림 15〉 '天'으로 잘못 본 '千'

시작이 있습니다. 자, 여기서 처음으로 쓰였을까, 시작으로 쓰였을까?

학2: 처음

학3: 시작

교: 여기서는 '시작'으로 쓰였죠. 자, 다시 논의하세요. 10초를 주겠

습니다.

교: 자, 잠깐만. 질문 하나 더하고 해석 계속 할게요. 지난번에 배웠던 '망운지정(望雲之情)'의 뜻을 말할 수 있는 사람?

학: 겉뜻이요?

교: 네. 겉뜻.

(한 학생이 손을 든다.)

학4: 구름을 바라보는 심정

교: 구름을 바라보는 심정! / 정답입니다.[60] 자, 망운지정의 '지(之)'의 뜻이 뭐죠?

학학: ~~하는.

교: 네, 맞아요.

교: 자, 그럼, 천리지행(千里之行)의 '지(之)'는 무엇일까?

학5: 가다.

교: 가다? '~~하는' 으로 정리해줬는데?

학4: ~~하는

교: 네, 그렇죠. 그럼, 지는 '~~하는'이고, 행은 뭐죠?

학5: 행동

교: 네, 행동

교: 천리하는 행동. 이상한데. 맞나요?

학6: ~~의

교: 네, 그렇죠. 여기서 '지(之)'는 '~~의'예요.

---

60) '망운지정'에서 '雲'은 그냥 '구름'이라고 표현해선 안 되겠지만, 중학교 학습자 수준을 고려하고, 자발적으로 대답한 학생의 격려 차원에서 '구름을 바라보는 심정'을 정답으로 인정한 것이다. 하지만 중학교 학생의 수준에 맞는 정도의 설명, 예를 들면, '망운지정'의 '운'이 그 구름 아래에 살고 계실 부모님을 그리워하게 하는 대상임을 의미하는 설명을 덧붙여 풀이해야 보다 정확한 답일 것이다.

교: 자, 그럼 해석해 볼 사람?

학7: 천리의 길을 행할 자는 발아래에서 시작한다.

교: 발아래에서 시작한다? 앉아보세요. 다른 학생

학8: 천리의 길을 행함은 발아래에서 시작된다.

교: 자, 또 다른 학생? 없어요?

학6: 아, 아닌데요.

교: 아니구요. 또 없습니까? 네,

교: 천리의, 기록하세요. 천리의 길을 감도 발아래에서 시작된다. 또는 천리 길을 가는 것도 발아래에서 시작된다.

교: 자, 정답을 맞힌 학생, 스티커 받으세요.

교: 여기서 '지(之)'의 뜻은 '~~의'였고, 여기서 '어(於)'는 '~~에서' 또는 '까지'의 뜻입니다. 이 두 글자는 오늘 분명하게 중요합니다. 제가 ☆ 표 하나씩을 그릴 거예요. '지(之)'와 '어(於)' 중요한 글자입니다. '천리의 길을 가는 것도 발아래에서 시작된다.' / 기록했어요?

교: 자, 그럼 이게 뭔 소리죠?

학8: 천리 길도 한 걸음부터.

교: 네, 오늘 속담이 두 번째 시간이죠? 이게 무슨 뜻이죠?

교: 네, 발표하세요.

학2: 큰일을 시작할 때도 처음을 중요시한다.

교: 처음을 중요시한다. 조금 틀린데? // 큰일도 작은 것부터 시작된다. 이런 뜻이었습니다.

교: 자, 기록했죠? 오늘은 속뜻을 대부분 알고 있기 때문에 겉뜻으로만 했습니다.

B 교사는 모둠을 대표하는 학생들이 기재한 속담의 겉뜻을 검토하

면서, 설명을 시작한다. 학생들은 글자의 뜻을 좇아 해석한다. 그래서 재미있고 기발한 풀이도 더러 있다. 첫 번째 속담은 '千里之行 始於足下'이다. 한 학생은 '천의 마을을 가는 것을 행할 때는 발에서 시작한다.'로 겉뜻을 쓰고, 다른 한 학생은 '하늘의 마을에 행하여도 처음에는 전에 있던 곳보다 만족 못한다.'로 겉뜻을 쓴다. 한 모둠은 '千'을 '天'으로 잘못 봤음을 알 수 있다. 이러한 실수는 초기 단계의 학습자만의 실수는 아니다. 따라서 한문 학습에 있어 한자의 형·음·의에 대한 학습은 가장 기본적인 학습 요소라고 할 수 있다.

B 교사의 수업은 수업 모형과 수업 방법 면에서 두 가지 중요한 의의를 발견할 수 있다. 우선 B 교사는 한자를 학습하고 문장으로 나아가는 방식이 아니다. 문장을 먼저 학습하되, 문장을 이해하기 위해서 한자를 학습한다. 자세히 살펴보겠다.

인간의 언어 이해 과정에 관한 모형은 읽기관과 밀접한 관련을 가지면서 어떤 요인에 더 중심을 두느냐에 따라 情報處理 觀點의 읽기 모형과 構成主義 觀點의 읽기 모형으로 大分할 수 있다.61) 정보처리 관점의 읽기 모형은 上向式 模型(bottom-up model)으로 지칭되며, 구성주의 관점의 읽기 모형은 다시 下向式 模型(top-down model)과 相互補完式 模型(Interactive compensatory model)으로 나눌 수 있다.

상향식 모형과 하향식 모형을 한문에 적용했을 때 완벽하게 대응되진 않지만, 유사한 점을 찾을 수 있다. 상향식 모형은 한자를 배

---

61) 상향식 모형과 하향식 모형에 대한 논의는 노명완·박영목·권경안의 『국어과교육론』(갑을출판사, 1988)의 117~118면과 박수자의 『읽기 지도의 이해』(서울대 출판부, 2001)의 10~13면을 참고하여 정리한 것이다.

우고 나서 한자어를 배우고, 다음으로 문장을 배우는 방법이다. 이에 비해 하향식 모형은 문장을 배우고 다음으로 한자어나 한자를 배우는 것이다. 물론 문장을 배울 때도 가장 먼저 하는 것은 한자의 음과 뜻을 파악하는 것이므로 두 모형 간의 차이가 없을 수도 있다. 그러나 접근 방식이 다르다.

B 교사의 수업 또한 하향식 구조를 갖는다고 볼 수 있다. B 교사는 한자의 음과 뜻을 학습할 때 문장을 통해서 진행된다. '始'가 가진 여러 가지 뜻도 문장에서 발견한 뒤에 학습한다. 즉 문장을 학습하기 위해 한자의 음과 뜻을 파악하는 활동은 문장 독해 과정에서 先後의 관계라기보다 상호보완적인 관계라고 이해할 수 있다.

다음으로 수업 방법 면에서는 일방적인 전달이 아니라 문답을 통한 답 찾기이다. B 교사는 '千里之行'을 '하늘의 마을에 행하여도'로 풀이하더라도 즉시 잘못되었다고 교사가 먼저 판정하지 않는다. 학생들에게 묻고, 학생들과의 문답을 통해 잘못된 것임을 발견하게 한다. '천리지행'의 올바른 풀이를 찾기 위해 지난 시간에 배운 '望雲之情'을 끌어 온다. '망운지정'에서 배운 '之'의 용법을 떠올리게 하고, '천리지행'의 '之'의 용법을 학생들에게 발견하게 한다. 그래서 최종적으로 학생들의 해석을 수정하도록 조정한다. 이러한 수업 방법은 수업 관찰 내내 볼 수 있다.

⌜●수업관찰자료 - B - 04 - 108 - 121
　교: 자, 세 살의 습관이 여든 살 때까지 이른다. 세 살의 습관이 팔십 살에게 이른다. '에게'는 아니고 '까지'로 해야겠죠. 이 두 사람은 다 맞은 걸로 하겠습니다. 이거 쓰세요. '세 살 때의 습

관이 팔십 살까지 이른다.' 이런 뜻입니다.

학: 속뜻도 다 쓰는 거예요?

교: 네.

교: 자, 여기서 가장 중요한 글자는 '지(之)'와 '어조사 우(于)'. ☆
표 하나 치겠습니다. / / 질문. '어조사 우'를 바꿔 쓸 수 있다.
어떤 한자로?

학2: 어조사 어

교: 네. 맞아요. 선생님이 쟤하고 둘이 수업하는 것 같은 생각이 드
네. 자, 그럼, 쉬운 질문. '어조사 어(於)'로 바꿔 쓸 수 있다.
어떤 글자를?

학학: 어조사 우

교: 네. 맞습니다. / 자, 질문 한 개 해 볼께. 자, '천리지행 시어족하
(千里之行 始於足下)'의 해석 순서는 12348756이죠. '삼세지습
지우팔십(三歲之習 至于八十)'의 해석 순서를 쓸 수 있는 사람?

학9: 12348756

교: 자, 똑같죠? / 그런데 똑같은데 함정이 있다는 거야. 조금 있다
가 함정이 뭔지 보여줄게요.

교: 자, 숫자도 써 놓으세요. 해석 순서.

앞서 살펴본 A 교사의 수업과 마찬가지로 B 교사의 수업에서도
'별표'가 등장한다. 별표는 학습한 내용 가운데 특히 중요한 부분을
구별하는 표식이다. B 교사의 수업에서 별표는 주로 '허사'에 표시
된다. '천리지행 시어족하'는 '~의'의 뜻을 가진 '之'와 '~까지'의
뜻을 가진 '於'에 별표가 표시되고, '삼세지습 지우팔십'은 '之'와 '于'
에 별표가 표시된다. 한문 학습에서 허사의 학습이 매우 중요함을 알
수 있다.

B 교사는 해석 순서를 표시하기 위해 학생들에게 풀이와 함께 풀이 순서를 숫자로 표시하도록 한다. 중학교 학습자에게 한문 원문을 풀이하는 활동은 쉽지 않다. 풀이 순서를 숫자로 표시하면 해석하기가 한결 수월하다. B 교사의 숫자 쓰기는 A 교사의 '글자 짚어가며 해석하기'와 유사한 목적을 가진 수업 활동이다.

수업관찰자료 – B – 04 – 122 – 160

교: 자, 세 번째.

교: 발이 없는 말씀 천 마을을 난다. 발이 없는 말이 천 개의 마을을 난다.

교: 자, 천 리가 뭐죠? 또 아무나 이야기할 수 있어요

학10: 천 리

학11: 먼 길

교: 정답은 먼 길.

교: 이 해석은 틀린 것으로 할게요. 두 개 모두 틀렸어요. 자, 해석해 볼 수 있는 사람? 3번 모둠원만 말할 수 있습니다.

학12: 발 없는 말이 천 리까지 날아간다.

교: 발 없는 말이 천리까지 날아간다? 정답!

교: 자, 질문할게요. 아무나 말할 수 있습니다. '삼세지습(三歲之習)'의 '지(之)'와 '무족지언(無足之言)'의 '지(之)'의 차이를 말할 수 있는 사람?

학생들: 헤?

(학생들이 조용하다. 어려운 질문인지 한동안 학생들의 반응이 없다.)

학2: '삼세지습'은 '~~의'이고, '무족지언'은 '~~하는'.

교: 아, 삼세지습은 '~~의', 무족지언은 '~~하는'. 어떻습니까? / / 네, 맞았습니다.

교: 자, 해석 순서를 누가 나와서 써 볼 수 있는 사람?

학13: 21348756

교: 네, 맞았죠? / 여기서도 어조사 우와, 어조사 지가 중요합니다.

교: 오늘 선생님이 일부러 아주 비슷한 모양의 문장을 뽑았기 때문에, 여러분이 해석하는 데 어쩌면 더 쉬웠을 수도 있겠습니다.

교: 자, 네 번째 속담 하겠습니다.

교: 남편과 아내가 싸우는 것은 칼로 물 베는 것이다. 이것은 조금 어색한 해석이야. 아내와 남편은 칼로써 물을 베는 것과 같다. 자, 뭐가 맞지? 맞는 풀이 해볼까? 자, 부부의 싸움은 칼로써 물을 베는 것이다. 이것은 둘 다 어설퍼서 틀린 것으로 합니다.

교: 자, 그런데, 오늘 기록한 아이들이 별로 없는 것 같다. 어째 그럴까?

교: 뭐로 해야 할까?

학11: 물을 가르다

교: 네, 맞습니다. 물을 가르다.

교: 부부간에 싸움은 칼로 물을 가르는 것과 같다.

교: 마지막 해석 순서

학15: 12345687

교: 네, 자. 맞았나?

교: 다르게 해 볼 사람?

(한 학생이 번쩍 손을 들어 발표를 희망한다. 새로 나온 학생은 1 2 3 4 6 5 8 7로 적는다. 다른 학생이 나와서 발표하는 동안, 교실에 앉아 있는 학생들의 집중력은 더욱 떨어진다. 이제 몇 학생들이 수업과 상관없는 동작을 하기 시작한다.)

교: 네, 잘했어요.

(수업의 종료를 알리는 종이 울린다. B 교사는 수업을 더 진행하지 못하고, 정리한다.)

교: 4번 학생이 모둠 스티커판 걷어 오세요. 수고했어요. 이상.

B 교사는 앞서 설명한 속담과 마찬가지로 '無足之言 飛于千里'를 설명할 때, '之'의 쓰임을 중요하게 다룬다. B 교사는 '之'를 설명하면서 '~의'와 '~하는'의 차이를 구체적인 문장을 통해 비교한다. 허사의 용법을 설명할 때 허사가 구체적인 문장에서 어떻게 사용되는지 예를 통해 가르칠 경우, 다양한 용법에 대한 이론적인 설명을 통해 가르칠 때보다 학생들의 이해가 더 빠를 것이다. B 교사는 또한 학생들의 풀이를 존중한다. 네 번째 속담에서도 '발이 없는 말씀', '발이 없는 말', '천 마을', '천 개의 마을'을 인정하면서 설명을 진행한다.

B 교사의 수업은 '속담'을 다루고 있는데, 특히 비슷한 용법을 가진 속담을 모아서 한 차시에 다루고 있다. B 교사는 학생들에게 "오늘 일부러 아주 비슷한 모양의 문장을 뽑았기 때문에, 여러분이 해석하는 데 어쩌면 더 쉬웠을 수도 있겠다."고 말한다. 비슷한 용법의 속담을 모아서 수업한 이유는 무엇일까? B 교사는 이렇게 구성한 이유를 다음과 같이 말한다.

◖●**교사면담자료 - B - 1117 - 1**
　　속담의 경우, 한역 속담이기 때문에 학생들이 속뜻을 알고 있는 경우가 많다. 그래서 교과서에 제시된 속담 외에 비슷한 용법을 가진 속담을 함께 학습하여 속담에 사용된 허사 용법 등을 익숙하게 하고자 했다.

이상으로 A 교사의 수업과 마찬가지로 B교사의 한 시간 동안의 수업을 면밀히 관찰하고 그 결과를 기록한 후, 연구자의 시각에 의해 분석했다. 위의 수업은 B 교사의 수업을 관찰한 자료 가운데 '속담'을 다룬 부분으로 短文을 통해 중학생에게 적절한 수준의 문장 독해 수업을 보여준 수업이라 할 수 있다. 이제 관찰한 B 교사의 다른 수업 가운데, 본 연구에서 관심을 가진 독해 교수 활동에 관련하여 의미 있는 특징을 보이는 장면을 골라 분석하고자 한다.

○●수업관찰자료-B-01-3-16: 소리 내어 따라 읽기
교: 지체(地體)는 원여구(圓如球)하여[62]
학학: 지체는 원여구하여
교: 자전불식(自轉不息)하니
학학: 자전불식하니
교: 일회전(一回轉)이 위(爲) 일주야(一晝夜)라.
학학: 일회전이 위 일주야라.
교: 일출(日出)이면
학학: 일출이면
교: 즉(則) 위주(爲晝)요
학학: 즉 위주요
교: 일입(日入)
학학: 일입이면
교: 즉(則) 위야(爲夜)라.
학학: 즉 위야라.

---

62) 地體는 圓如球하여 自轉不息하니 一回轉이 爲一晝夜라. 日出이면 則爲晝요, 日入이면 則爲夜라.

○●수업관찰자료 - B - 01 - 30 - 45: 소리 내어 따라 읽기

교: 따라 해보세요. 동과(冬過)면[63]

학학: 동과면

교: 즉춘래(則春來)하고

학학: 즉춘래하고

교: 하진(夏盡)이면

학학: 하진이면

교: 즉추지(則秋至)라.

학학: 즉추지라.

교: 동즉(冬則) 야장주단(夜長晝短)하고

학학: 동즉 야장주단하고

교: 하즉(夏則) 주장야단(晝長夜短)이라.

학학: 하즉 주장야단이라.

교: 춘난이화개(春暖而花開)하고

학학: 춘난이화개하고

교: 추량이엽낙(秋凉而葉落)이라.

학학: 추량이엽낙이라.

B 교사도 A 교사처럼 '소리 내어 따라 읽기' 활동을 한다. 이 활동은 '바르게 소리 내어 읽기', '바르게 끊어 읽기'의 두 가지 활동과 관련된 학습효과를 가져올 수 있다. 학생들은 교사를 따라 소리 내어 읽음으로써 문장 내의 한자나 단어를 바르게 발음해서 읽을 수 있다. 〈수업관찰자료 - B - 01 - 3 - 16〉의 '日出則爲晝'의 예를 보더라도 교사와 함께 읽는 활동을 하지 않는다면, 학생들은 '일출즉위주'라고

---

63) 冬過면 則春來하고, 夏盡이면 則秋至라. 冬則夜長晝短하고 夏則晝長夜短이라. 春暖而花開하고 秋凉而葉落이라.

읽지 않고 '일출칙위주'로 읽을 수 있다. 또한 학생들은 교사를 따라 소리 내어 읽으면서 교재에 나와 있는 끊어 읽기보다 더 세부적인 의미 단위 읽기를 익힐 수 있다. '一回轉이 爲一晝夜'의 예를 보더라도 교사가 '일회전이 위 일주야'라고 끊어 읽어줌으로써 학생들은 '일회전이 위일 주야'라거나 '일회전이 위일주 야'라고 읽지 않고 의미 단위에 맞게 읽을 수 있다. '夏則晝長夜短'도 마찬가지 예이다.

○●수업관찰자료 - B - 03 - 5 - 12: 돌려 읽기
　(학생들은 '2학년 한문 수업 자료'를 하고 있다. A4 한 장을 네 부분으로 자른 것이다. 각 부분에는 두 개의 고사성어가 기재되어 있다. 학생들은 각자 맡은 종이에 한자의 음과 뜻을 찾고, 고사성어의 풀이를 적는다. 그 뒤 교사의 지시에 따라 돌려 가며 다른 모둠원의 학습지를 읽는다.)
　교: **자, 이제 그만. 한 방향으로 돌리세요. 자, 준비 시작.**
　(학생들은 옆 친구의 학습지를 읽는다. 10초가 지나자, 교사는 다시 돌릴 것을 지시한다. 이 과정을 세 번 반복한다.)
　교: 자, 다시 돌리세요.
　교: 자, 이제 원래 사람 주세요.
　교: 다시 한 번 읽으세요.

　B 교사는 모둠원끼리 학습지를 돌려 읽는 활동을 통해 자기가 맡지 않은 본문에 대해서도 학습할 수 있도록 안내한다. 이러한 학습 구조는 전형적인 협동학습의 구조로, 학생 각자는 모둠 구성원들과 함께 서로 돕고 협의하는 과정 속에서 다양한 의사소통의 경험을 저절로 쌓아갈 수 있다. 요즘 학생들이 점점 개인화되어 가는 경향을

보이는데, 그럴수록 학교 교육에서는 사람과 사람 사이의 소통을 통해 학습을 완성할 수 있는 환경을 제공해야 한다. 위의 수업 전사 자료를 보면, 동료의 도움 없이 1차 완성된 학습지는 다른 모둠원에게 이동하여 돌려 읽기를 한다. 이러한 과정 속에서 학생들은 소통하며 학습한다.

수업관찰자료 - B - 02 - 18: 학생들에게 친근한 것을 예로 들기

교: 2번 학생들은 보세요. '우(憂)'와 '환(患)'의 뜻이 같구요, 근심, 걱정이라는 뜻입니다. 그 다음에 '약방감초(藥房甘草)'의 '방(房)'은 노래방 할 때 방이에요.

수업관찰자료 - B - 02 - 120 - 129: 학생들에게 친근한 것을 예로 들기

교: 자, 약방감초(藥房甘草) 넘어간다. 겉뜻은 약방의 감초. 어. '감초(甘草)'는 뭐죠? 단맛이 나는 풀. 속뜻은 '반드시 들어가야 하는 것', 겉뜻은 '약방의 감초', 속뜻은 '든 사람은 알아도 난 사람은 안다.', 겉뜻은 같고, 속뜻은 '빠지지 않고 꼭 끼어드는 사람'. 일단 '반드시 들어가야 한다.'를 맞는다고 하는데, '반드시 들어가야 하는 것' 또는 '어디나 끼는 사람'으로 조금 바꾸세요.

학: 아, 내 이야기구나.

교: 자, 그럼 여러분들 먹는 약, 한약이 어때요?

학학: 써요.

교: 그렇죠. 그래서 거기에 감초를 살짝 넣어 주면, 맛이 어때요? 달잖아. 약방에 가서 '아저씨 감초 있어요?' 그러면, 없는 집이 없어. 반드시 항상 있습니다. 그래서 '약방감초'는 반드시 들어가야 하는 것이 되죠.

B 교사는 학생들에게 친근한 것을 예로 들어 원문을 설명한다. 〈수업관찰자료-B-02-18〉에 보면 '약방감초'를 설명할 때 노래방의 방이라고 예를 들어 설명한다. 또 감초가 한약방에서 한약을 조제할 때 한약의 쓴맛을 줄이기 위해 반드시 들어가는 것이라고 예를 들어 설명한다. 모두가 학생의 학습 편의와 효율성을 고려한 결과이다.

학생들은 새로운 정보를 습득할 때 자신의 배경지식에 있는 정보와 조금이라도 관련 있을 경우 그렇지 않은 경우보다 훨씬 쉽고 빠르게 받아들인다. 위의 장면에서도 그저 '약방의 감초'라고만 풀이한다면, '빠지지 않고 꼭 끼어드는 사람'이라는 속뜻이 어떻게 나오게 되었는지는 알지 못한 채 무조건 외워야 할 것이다. 그러나 한약을 먹어 본 학생들의 경험을 예로 들어서, 한약의 쓴맛을 없애는 역할을 하는 것이 감초이며, 한의원엔 감초를 필수적으로 갖추고 있다는 점을 짚어 주면, 학생들은 훨씬 빠르고 쉽게 속뜻을 이해할 수 있다.

3) 교수법

B 교사의 수업은 교사의 설명에 의해 주로 진행되는 수업과 달리 학생들의 협동을 통해 진행되는 '協同學習(cooperative learning)'을 통한 수업 방식을 취하고 있다. 협동학습 구조에서 학생들은 교사의 지식을 단지 수용하는 수동적인 입장이 아니라 수업에 참여하는 동료들과의 상호작용 과정에서 자신과 동료들 간의 차이를 해결하여 지식을 형성해 나갈 뿐 아니라 배움의 과정을 즐기는 능동적인 역할을 한다. 협동학습은 소집단의 구성원들이 공동 목표를 성취하기 위해

동료들과 함께 학습하는 구조화된 수업 형태이다. 협동학습에는 다양한 모형이 있지만, 대개의 경우 교사가 학습목표에 대해 개략적으로 소개하면 수준이나 능력이 다르게 구성된 모둠원과 주어진 학습과제를 숙달하거나 완성하는 형태를 갖는다. 이 과정에서 교사는 학생들이 서로 협동하고 사회적 기술을 활용하여 과제를 완성할 수 있도록 개입을 최소화한다(전성연 외, 2007: 14~15).

협동학습의 원리는 긍정적 상호 의존성(positive interdependence), 대면적 상호작용(face-to-face interaction), 개별 책무성(individual accountability), 사회적 기술(social skills), 집단과정(group processing)으로 크게 다섯 가지를 들 수 있다.[64] 협동학습을 운영하는 교사는 다양한 협동학습 모형 가운데 어떠한 협동학습 모형을 적용할 것인가를 미리 계획하고 그에 따라 적절한 집단(대개는 이질적인 집단)을 구성하고, 학생들에게 학습 모형의 특성과 각 단계에 따른 참여 요령

---

64) Johnson, D. W. & Johnson, R. T. & Holubec, E., *Cooperation in the classroom*(7th ed.), Edina, MN:Interaction Book Co., 1998. 참조. 위의 책에서 재인용.
"① '긍정적 상호의존성'은 학생 개개인이 집단의 성공을 위해선 자신뿐만 아니라 동료들도 성취해야 한다는 것을 인식하고 서로 도움을 주는 관계를 의미한다. ② '대면적 상호작용'은 집단 구성원 각자가 집단의 목표를 성취하기 위해 다른 구성원들의 노력을 직접 격려하고 촉진시켜 주는 것을 의미한다. ③ '개별 책무성'은 과제를 완성해야 하는 책임이 각 학생들에게 있다는 것을 의미한다. 개별 책무성을 통해 '무임승객 효과(free-rider effect)'나 '봉 효과(sucker effect)'를 방지할 수 있다. ④ '사회적 기술'은 집단 내에서의 갈등 관리, 의사 결정, 효과적 리더십, 능동적 청취 등을 의미한다. ⑤ '집단 과정'은 협동학습에서의 학습은 집단 구성원들 각자가 목표를 달성하기 위해 함께 노력해 가는 것을 의미한다."

등을 미리 알려주고 익숙하게 만들어야 한다.

B 교사의 수업은 협동학습의 다양한 모형 가운데 '함께 학습하기 (Learning Together; LT)' 모형에 해당한다. B 교사의 수업에서 LT 모형의 특징으로 다음과 같은 것을 들 수 있다.

첫째, 모둠원을 4명의 이질적인 집단으로 구성하여 각각 섬김이, 기록이, 칭찬이, 이끔이의 역할을 지정해 준 점이다.

둘째, 개인별로 작성된 개별 학습지를 모둠별로 상호 검토하게 함으로써 집단별로 과제를 부여한 점이다.

셋째, 과제를 완성한 모둠에게는 모둠별 스티커를 발급하여 집단별 보상을 한 점이다.

넷째, 다른 모둠과의 경쟁을 통해 모둠 점수를 얻는 경쟁 방식이 아니라 집단 내 모든 구성원이 수준에 도달하면 모두에게 점수를 부여하는 점이다.

이러한 학습 모형은 학생들의 협동적 행위에 대해 보상을 줌으로써 협동을 격려하고 조장한다. 협동 행위의 사례로는 의견이나 정보 교환, 학습 과제에 대한 질의응답, 다른 구성원들을 격려하는 말이나 행동,65) 다른 구성원들의 이해 정도를 확인하는 일 등이 있다.

B 교사의 수업과 같은 LT 모형의 수업은 모두 18단계를 거친다. 이는 "수업절차이자 일종의 원리"이다.66) 이 가운데 B 교사의 수업

---

65) 수업 관찰 일지에 보면, 수업 중 한 모둠에서 '칭찬이' 역할을 맡은 학생이 독특한 제스처와 함께 "칭!찬!" 하고 외치면서 옆의 모둠원을 가리키는 장면이 있다.

66) Johnson, D. W. & Johnson, R. T., *Making cooperative learning work*, *Theory into Practice*, 38(2), pp.67−73. 위의 책, 148−161면, 재인용. "① 수업 목표의 구체화, ② 소집단 크기의 결정, ③ 학생의 소집단 배

에서 드러나는 몇 가지 특징적인 면을 분석해 보겠다.

'수업 목표의 구체화'와 관련해서, B 교사의 수업 목표는 학생들의 한문 문장 풀이 능력을 높이도록 하는 것인데, 특히 문장의 겉뜻과 속뜻을 알 수 있도록 수업 중에 강조한다.

'교실 구성'과 관련해서, B 교사는 한 학급 36명의 학생 가운데한 명이라도 학습에서 소외되지 않도록 아홉 개의 모둠을 구성한다. 교실 내에서의 모둠 배치는 〈그림 16〉과 같다. 협동 학습을 효과적으로 사용하기 위해서 교사는 학생들이 서로에게, 교사에게, 그리고 그들이 학습 과제를 완성하는 데 필요한 자료들에 쉽게 접근할 수 있도록 교실을 배열해야 한다. 이를 위해서는 〈그림 17〉과 같은 교실 배치가 바람직하다고 하겠지만, 교실의 크기가 학교마다 상이하므로, 최적의 조건을 갖추진 못하더라도, 차선의 배치는 필요하다.

치, ④ 교실 구성, ⑤ 상호 의존성을 촉진할 수 있는 수업 계획, ⑥ 상호의존성을 조직화하기 위한 역할 분담, ⑦ 학습 과제에 대한 설명, ⑧ 긍정적 목표상호의존성의 구조화, ⑨ 개별책무성의 구조화, ⑩ 집단 간 협동의 구조화, ⑪ 성공 기준에 대한 설명, ⑫ 바람직한 행동의 구체화, ⑬ 학생의 행동을 모니터하기, ⑭ 과제 지원하기, ⑮ 협동 기술을 가르치기 위해 개입하기, ⑯ 수업의 종결, ⑰ 학생의 학습에 대한 양적 및 질적 평가, ⑱ 소집단 활동에 대한 평가"

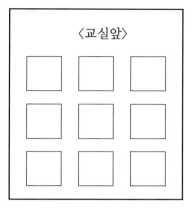

〈그림 16〉 B 교사의 교실 책상 배치

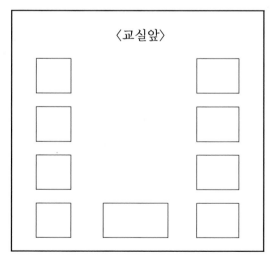

〈그림 17〉 바람직한 교실 책상 배치

'상호의존성을 조직하기 위한 역할 분담'과 관련해서, B 교사는 이질적인 구성원들로 모둠을 구성했다. 각 모둠원에게는 성공적인 과제 수행을 위한 각자의 역할이 주어진다. 먼저 '이끔이'는 모둠 내 활동을 리드하면서 협동을 돕는 역할을 한다. '기록이'는 모둠별로 제출할 보고서나 모둠별 학습지를 작성하는 역할을 한다. '칭찬이'는 모둠 구성원들이 모둠에 적극적으로 기여할 수 있도록 격려하는 역할을 한다. '섬김이'는 B 교사가 배부하는 학습지를 받아 모둠원에게 나눠주거나 모둠원이 작성을 완료한 보고서나 학습지를 수집하여 교사에게 제출하는 역할을 한다. 이처럼 자신의 역할이 모두 정해져 있으니, 수업에서 열외로 취급받는 학생은 자동적으로 없게 된다.

'개별책무성의 구조화'와 관련해서, B 교사는 첫 번째 배부하는 학습지를 '개인별 학습지'로 삼아, 모둠원 각자가 이 과제를 수행할 땐 동료의 도움을 받지 못하도록 통제한다. 또한 모둠별 발표 활동을 할 때 모둠을 대표해서 발표한 내용이 바르지 않을 경우, 타 모둠원 가운데 해당되는 과제를 수행한 학생에게만 발표 기회를 주고 이에 대한 보상으로 개인별 점수를 부여한다. B 교사의 이러한 활동의 의도는 각 구성원들의 학습을 촉진하여 개별 책무성을 높이기 위함이다. 협동학습에서 교사는 각 집단을 관찰하거나 개입해서 개별 구성원들이 각자 맡은 역할을 성실하게 수행하여 모둠의 학습에 기여하도록 확인할 필요가 있는데, B 교사는 '개인별 학습지'와 '해당 내용의 오류는 해당 모둠원만 지적하기' 방식을 통해 개별책무성을 구조화하고 있다.

'과제 지원하기'와 '수업의 종결'과 관련해서, B 교사는 학습지에 학생들이 주어진 과제를 수행하면서 비교적 어려워하는 정보를 지원

한다. 그것은 바로 '한자의 음'과 '허사'에 관한 정보이다. '한자의 음'을 제공하지 않을 경우, 학생들은 찾으려는 한자의 부수나 총획을 기준 삼아 한자를 찾게 되는데, 옥편이 준비되지 않았거나 부수·총획이 쉽게 파악하기 어려운 경우엔 한자를 찾는 첫 번째 과제부터 좌절을 경험하게 된다. 따라서 학생들이 한자를 찾을 때 '음'을 기준 삼아 찾을 수 있도록 '한자의 음'을 제공한다. 또한 B 교사는 다년간의 수업 경험을 통해 학생들이 문장을 풀이할 때 가장 어려워하는 영역이 '허사'임을 알고 있다. 그래서 '개인별 학습지'에 '허사'에 관한 정보를 미리 제공한다. 이와 같이 교사가 과제와 관련된 구체적인 지원을 할 경우 학생들의 바람직한 학습을 증진하여 긍정적인 변화를 촉진하게 될 것이다. 연구자는 학생이 배운 것을 계기로 변화하는 것을 '학습'이라고 생각한다. 연구자는 B 교사의 수업에서 학생들이 자신이 가진 정보를 능동적으로 계속 변화시켜 가는 것을 직접 보고, 이러한 생각을 확신하게 되었다. 연구자의 이러한 경험은 직접 수업하는 것만으로는 파악할 수 없는 것이다. 이러한 경험은 타인이나 자신의 수업을 객관적으로 관찰함으로써 얻어지는 것이다. 일상의 수업에서 관찰하거나 타인의 수업이나 자신의 수업을 객관적으로 관찰한 결과 얻은 것이다. 수업을 보고 분석하는 작업의 의의는 이와 같이 수업의 유의미한 것을 발견하는 데 있다.

B 교사는 모둠원 간의 상호 협력을 바탕으로 하는 '협동학습' 방법으로 수업 시간을 운영한다. 학생들의 활동을 전제로 한 이 수업을 통해, 학생들은 능동적이고 적극적인 태도로 학습에 임한다. 협동학습은 학습 활동을 수행할 때 학생 개인의 학습 목표와 동료들의 학습 목표가 동시에 최대한 성취될 수 있도록 학생들 간의 상호작용

과 역할 보완성을 활성화시키려는 학습 방법 중 하나이다. 이 방법은 학습 활동을 수행하는 과정에서 구성원들 사이에 상호작용을 하면서 공동으로 과제를 성취하거나 학습목표를 달성하는 데 목적이 있다(박성익, 2003: 190~191).

협동학습의 가장 큰 특징은 '구조화'이다. 이것은 학생 개개인이 달성하고자 하는 학습 목표를 집단 구성원 전체가 달성해야 할 공동 목표로 설정하고, 학습 목표를 협동적으로 수행할 수 있도록 수업 조건을 형성하는 것이다(박성익, 2003: 203). 협동학습과 '조별 학습'을 구별하는 가장 큰 특징은 바로 이 '구조화'의 여부이다. 구조화가 잘될 경우, 교사는 혼자서 일방적으로 강의할 필요가 없고, 학생들은 교사의 안내에 따라 공동으로 과제를 해결하며 학습하게 된다. 협동학습이 수업의 만병통치약은 아니다. 또한 협동학습은 협동 기술의 교수에 대한 충분한 준비와 경험이 있어야 하고 그에 따른 교사의 많은 노력과 시간 투자가 필요하다. 하지만 학생들의 능동적인 참여를 끄집어 낼 수 있다는 점은 큰 매력이라 할 수 있다.

V

漢文 讀解 敎授學的 內容 知識

V장은 두 교사의 수업을 분석한 결과 드러난 여러 가지 수업 활동 가운데 독해와 관련된 교수 활동만을 추출하여, 머릿속의 교과 내용이 가르치기 위한 교수학적 내용으로 바뀐 지식이라 할 수 있는 '한문 독해 교수학적 내용 지식'을 찾고자 했다.

두 교사의 수업에서 드러난 독해 교수 활동은 '바르게 소리 내어 끊어 읽기', '문장 속 한자·어휘·구절의 뜻 알기', '허사 파악하기', '1차 문장 풀이하기', '모르는 한자·어휘의 뜻을 문맥에 맞게 추론하기', '구조 파악하기', '반복하여 읽기'이다. 이 글에서는 특히 '1차 문장 풀이하기'에 해당하는 한문 독해 교수학적 내용 지식을 제시했다.

V. 漢文 讀解 敎授學的 內容 知識

Ⅳ장에서 두 교사가 사용한 교재와 두 교사가 수행한 수업을 분석했다. Ⅴ장에서는 교재 분석과 수업 분석을 통해 드러난 여러 가지 특징 가운데 특히 독해와 관련된 교사의 활동만을 추출하여 분석하고자 한다.

교사는 자신이 알고 있는 교과의 내용을 학생들이 알기 쉽도록 변환하여 전달한다. 이 과정에서 머릿속의 敎科 內容이 가르치기 위한 敎授學的 內容으로 바뀌게 된다. 따라서 교사의 교수 활동을 통해 드러난 요소들은 교수학적 내용 지식의 기초 자료라고 볼 수 있다. 이 장에서는 먼저 한문과 수업에서 나타난 활동 가운데 독해에 관련된 것을 분석하고, 이 분석을 통해 漢文 讀解 敎授學的 內容 知識의 구성 요소를 찾고자 한다.

미래지향적이고 효과적인 漢文科 敎育을 위한 몇 가지 중요한 조건으로 한문과 교육과정 운영에 있어서 전문성을 높여야 한다는 점과, 현장에서 한문과 교육을 전담할 수 있는 유능한 교사가 확보되어야 한다는 점을 들 수 있다(박성규, 2002: 5).

교과 고유의 교수학적 내용 지식을 갖춘 교사는 학습자의 다양한 요구에 부응할 수 있는 교육과정 운영안을 설계하는 데 있어 경험에 기초한 전문성을 갖추고 있다고 볼 수 있다. 본 연구에서 밝히고자 하는 독해 교수학적 내용 지식도 이러한 조건을 갖추는 데 일조할 수 있다. 또한 독해 교수학적 내용 지식에 관한 연구는 타 교과 영역과 차별화하여 한문과에서만 담당할 수 있는 교과 고유의 영역을 확보하는 데도 일조할 수 있다. 교수학적 내용 지식이 교사 개인의 實踐知이지만, 이러한 것에 대한 연구가 활발해질수록 다른 교사들에게도 유용한 정보를 제공할 수 있기 때문이다. 물론 이러한 정보가 독해 교수학적 내용 지식을 통해서만이 제공되는 것은 아니며, 독해뿐만 아니라 한문과의 고유한 교과 내용 지식 모두를 통해서도 제공될 수 있음은 두말할 나위가 없을 정도로 自明하다.

■ 1. 수업에 나타난 한문 독해 활동

우선 A 교사의 수업 단계에 따른 독해 활동을 살펴보겠다. 이러한 활동은 한문 독해를 가르칠 때 특징적으로 나타나는 독해 교수학적 내용 지식의 기반이 된다.

첫째, A 교사는 본문의 字句를 익히는 활동으로 수업을 시작한다. 이는 학생들에게 문장 해석 단계로 안내하기 위한 前 段階라고 할 수 있다. 아울러 개별 문장들이 어떤 구조를 가지고 있는지 살펴본다. 이러한 활동에서 '바르게 소리 내어 읽기', '끊어 읽기', '문장 속 한자·어휘 뜻 알기', '문장 속 구절 뜻 알기' 등의 독해 활동이 나타난다.

둘째, 한자를 바르게 소리 내어 읽으면서 문장을 끊어 읽고, 字와 句를 배운 후, 학습 대상이 되는 글을 전체적으로 풀이하고, 풀이를 떠올리면서 반복적으로 읽어 익숙하게 만드는 단계로 넘어간다. 이 단계에서는 우선 문장을 자연스럽게 풀이하기 위해 '문장 해석'을 지도한다. 다음으로 학생들과 함께 소리 내어 크게 읽는 활동([聲讀]67))을 여러 번 되풀이한다. 본 연구에서는 이와 같이 여러 번 되풀이하여 읽는 과정을 '반복하여 읽기'([復讀])라 命名하겠다. '반복하여 읽기'를 통해 자연스럽게 읽게 된 글은 외부에 드러난 의미를 파악하는 읽기 단계를 넘어 드러나지 않은 의미를 파악하는 읽기 단계로 넘어간다. 이 활동에서 '허자 파악하기', '1차 문장 풀이하기(겉 뜻 풀이 / 직역)' 등의 독해 활동이 나타난다.

셋째, 축자 풀이를 통한 각 문장의 1차 직역을 마치면, 1차 풀이를 통해 드러나지 않은 한자·어휘의 음·뜻을 추론하거나 문맥을 파악하는 단계로 넘어간다. 본 연구에서는 이처럼 드러나지 않은 의미를 파악하는 읽기를 '깊게 읽기'([精讀])라 命名하겠다. 이 활동에서 '모르는 한자·어휘의 뜻을 문맥에 맞게 추론하기', '문맥 파악하

---

67) 허호구, 「漢文聲讀考」, 『국문학논집』15(단국대학교, 1997), 175면. 허호구는 이 논문에서 "聲讀은 '出聲讀書'를 줄여서 이르는 말이다. 곧 글을 읽을 때 默讀을 하지 않고 소리를 내어 緩急을 조절하여 읽으면서 글의 뜻을 마음속으로 默會하며 읽는 방법을 말한다."고 정의한다.

기(속뜻 풀이 / 의역)' 등의 독해 활동이 나타난다.

A 교사의 수업을 순차적으로 도식화하면 〈그림 18〉과 같다.

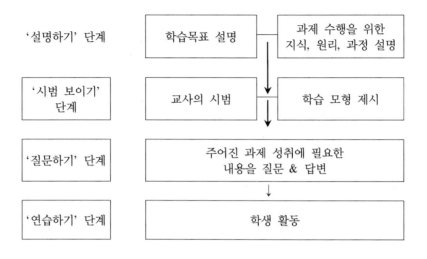

'설명하기' 단계 | 학습목표 설명 ── 과제 수행을 위한 지식, 원리, 과정 설명

'시범 보이기' 단계 | 교사의 시범 ── 학습 모형 제시

'질문하기' 단계 | 주어진 과제 성취에 필요한 내용을 질문 & 답변

'연습하기' 단계 | 학생 활동

〈그림 18〉 A 교사의 수업 흐름도

Ⅵ장에서 중학교 수업 교재 분석과 협동학습으로 진행된 수업 분석을 통해 B 교사의 수업 양상을 살펴보았다. B 교사의 수업에서 독해 교수학적 내용 지식을 추출하기 위한 독해 활동의 특징으로 찾을 수 있는 것은 무엇일까? B 교사의 수업은 교사가 주도하지 않고 학생들이 주도하다 보니, A 교사의 경우에 비해 독해 활동을 파악하기가 쉽지 않다.

첫째, B 교사의 수업은 우선 모둠원 각자가 해당 원문에 나온 한자의 음과 뜻을 파악하는 것으로 시작한다. 한문은 원문에 나온 한자의 음과 뜻을 알지 못하면 풀이하기가 쉽지 않다. 물론 전후 문맥을 통해 한자의 음이나 뜻을 유추할 수 있지만, 그것은 한문에 익숙한 독자에게만 해당된다. 따라서 B 교사는 중학교 학생 수준에 맞는 문장의 풀이를 가르치면서도 한자의 음과 뜻을 파악하는 것을 학습의 출발로 삼는다. 학생들은 한자의 뜻을 파악하는 활동을 통해 문장의 1차 풀이를 준비한다.

둘째, 모둠원 각자가 해당 한자의 음과 뜻을 파악하면, 한자의 뜻을 기초로 축자 풀이를 한다. 이 단계에서는 문장의 자연스러운 해석보다는 문장에 포함된 글자를 빼놓지 않고 포함시켜 풀이하는 훈련에 중점을 둔다.

셋째, 이 단계를 거쳐 2차 풀이를 한다. 2차 풀이는 '모르는 한자·어휘의 뜻을 문맥에 맞게 추론하기', '문맥 파악하기(문장 전체의 의미를 살리는 풀이나 속뜻 파악하기)' 등의 독해 활동이 드러난다.

B 교사의 수업을 순차적으로 도식화하면 〈그림 19〉와 같다.

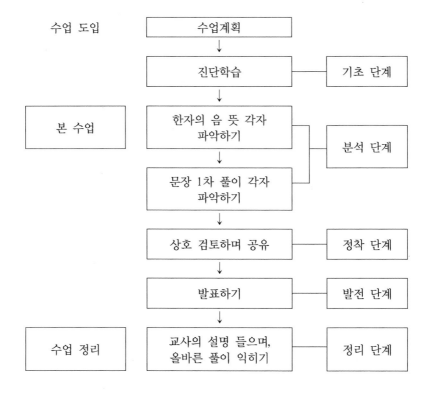

〈그림 19〉 B 교사의 수업 흐름도

　이제 두 교사의 수업 분석을 통해 특징적으로 드러난 독해 활동을 실제 수업 장면과 함께 제시하여 살펴보고, 나타난 독해 활동을 기반으로 하여 한문 독해 교수학적 내용 지식을 추출하고자 한다.
　특징적으로 드러난 독해 활동은 두 교사의 수업에서 공통적으로 보이는 것도 있고, 두 교사 가운데 한 교사의 수업에서만 보이는 것도 있다. 하지만 이러한 차이는 본 연구가 두 교사의 모든 수업을 관찰하고 분석한 것이 아니라, 일부의 수업만 관찰하고 분석한 결과로 인해 비롯된 것이다. 즉 한 학기 내지 한 학년의 수업, 또는 다른 학년의 한문 수업까지 두 교사가 담당하는 모든 학년의 모든 수업을 오랜 기간 동안 관찰하였다면, 한 교사의 수업에서만 보이는 독해 활동이라고 분석한 것도 실제에 있어선 두 교사 모두의 수업에서 공통적으로 보일 수도 있을 것이다.

실제 수업 장면을 함께 제시하는 이유는 수업 상황에서 한문 독해에 관한 교사의 교과 내용 지식이 학생들에게 투입될 교수학적 내용 지식으로 어떻게 변환되는지 살펴볼 필요가 있기 때문이다. 이러한 과정을 도식화하면 〈그림 20〉과 같다.

〈그림 20〉 교수학적 내용 지식의 추출 과정

1) 바르게 소리 내어 끊어 읽기

○● '수업관찰자료-A-01'에 나타난 바르게 소리 내어 끊어 읽기 활동

교: 자, 선생님 따라 해보세요. 큰소리로 따라 합니다.

교: 유일사인(有一士人)이

학: 유일사인이

교: 어떤 한 선비가

학: 어떤 한 선비가

교: 하왕(下往), 하왕(下往) 영남노복가(嶺南奴僕家)니

학: 하왕 영남노복가니

● '수업관찰자료 - B - 06'에 나타난 바르게 소리 내어 끊어 읽기 활동

교: 따라 읽습니다. 진인사이후(盡人事而後)에 대천명(待天命)이라.

학학: 진인사이후에 대천명이라.

교: 다시, 진인사이후에 대천명이라.

학학: 진인사이후에 대천명이라.

교: 다음, 욕지기인(欲知其人)이면 선시기우(先視其友)하라.

학학: 욕지기인이면 선시기우하라.

교: 다시, 욕지기인이면 선시기우하라.

학학: 욕지기인이면 선시기우하라.

● '수업관찰자료 - B - 01'에 나타난 바르게 소리 내어 끊어 읽기 활동

교: 지체(地體)는 원여구(圓如球)하여

학학: 지체는 원여구하여

교: 자전불식(自轉不息)하니

학학: 자전불식하니

교: 일회전(一回轉)이 위(爲) 일주야(一晝夜)라.

학학: 일회전이 위 일주야라.

교: 일출(日出)이면

학학: 일출이면

교: 즉(則) 위주(爲晝)요

학학: 즉 위주요

교: 일입(日入)

학학: 일입이면

교: 즉(則) 위야(爲夜)라.
학학: 즉 위야라.

　본문의 자구와 문장 구조를 파악한 뒤에는 소리 내어 읽기, 즉 聲
讀을 한다. 한국어에서도 소리 내어 읽기 활동을 한다. 다만 이때의
소리 내어 읽기는 한국어 학습 초기에 바르게 읽는 훈련을 위한 활
동으로, 읽기에 능숙한 독자가 되면 대부분 소리 내어 읽지 않고 묵
독을 한다. 그러나 한문은 능숙한 독자가 되어서도 성독하는 것을
권장하며 실제로 성독하는 것을 습관으로 삼는다. 이는 무슨 이유에
서인가? 한문을 읽을 때 묵독을 지양하고 성독을 하는 가장 큰 이유
는 성독이 장기 기억을 위한 효율적인 방법이기 때문이다.
　성독을 할 때 붙이고 떼는 곳을 알고 정확한 토를 달아 읽게 되면
한 글자, 한 구절이 눈에 선하게 떠올라 암송하기에 매우 쉽다. 또한
읽는 글의 종류에 따라 흥취와 감정에 어울리는 가락을 넣어 노래하
듯 성독을 하니 눈과 마음에 글이 각인되어 쉽게 잊지 않게 된다(허
호구, 1997: 182). 현재의 한문 수업의 성독이 과거에 우리 선조들이
하던 성독과는 다를 수도 있지만, 소리를 내어 읽는 활동은 한문과
의 독해 활동에 있어서 독해력 신장을 위해 매우 有意味한 것이다.
　소리 내어 끊어 읽기를 할 때 구분점이 되는 구결이나 토는 한문
독해에 있어서 허사만큼 중요하다. 구결은 한문의 허사적인 역할을
나타낸다고 할 만큼 허사와 밀접하게 관련이 있다. '吐'의 사전적 정
의는 '(한문을 우리말식으로 읽을 때) 한문의 구절 끝에 (문법적 관
계 등을 나타내기 위해) 붙여 읽는 우리말 부분'이다. 토는 허사와
같이 해석의 미묘한 부분을 정밀하게 밝혀주는 역할을 한다(조종업,

1989: 4~5).

한문 원문은 끊어 읽기나 句讀가 표시되어 있지 않고, 글자와 글자, 단어와 단어 사이를 떼지 않고 연결해서 쓴다. 옛 조상들이 한문을 읽을 때 우리말 토를 넣어 읽은 것에서 비롯된 것이 '懸吐'이다.[68] 현토의 관습은 삼국시대에 이미 형성되어 있었던 듯하다. 그때는 한자의 略體字를 이용하거나 획을 줄여서 구결(토)을 달았을 것이다(심경호, 2007: 127).

B 교사도 A 교사처럼 '소리 내어 따라 읽기', 즉 聲讀 활동을 한다. 성독을 할 때 붙여서 읽을 곳과 떼어서 읽을 곳을 알고 정확히 토를 달아 읽게 되면 '바르게 소리 내어 읽기', '바르게 끊어 읽기'의 두 가지 활동에 있어서 학습 효과를 가져올 수 있다. 학생들은 교사를 따라 소리 내어 읽음으로써 문장 내의 한자나 단어를 바르게 발음해서 읽을 수 있으며, 의미 단위에 맞게 읽을 수 있다.

'수업전사자료 B-01'의 '日出則爲晝'를 예로 들면, 교사가 '일출즉위주'로 읽고 학생들에게 따라서 읽도록 지도하였기 때문에 '則'을 '칙'으로 읽지 않고 '즉'으로 바르게 소리 내어 읽을 수 있었다. '바르게 끊어 읽기' 또한 교사의 끊어 읽기 시범이 있었기 때문에, '一回轉이 爲 一晝夜'로 읽을 수 있었고 '夏則 晝長夜短'으로 읽을 수 있었다.

---

68) 현토의 역사, 기능, 중요성 등은 이상하의 「한문학습 및 번역에 있어서 현토의 문제」를 참조.

2) 문장 속 한자·어휘·구절 뜻 알기

○● '수업관찰자료-A-01'에 나타난 문장 속 한자·어휘·구절 뜻 알기 활동

교: 칠판에 본문의 일부를 판서한다.

> 有一士人이 下往嶺南奴僕家라.

교: 자, 첫 번째 문장을 시작해 보죠.

교: 자. 보자. 유일사인(有一士人)이 하왕영남노복가(下往嶺南奴僕家)라. 우선 고유명사를 보면, '영남(嶺南)'이 있죠? 표시해 두고.

교: 자. '하왕(下往)'에서 '왕'은 무슨 자야? 가다. '노복(奴僕)'이 나오네요? 무슨 노? 노비 노, 무슨 복? 종 복. 노비죠. 종의 집. '하왕' 그러면 무슨 뜻이야? '내려간다'의 뜻이죠? 내려가는데 어딜 내려가? 영남의 노복의 집에 내려가는 거지. 누가? 한 선비가. 근데 이 '있을 유(有)'는 뭘까? '어떤' 정도로 풀이하면 되죠.

〈중 략〉

교: 그 다음에 '영남(嶺南)'. 보통 우리가 지역을 이야기할 때 영남 호남을 이야기하는데, '영남'의 의미가 있어. '영(嶺)'자가 뭐야? 고개. 그러니까 '영남'은 고개 남쪽이야. 그럼, 이 고개가 무슨 고개냐? 바로 사극 세트로 유명한 문경에 있는 고개야. 무슨 고개지? 새재. 새재의 또 다른 이름을 아는 사람? '조령(鳥嶺)'이라고 그래. 왜 조령이라고 그래? 새 조 자야. 령은 고개 령 자. '새재'가 한국말이고 '조령'이 한자어. 바로 영남은 문경새재 이남이야. 그럼 참고로, '호남(湖南)'은 뭐야? '호남'의 '호'는 호수 호. 그럼 어떤 호수의 남쪽이지. 여기서 말하는 호수는

어떤 호수냐, 옛날 삼한시대부터 있었다는 전북 김제의 벽골제야. 벽골제 이남이 바로 호남이야.

☞ '관찰일지-A-1022'에 나타난 문장 속 한자·어휘·구절 뜻 알기 활동

학생들은 섬김이로부터 학습지를 받고, 각자가 맡은 문장에 나온 한자의 뜻을 조사한다. 학습지에 기재된 음을 참조하여 교과서 뒤에 나온 '중학교 한문교육용 900자'를 이용하거나 옥편을 이용해서 한자의 음을 찾는다. 옥편을 이용하는 학생보다 교과서를 이용하는 학생들이 훨씬 많다.

☞ '수업관찰자료-B-02'에 나타난 문장 속 한자·어휘·구절 뜻 알기 활동

교: 자, 여기 보세요. 2번 학생들. '우(憂)'와 '환(患)'의 뜻이 같구요, 근심, 걱정이라는 뜻입니다. 그 다음에 '약방감초(藥房甘草)'의 '방(房)'은 노래방할 때 방이에요. 초록동색의 초자는요 풀색이라고 풀이하세요, 풀색. 설상가상(雪上加霜)은 힌트 없습니다.

수업의 도입 부분으로 본문을 해석하기 위해 본문의 字句를 먼저 익힌다. 먼저 고유어를 구별하여 골라내고, 해석 순서에 따라 낱글자를 풀이한다. 교사가 학생들을 가르칠 때 이와 같이 고유어를 처리하는 장면은 교사 자신의 독해에 대한 전문 지식을 학생들에게 전달하기 위한 교수학적 내용 지식으로 변환한다는 증거이다. A 교사는 특히 자구 풀이를 진행할 때 학생들에게 질문하기 전략을 주로 사용한다. 물론 수업의 다른 장면에서도 학생에게 질문하기 전략이 사용되지만, 특히 자구 풀이를 진행할 때 '질문하기' 전략이 주로 사용된다.69) 이는 한자의 음과 뜻을 조사해 오는 과제가 학생들에게 미리 주어졌기 때문에 이를 확인하는 목적도 있음을 알 수 있다.

B 교사의 수업 전사 자료 또한 A 교사의 경우처럼 수업의 도입 부분인데, A 교사와 달리 교사와 함께 한자의 음과 뜻을 학습하진 않는다. 학생들은 배부된 학습지에 기재된 한자의 음을 통해 교과서 부록의 '중학교 한문교육용 기초한자 900'자에서 해당 한자의 뜻을 찾는다. 이러한 활동은 매우 익숙하게 이루어진다. 교사가 중학교 900자를 벗어나는 한자가 나오거나 어려운 뜻을 가진 한자가 나올 경우 한자의 뜻을 알려주는데, 이 경우 힌트를 제공하는 형식으로 알려준다.

---

69) '수업전사자료 A-01'에서 찾을 수 있는 '질문하기' 발문이다.
　① 그렇지. 비. 노비 할 때 비가 있지. 이렇게 한 글자로 고칠 수도 있지?
　② 자, 종의 집에 내려가서, 그 여자 종을 갔다가, 봤지? 그 여자 종은 어떠냐. '연소'에 나이가 적다, 어리다, 나이가 적고 어리다, 연소자. 그렇죠? 나이가 어린데 재색을 갖췄다.
　③ 자, 여러분 주의해야 합니다. 원래는 끊을 절. (별표 해줌) 여기서는 '뛰어나다'의 뜻. 예를 들어보자. 뛰어난 경치, 2음절로 뭐가 있어? 절경, 뛰어난 미모? 절색.
　④ 그렇지. 결혼했다. 그럼, 이상하네. 결혼했다고 하지 왜 속해 있다고 할 까? 노비잖아. 노비라는 개념은 말이죠. 사람이 아냐 물건이야. 내 재 산으로 매매할 수 있는 물건이야. 얘들이 무슨 결혼이야? 주인이 노 비들은 그냥 짝을 맺어줘 버려. 왜? 애를 많이 낳으라고. 애를 낳으 면 뭐야? 또 노비 되잖아. 그래서 그냥 사는 거지, 결혼이 아냐. 아 주 천한 신분이라는 거지. 이미 촌놈에게 속해 있다는 거야.

3) 허사 파악하기

✏ '수업관찰자료 - A - 01'에 나타난 허사 파악하기 활동

교: 기녀제시증지(其女題詩贈之) 하는데, '제(題)'는 제목이지만, '시를 짓다'라고 해석할 수 있어요. '題詩'는 시를 짓다. '증(贈)'은 뭐야? 주다. 그녀가 시를 써 주었다. 문장 뒤 갈지자 뭐로 쓰여? 대명사로 쓰인다고 이야기했죠. 이 남편을 가리키는 거지. 이 남편을 가리키는 게 본문에서 뭐뭐 있지? '부(夫)', '촌한(村漢)', 이것으로 답할 수 있겠죠? 던지고 죽였다고 했어. 뭘 던져?

학: 몸

교: 그렇지, 그럼, 강물에 몸을 던져서 죽은 것이네.

✏ '수업관찰자료 - B - 03'에 나타난 허사 파악하기 활동

교: 자, 이번에는 망운지정(望雲之情). '구름이 가는 것을 보며 뜻을 정한다.'라고 발표했네요. 어때요? 글씨가 예술이네. 자, 우리는 틀리게, 다르게 했다는 모둠 있어요? 1번 성어 맡은 사람 중에서. 네. 여기서 '지(之)'의 뜻은 무엇일까요?

학2: 그것

교: 네, 그것, / / 아닙니다.

학1: 가다

교: 가다? / / 아닙니다.

학2: 간다

교: 간다, / / 아닙니다.

학학: ······.

교: 자, 다 나왔네요. 거기 학습지에 뭐라고 쓰여 있어요? '~의', '~하는', '가다', '그것'. 네. 여기서는 정답을 '~의', '~하는'

으로 봐야 합니다.

〈중 략〉

교: 그럼, 구름을 바라보는 심정이 되겠죠? 지금 겉뜻 배우고 있다고
   얘기했습니다. 지, '~하는', 매우 중요한 것입니다.

○● '수업관찰자료－B－06'에 나타난 허사 파악하기 활동
교: 따라 읽습니다. 진인사이후(盡人事而後)에 대천명(待天命)이라.
학학: 진인사이후에 대천명이라.

〈중 략〉

교: 자, 여기서 '이후(而後)'에 할 때 '이(而)'는 뭐죠?
학: 어조사 이.
교: 말이을 이 자인데요. '그리고'나 '그러나'로 쓰이죠. 여기서는 뭐
   로 쓰였죠?
학: 그리고.
교: '그리고'로 쓰였죠?

〈수업관찰자료－A－01〉을 보면 허사를 파악함으로써 문장의 구조
를 파악하는 데 도움이 되는 정보를 안내하는 부분이 있다. "문장
뒤 갈지자 뭐로 쓰여?" 하고 질문하는 부분이다. 이 발화는 문장 속
에서의 虛辭를 짚어 주고, 그 허사가 어떤 역할을 하는지 밝힌 뒤
에, 본문의 다른 표현들과 연관시켜 파악하게 하는 과정임을 확인할
수 있다.
   〈수업관찰자료－B－03〉을 보면, B 교사는 학생들로 하여금 허사
를 파악하게 하는데 많은 시간을 들이고 있음을 알 수 있다. 학생들
은 '之의 뜻이 무엇인가'라는 교사의 질문에 대해 언젠가 배운 '그

것'이라는 뜻으로 대답을 하지만, 정답이 아님을 알고 나자 교과서에 나와 있는 뜻인 '가다'로 답한다. 교사는 이렇게 여러 오답이 나오는데도 정답을 밝히지 않다가 더 이상 답변이 나오지 않자 '~의, ~하는'으로 설명하고 있다. "매우 중요한 것"이라는 B 교사의 발언을 再言하지 않더라도 한문 해석에 있어서 허사는 매우 중요한 요인이다.

허사는 품사를 구분하는 기준의 하나로, 실사와 대비된다. 실사는 문장 내에서 실제 뜻을 표시하는 것이다. 한문의 품사를 名詞·動詞·形容詞·數量詞·代詞·副詞·介詞·連詞·助詞·感歎詞의 10품사로 설정할 때, 명사·동사·형용사·수량사를 대개 실사로 보고, 실사와 어울려 구를 만드는 개사·연사·조사·감탄사를 허사로 본다. 대사와 부사는 뜻을 가지고는 있지만 어법 기능이 더 크므로 '반실반허사'로 본다(심경호, 2007: 74).

단어만 가지고 번역한다면 어느 나라 말이든 크게 다를 것이 없겠지만, 단어가 문장 내에서 맡은 역할에 따라 문장이 구성되기 때문에, 각 언어마다 고유의 문법에 맞게 번역해야 한다. 특히 한문은 한자는 그대로인데 때로는 명사의 역할을 하기도 하고 때로는 부사의 역할을 하기도 한다. 그 형태는 변하지 않으면서 위치에 따라 문장 내에서의 역할이 변하는 것이 특징이다. 그러므로 한문에서는 단어에 너무 얽매지 말고 그 단어가 가지는 품사적 역할이 무엇인가를 먼저 식별해야 한다(조종업, 1989: 59). 한문은 단어의 위치가 바뀜에 따라 단어의 역할이 바뀌는 특징이 있다. 또한 허사가 문장의 운용을 좌우한다. 그래서 허사는 한문 학습에 매우 중요한 요소이다. 조금 과장되게 말한다면, 한문을 할 줄 아느냐의 여부는 허사를 아느냐의 여부에 달려 있다고 해도 과언이 아니다.

4) 1차 문장 풀이하기

☞ '수업관찰자료-A-02'에 나타난 1차 문장 풀이하기 활동

교: 황아국인(況我國人)이 생장본국(生長本國)하여 거선산지척(去仙山咫尺)인데 이불견진면목(而不見眞面目)이 가호(可乎)아?

교: 문장이 길 때는 글자 하나하나를 잘 분석해야 합니다.

교: 자, 먼저 이 긴 문장에서 전체적인 것을 보면, '황(況)'이 나오죠. 무슨 황?

교: '황(況)'은 '하물며'죠. '황'과 호응하는 것은 문장 끝의 '호(乎)'. 대개 문장 끝에 '호'가 나오면 의문을 나타낸다고 했죠? 하물며~~이겠는가? 이런 뜻이에요.

교: 그 다음에 '아국인(我國人)' 하면 뭐예요?

학학: 우리나라 사람

교: 어, 우리나라 사람. 그다음 '생장(生長)'이란 말은 뭐죠? 날 생이고. 길 장 말고 뭐 있지? 식물이 생장하잖아. 뭐야?

학: 자란다.

교: 그렇지. 태어나 자란다. '본국(本國)'은 그냥 본국이라고 하면 되고. '선산(仙山)'은 뭐냐면 신선이 사는 산. 당시 금강산을 신선이 사는 아름다운 산이라 했죠. 금강산을 가리키는 별칭 중의 하나로, 봉래산이란 명칭도 있어요. 봉래산은 전설 속에 나오는 신선들이 사는 산.

교: 그다음에 '지척(咫尺)', 많이 쓰죠? ○○고는 △△여고와 지척이다. 뭐죠? 아주 가까운 거리다. '거(去)'는 갈 거, 과거 거, 떨어

지다, 여기서는 어떤 거리가 떨어져 있다 이고. 그 다음에.

〈중 략〉

교: 나는 들었습니다. 중국인이 우리나라에서 태어나 금강산을 한번
보길 원한다고. 하물며, '하물며'가 왜 있을까? 중국인도 이러는
데, 그 나라에 태어난 사람은 당연히 봐야 한단 뜻이죠. 그래서
이런 표현을 쓴 것이죠. / 금강산을 지척에 둔 우리나라 사람이
금강산의 참모습을 보지 못하는 사람이 옳은 일이겠는가? 한
거죠. / 필기하세요.

☛ '수업관찰자료 - B - 02 - 71 - 79'에 나타난 1차 문장 풀이하기 활동

(학생들은 각자 가진 학습지에 모둠원이 먼저 자신이 맡은 성어를
풀이한 것을 자기 종이에 옮겨 적는다. 이때는 한자의 뜻과 겉뜻만 옮
겨 적는다.)

동가홍상(同價紅裳) - 값이 같은 붉은 치마. 이왕이면 다홍치마

노갑이을(怒甲移乙) - 갑이 성내는데 을이 피한다. 도둑이 제 발 저
리다.[70]

동문서답(東問西答) - 동쪽에서 묻고 서쪽에서 답한다. 묻는 것과 달
리 다른 답을 말한다.

식자우환(識字憂患) - 글자를 알아서 걱정한다. 모르는 게 좋다.

약방(藥房草) - 약방의 감초. 반드시 들어가야 한다.

한강투석(漢江投石) - 한강에 돌을 던지다.

---

70) '노갑이을(怒甲移乙)'의 뜻은 '종로에서 뺨 맞고 한강에서 눈 흘긴다'와
비슷하다고 볼 수 있다. 위의 수업관찰자료에서 '도둑이 제 발 저리다.'
는 학생이 자기주도적인 학습을 통해 개인 학습지에 1차로 풀이한 내
용을 옮긴 것이다. 다른 성어의 풀이도 모두 학생 개인이 자기주도적
학습을 통해 자신이 생각하는 뜻을 기재한 것으로, 아직 교사로부터 정
답을 듣지 못한 상태이다.

초록동색(草綠同色) - 풀색은 같은 색이다. 같은 편.

설상가상(雪上加霜) - 눈 위에 서리가 쌓인다. 어려운 일이나 힘든 일이 계속된다.

●‘수업관찰자료 - B - 02’에 나타난 1차 문장 풀이하기 활동

(B 교사는 모둠 대표들이 칠판에 나와 각자 맡은 속담의 겉뜻과 속뜻을 적는 것이 끝나자, 설명을 시작한다. 설명은 8개의 속담에 대해 해당 모둠원이 기재한 겉뜻과 속뜻을 학생들과 함께 검토하고, 틀렸을 경우 그것을 바르게 고쳐주는 활동으로 이루어진다.)

교: 자, 이제 여기를 보세요. 이제부터 선생님 설명을 잘 듣습니다. 잘 듣지 않는 학생은 복도에 내보낼 수도 있습니다. 자, 여기 집중하세요, 정답 확인해 보겠습니다.

교: ‘동가홍상(同價紅裳)’, 값이 같은 붉은 치마. 우리나라 속담에 ‘이왕이면 붉은 치마’란 속담이 있죠. 속뜻은 ‘이왕이면 다홍치마’라고 했고, ‘화려한 색이 낫다’라고 되어 있네요. 자 다른 의견 있는 학생?

학3: 겉뜻에 ‘값이 같으면’으로.

교: 값이 같으면 붉은 치마. 속뜻은?

학3: 그때 붉은 치마가 좋았으니까, 같은 값이면 더 좋은 치마를 산다.

교: 네, 좋아요. 또 다른 사람?

학학: …….

교: 정답은 / / 방금 말한 학생이 정답을 말했습니다.

교: 자, 여러분들 거기에 쓰세요. 네, 속뜻은 같은 값이면 좋은 것, 화려한 것을 고른다.

교: ‘노갑이을(怒甲移乙)’ 하겠습니다. 자, 갑이 성내는데 을이 피한다. 속뜻은 도둑이 제 발 저리다. 자, 다르게 한 사람?

학: 겉뜻은 ‘갑이라는 사람이 성을 내니까 그게 옳아서 을이라는

사람이 성을 낸다.'이고 속뜻은 한 사람이 딴 사람에게 성을
내면 다시 전달해서 성을 낸다.

교: 네, 좋아요. 다른 학생?

학4: 겉뜻은 첫째가 성내면 둘째가 옮긴다.

교: 첫째가 성내면 둘째가 옮긴다? 어, 속뜻은?

학4: 종로에서 **뺨** 맞고 한강에서 눈 흘긴다.

교: 자, 중요한 것은 속뜻이에요. 갑이나 을은 특정한 사람을 지칭하
는 게 아니에요. 여기서 속뜻의 정답은 엉뚱한 데 화풀이 한다예
요. 정답을 맞힌 것으로 할게요. 겉뜻은 갑에게서 난 화를 을에게
옮긴다.

교: 자, 세 번째 하겠습니다. 아니, 두 번째 속담의 속뜻 써줘야 하
나? 종로에서 **뺨** 맞고 한강에서 화풀이 한다. 속뜻을 쓰세요.

문장의 풀이를 위해 A 교사가 취한 방법은 '逐字的 解釋'이다. 수
업 과정에서 교사가 문장의 풀이를 할 때 학생들로 하여금 고개를
들어 칠판을 주목할 것을 특히 요구하고 있다. "칠판을 보지 않아서
풀이하는 과정을 놓칠 경우, 풀이 자체를 외우려고 하기 때문"이다.
그래서 문장의 풀이는 외우는 것이 아니라 풀이하는 과정을 익혀서
풀이하는 방법 자체를 배워야 함을 강조하고 있다. 이 방법을 통해
문장을 읽으며 익히다 보면 저절로 풀이가 되고 문장이 익혀지는 것
이지, 따로 외우는 게 아니라는 점을 말하고 있다.

또한 "문장이 길 때는 글자 하나하나를 잘 분석해야" 하는 점을
강조하고 있다. 이 또한 단문에서 긴 문장으로 발전한 경우, 외워서
하는 풀이는 통하지 않고 문장 보는 법을 익혀서 풀이를 해야 함을
강조한 말이다. A 교사는 이러한 점을 강조하기 위해 지시봉이나 손

가락으로 글자 한 글자씩 짚어가며 풀이하는 방법을 취하거나 풀이 순서를 글자 아래에 ①, ②, ③, ④, ⑤ 등으로 표시하는 방법을 취하고 있다.

B 교사의 수업에서 1차 풀이는 직역 풀이이면서, 학생 혼자 해결한 풀이를 의미한다. 그리고 2차 풀이는 동료들과 검토를 거친 뒤의 수정된 풀이이거나 교사의 설명을 듣고 알게 된 올바른 풀이이다. 1차 풀이는 글자의 뜻을 좇은 풀이이므로, 기발하면서도 다양한 풀이의 예가 나온다. B 교사는 학생들의 1차 풀이가 올바른 풀이에서 많이 벗어난 풀이라 하더라도 즉시 답을 알려주기보다는, 학생들과의 대화를 통해 올바른 답을 끌어내려 노력한다.

여기서 짚고 넘어갈 것이 있다. 바로 본 연구에서 다루고 있는 문장의 범위이다. 중국에서는 한문을 이루는 단위를 語素·詞·詞組·句·句群으로 분류한다. 그것은 각각 형태소(morpheme)·단어(word)·구(phrase)·문장(sentence)·문결합(text)에 해당한다.[71] 한문을 문장을 구성하는 단위에 따라 구분한다면, 주로 하나의 漢字로 이루어지는 문장 구성의 최소 단위를 '어휘'나 '詞'라고 하며, 두 개 이상의 어휘나 詞가 모여 하나의 문장 성분을 이루는 것을 '句'라고 하며, 句가 주어나 서술어를 갖춰서 하나의 완전한 문장 구조를 이룬 것을 '節'이라 할 수 있다. 절에 문장의 종결을 표시하는 종결 부호가 붙는다면, 그것은 하나의 완결된 sentence, 즉 文章이라고 할 수 있

---

71) 심경호, 앞의 책, 74면. 참조. "한문 분석 용어의 대비 ① 語素: 형태소 (自由語素-자립형태소, 不自由語素-의존 형태소), ② 詞: 단어(單純語 -단순어, 合成語-합성어), ③ 詞組·短語·勒語: 구, ④ 句·句子: 문 ·문장, ⑤ 句群: 문결합"

다. 본 연구에서 다루는 문장은 句讀法의 한 방법인 句點으로 끊을 수 있는 부분까지를 의미한다. 즉 句, 節, 文章을 연구 범위로 한다.

句讀法은 글을 읽을 때 일정 단위마다 끊어 읽거나 쓰는 방법을 말한다. 漢文은 원래 끊어 읽기가 되어 있지 않은 형태의 글이므로, 토를 달아 읽거나 끊어서 읽게 되는데 이때 구두법을 따른다. 句讀點은 구두법의 한 방법으로 점을 찍어서 끊어 읽을 부분을 표시하는 것으로, 한문에서는 문장 마침을 표시하는 句點과 문장의 중간 쉼을 표시하는 讀點을 가리킨다.

5) 모르는 한자·어휘의 뜻을 문맥에 맞게 추론하기

⟡ '수업관찰자료 - A - 01'에 나타난 모르는 한자·어휘의 뜻을 문맥에 맞게 추론하기 활동

> 有一士人이 下往嶺南奴僕家라. 見其女奴하니 年少에 才色俱絶한대 而已屬村漢이나 士人이 勒令從行이라.

교: 어떤 한 선비가 영남의 종의 집에 내려갔다. 여기서 알아야 될 상식이 있는데, 어, 옛날의 선비. 지방의 선비들은 과거를 보러 한양에 와서 과거에 합격해 벼슬을 살게 돼. 그러면, 시골의 집을 이사할까? 놔두고 갈까? 놔두고 가지. 옛 사람들은 살아온 터전을 소중하게 여겨서 이사를 함부로 다니지 않았어. 그래서 선비의 집은 그대로 놔두고, 종들에게 관리를 맡기고, 서울에 와서 벼슬을 살아. 10년이고 20년이고 30년이고. 하다가 벼슬을

그만두게 되면 다시 고향으로 가는 거야. 낙향하는 거지. 지금 여기 나오는 선비도 시골집에, 그 종에게 관리를 맡긴 집에 가는 거지.

교: 자, 됐네. 다시 본문으로 돌아가서, 나이가 어린데, 재주 용모 모두 뛰어났다. 노비인데, 노비의 재주가 뭔지 모르겠지만, 뒤의 내용에 나오는데, 한시(漢詩)를 지어요. 당시에 한시를 지으면 굉장한 실력을 갖춘 거죠. 선생님도 못 지어, 한시. 한시를 지었다는 것은 노비이지만 재주가 아주 뛰어난 것이죠.

'이(而)' 뭐야? 말이을 이. 그럼 다음의 '이(已)'는 뭐야? 이게 문제요. 먼저 '속(屬)'은 뭡니까? '~~에 속하다'. '마을 촌(村)', '한(漢)'은 '나라이름 한'으로 조사되었지? 그런데 '한'은 '보통 남자'를 말해요. 사내들. '촌한'은 뭐야? '야 이 촌놈아!' 할 때의 '촌놈'이야. 이미 촌놈에게 속해 있다. 여기서 '촌놈에게 속해 있다.'는 말은 무슨 의미일까?

학: 결혼했다.

교: 그렇지. 결혼했다. 그럼, 이상하네. 결혼했다고 하지 왜 속해 있다고 할까? 노비잖아. 노비라는 개념은 말이죠. 사람이 아냐, 물건이야. 내 재산으로 매매할 수 있는 물건이야. 매매할 수 있는 것들이 무슨 결혼이야? 그래서 주인이 노비들은 그냥 짝을 맺어 줘 버려. 왜? 애를 많이 낳으라고. 애를 낳으면 뭐야? 또 노비가 되잖아. 그래서 그냥 사는 거지, 결혼이 아냐. 아주 천한 신분이라는 거지. 이미 촌놈에게 속해 있다는 거야. 그런데 주인의 입장에서는 남의 여자라는 생각이 안 들고 내 재산인 거지.

漢文은 그것이 가진 고유의 특성상 한 글자, 한 단어, 한 구절 등이 특정한 의미를 가지고 문장 속에 사용되는 경우가 많다. 그것은 典故일 수도 있고, 심오한 思想을 담고 있을 수도 있고, 시대 배경을 표현할 수도 있다. 그래서 축자 풀이만으로는 글의 의미를 100% 이해하기 힘든 경우가 많다. 그래서 글의 외면에 드러난 정보를 찾아 문장을 일차적으로 풀이한 후에 글의 외면에 드러나지 않은 의미까지 파악해야 한다.

이 단계에 들어서면, 자신의 배경지식을 끌어 오거나 다양한 독해 전략을 사용하게 된다. 이 단계에서 '모르는 한자·어휘의 뜻을 문맥에 맞게 추론하기', '문맥 파악하기(속뜻 풀이 / 의역)', '내용 예측하기', '질문하기', '생략된 내용 추론하기', '典故 파악하기' 등의 독해 활동이 드러난다.

이러한 독해 활동은 외면에 드러난 의미를 이해하는 활동과는 구별된다. 한문과에서 글 이해는 그 글에 대한 배경지식 – 작가, 작품이 창작된 당시의 시대적 상황, 글에 사용된 각종 典故 – 이 없다면, 글의 외면에 드러난 의미만을 이해할 수 있거나 또는 외면에 드러난 의미마저도 이해하기 힘든 경우가 대부분이다. 따라서 한문과의 독해 활동은 글의 層位를 두 개로 나누어서 살필 필요가 있다.

두 개의 층위는 텍스트의 외면에 드러난 일차적인 의미를 파악하는 활동에 관련된 것과 텍스트의 외면에 드러나지 않은 이차적인 의미를 파악하는 활동, 즉 텍스트의 裏面에 담긴 내용을 파악해야 하는 활동에 관련된 것이다. 한문 독해 활동은 크게 일차적 의미 파악 활동과 이차적 의미 파악 활동, 그리고 이 두 개의 층위를 매개하는 과정으로 이루어진다고 할 수 있다.

위의 두 가지 상황을 보면, '시골집에 내려간' 이유와 '속했다'라는 표현에 대한 설명이 있다. 학습자는 이러한 배경까지를 염두에 두고 풀이해야 본문의 학습 목표를 성취했다고 할 수 있다. 본 연구에서는 이렇게 외면에 직접적으로 드러나지 않은 의미까지 파악해 읽는 것을 '깊게 읽기([精讀])'라 명한다.

6) 구조 파악하기

◯●'수업관찰자료 - B - 04'에 나타난 구조 파악하기 활동

교: 자, 구름의 뜻을 바란다는 아니라니까요, 여러분. 오늘 해석의 핵심이 있어요. 앞의 두 자를 하고 뒤의 두 자를 하는 게 훨씬 자연스러워요. 이 '두 자 두 자'가 오늘의 핵심이에요

학: 구름을 보며 정을 알다.

교: 네. 다른 의견

학: 구름을 보며 뜻하게 되다

교: 네. 이것은 선생님이 답을 이야기할게요. '구름을 바라보는 심정'. 지금 겉뜻 하고 있다고 얘기했습니다. '지(之)', '~하는', 지의 용법 매우 중요한 것입니다. 그럼 속뜻은 뭘까요? 여기는 '그리워하다'라고만 했네. 더 보충해야겠는데, 뭘까요?

학: 타지에서 부모를 그리워하다

학: 옛정을 그리워하다.

교: 또? // 고사를 읽어보면 어떤 게 정답일까?

학: 타지에서 부모님을 그리워하다.

교: 그렇죠. 타지에서 부모님을 그리워하는 마음입니다. 적어 놓으세요. 지금 잘 대답했죠. 모둠 스티커 한 장. 기회는 계속 있어요.

교: 자, 그럼, 다음, '결초보은(結草報恩)'. 두 자 두 자가 되는지 확인합시다. 풀을 묶어, 됐고. 은혜를 갚다, 됐네요. 풀을 묶다.

학: 은혜를 갚다.

교: 맞아요. 두 자 두 자 묶어서 잘되었네요. 아주 잘했어요. 자, 속
　　뜻은 뭘까?
학: 은혜를 갚으면 좋다.

　본문을 풀이하는 데 있어 문장의 구조를 파악하는 것은 글자의 뜻
을 좇아 일차적인 풀이를 하는 것만큼 중요한 활동이다. 문장의 구
조를 파악해야 비로소 제대로 된 풀이를 할 수 있기 때문이다.
　B 교사는 '望雲之情'을 풀이할 때 학생들이 之의 앞뒤 글자를 붙
여서 풀이하려는 경향이 아주 강한 것을 발견한다. 교사가 이를 해
결할 수 있는 많은 시간을 제공했지만, 학생들이 답을 찾지 못하자,
성어의 구조를 이야기한다.

7) 반복하여 읽기

　❛'수업관찰자료 – A – 02'에 나타난 반복하여 읽기 활동
　교: 자 주목, 자 해석합니다. 따라서 읽습니다.
　교: 오문(吾聞)하니
　학: 오문하니
　교: 중국인(中國人)은 원생(願生) 고려국(高麗國)하여 일견(一見) 금
　　　강산(金剛山)이라.
　학: 중국인은 원생 고려국하여 일견 금강산이라.
　교: 나는 중국인이 고려국에 태어나 금강산을 한번 보길 원한다고
　　　들었다.
　학: 나는 중국인이 고려국에 태어나 금강산을 한번 보길 원한다고

들었다.

〈중 략〉

교: 자, 한번만 더 하고 시켜 보겠습니다. 준비해라. 처음 시킬 때
　　여러분들이 나와서 해보는 게 좋죠.

교: 나는 중국인이 고려국에 태어나

학: 나는 중국인이 고려국에 태어나

〈중 략〉

교: 이번엔 내가 짚기만 할 테니까, 여러분들이 천천히 해석해보면
　　되겠습니다.

(교사가 글자를 짚어 나가면, 학생들이 함께 해석한다.)

　이 활동은 자구 풀이와 문장 구조 파악에 대한 학습을 마치고 배
운 내용을 읽는 활동이다. 이 과정에서 본문을 반복적으로 읽는데,
최소한 4번 이상 읽는다. 우선 판서 내용이 그대로 기재된 상태에서
교사가 교과서의 토가 달린 곳을 기준으로 먼저 음독하고 풀이하면,
학생이 따라 한다. 그 다음에, 학생은 풀이만 따라 한다. 그 뒤 학생
1~2명이 나와서 음독하고 풀이한다. 이때 解釋은 지시봉으로 글자
를 짚어 가면서 진행하되, 축자 해석을 원칙으로 한다.

　다음으로 판서 내용 가운데 본문만 남겨 두고 나머지 내용－개별
한자의 음과 뜻, 중요 내용 표시, 어구 풀이 등－을 모두 지운다. 본
문만 남겨진 상태에서 다시 교사가 짧게 끊어서 먼저 읽은 후 학생
은 따라 한다. 그 다음에는 교사가 지시봉으로 짚어 나가면, 학생들
각자가 지시봉이 짚어 나가는 순서에 따라 해석을 한다. 이와 같은
순서로 최소한 4번을 되풀이하여 읽는다. 본 연구에서는 이렇게 되
풀이하여 읽는 것을 '반복하여 읽기([復讀])'라고 명한다.

그렇다면 이와 같이 되풀이하여 읽는 이유는 무엇일까? 학생들은 반복해서 읽는 활동을 통해 문장 해석을 어렵게 느끼지 않고 글귀를 입에 익숙하게 할 수 있기 때문이다.

A 교사는 다른 수업에서도 마찬가지이지만, 50분 수업 동안 본문을 자주 반복하여 읽는다. 자구를 학습할 때도 수업 중간 중간에 본문의 처음부터 다시 풀이를 하고 따라 읽는 활동을 한다. 이러한 활동은 학습자들이 문장을 자주 따라 읽음으로써 보다 익숙하게 문장을 자신의 것으로 하는 데 도움이 된다고 할 수 있다. B 교사의 경우도 마찬가지이다.

이상의 분석을 정리하면 〈그림 21〉과 같다.[72]

---

72) 〈그림 21〉에서 X축은 '난이도', Y축은 '활동 빈도'이다. 즉 '바르게 소리 내어 끊어 읽기'는 필수 활동이면서, 난이도는 낮고, 수업에서 시행 빈도가 가장 높은 활동이다. 반대로 '모르는 한자·어휘의 뜻을 문맥에 맞게 추론하기'는 난이도가 가장 높으면서 시행 빈도가 다른 활동에 비해서 상대적으로 낮은 활동이다. 이 그림에 의하면 굵은 글씨로 표시된 활동들은 시행 빈도가 높은 활동이므로 '독해 활동'에서 필수적으로 이루어지는 활동이라고 볼 수 있으며, 굵은 글씨로 표시되지 않은 활동들은 선택적으로 이루어지는 활동이라고 볼 수 있다. 본 연구에서 다루지는 못했지만, 독해 활동에서 각각의 구성 요소가 차지하는 비중에 대한 연구가 후속된다면, 그림 안에서의 박스 크기가 활동 비중에 따라 각기 달라져서 독해 활동에 있어서 각 구성 요소의 비중을 파악할 수 있다. 연구자의 향후 과제로 삼고자 한다.

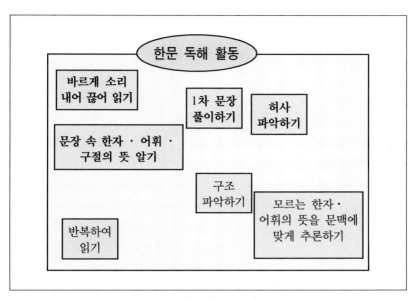

〈그림 21〉 한문 독해 활동

■ 2. 한문 독해 교수학적 내용 지식

교사는 자신이 알고 있는 교과의 내용을 학생들이 알기 쉽도록 변환하는 과정을 거쳐 학생에게 전달한다. 이 과정에서 교사의 내용 지식(Content knowledge)이 교수 지식(Pedagogical knowledge)으로 바뀌어 학생들에게 전달된다. 이처럼 바뀌어 전달되는 과정에서 교사의 전문성이 드러난다. 한문 교사는 자신의 교과에 대한 가치관, 한문과의 내용에 대한 이해를 바탕으로 교수 목표를 선정하며, 선정된 교수 목표에 따라 가르칠 내용과 가르치는 방식을 결정한다. 또한 가르친 뒤에는 自己反省을 거친다. 이러한 과정은 의도적으로 진행될 수도 있지만, 교사 자신도 자각하지 못한 채 진행될 수도 있다. 교수 경험이 쌓일수록 이러한 과정은 지속적으로 반복되면서 교사 자신의 實踐知로 형성된다.

교수학적 내용 지식은 이처럼 교사가 경험을 통해 차곡차곡 쌓아가며 가르치는 방법에 대한 지식이다. 부연하면, 특정한 교수 상황에서 특정한 학습자에 대한 이해를 바탕으로 특정 영역(漢文科를 예로 들자면, 한문 독해·한문 지식·한시 감상 등)이나 특정 주제에 대해 수업할 때, 해당 교수 목표를 가장 효과적으로 달성할 수 있는 교수법에 관한 체계적인 노하우이다.

교수학적 내용 지식이 어떤 영역으로 구성되는가는 교과별로 다를 수 있지만, 일반적으로 교과 내용 지식, 교수 방법에 대한 지식, 학생에 대한 지식 등이 공통으로 포함된다. PCK와

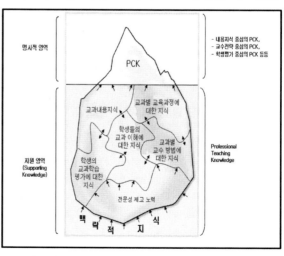

〈그림 22〉 PCK와 전문 지식 영역과의 관계

교사의 전문 지식을 구성하는 범주들 간의 관계를 그림으로 나타내면 〈그림 22〉과 같다. 〈그림 22〉에서 볼 수 있듯이, 개별 교사의 수업 실천에서 명시적으로 드러나는 PCK의 아래에는 다양한 교사 전문 지식 영역들이 거대한 빙산 덩어리를 이루며 빙산의 일각으로 PCK를 뒷받침하고 있다(이화진 외, 2006: 124~125).

본 연구는 II장 4절에서 제시한 것처럼, 독해 교수 활동에서 '교과 내용에 관련된 교수학적 내용 지식'과 '교수 방법에 관련된 교수학적 내용 지식'을 찾고자 한다. 그래서 '교과 내용에 관련된 교수학적 내용 지식'은 수업 목표의 설정, 내용의 변환으로 구분하여 찾고, '교수 방법에 관련된 교수학적 내용 지식'은 학습 활동의 선정, 학습 자료의 사용으로 구분하여 찾고자 한다. 교수학적 내용 지식은 교사 지식을 기초로 한 교사 활동이 주요한 특성을 나타내며, 여기에 수업 의도, 학생 지식, 상황 요인 등이 주요한 요인으로 관련된다(이화진 외, 2006: 128).[73]

'수업 목표의 설정'은 교과 내용을 통해 학생들이 배우길 바라는 것을 정하는 것이다. '내용의 변환'은 교사가 가진 교과 내용에 관한 지식을 학생들에게 가르치기 위한 지식으로 변환하는 것이다. '학습 활동의 선정'은 학생들이 교과의 내용을 교사와 함께 학습하고 수행할 수 있는 적절한 행동을 정하는 것이다. '학습 자료의 사용'은 학생들이 학습하면서 직접 사용하거나 간접적으로 체험하도록 구체적인 자료를 이용하는 것이다. 이를 정리하면, 〈표 22〉와 같다.

---

73) 위의 책, 128면.

<표 22> 교수학적 내용 지식의 내용 체계

대항목	소항목	설 명	비 고
교과 내용에 관련된 교수학적 내용 지식	수업 목표의 설정	해당 지식에 대해 학생들이 배우길 바라는 것 또는 배워야 할 목적을 정하는 것	
	내용의 변환	교사가 알고 있는 지식을 학생들에게 가르치기 적당하도록 바꾸는 것	
교수 방법에 관련된 교수학적 내용 지식	학습 활동의 선정	학생들이 배우면서 수행할 수 있는 다양한 활동 가운데 해당 교수 내용에 가장 적절한 행동 등을 정하는 것	
	학습 자료의 사용	학생들이 배우면서 다루게 될 구체적인 재료	

이제 앞 절에서 분석한 결과와 같이 수업 시간에 드러난 독해 교수 활동을 기반으로 하여 한문 독해 교수학적 내용 지식을 추출하고자 한다.74) 교수학적 내용 지식은 교과의 특정 영역에 관련된 교수학적 내용 지식뿐만 아니라 일반적인 영역에 대해서도 추출할 수 있지만, 본 연구에서는 연구 대상인 독해에 관련된 교수학적 내용 지식에 초점을 둔다. 특히 한문 독해 교수 활동 가운데 '1차 문장 풀이하기'를 예로 들어, 문장의 뜻을 일차적으로 풀이하는 수업 활동에는 어떤 교수학적 내용 지식을 찾을 수 있을지 제시하겠다.

'1차 문장 풀이하기'의 수업 목표는 이미 알고 있거나 새로 알게 된 한자의 음과 뜻에 관한 지식을 바탕으로, 풀이하려는 문장에서 사용된 한자의 음이나 뜻을 알 수 있게 하는 것이다. 다음으로 한자의 뜻을 좇아 풀이하되, 한자의 뜻이 자연스럽게 연결되도록 하는

---

74) 앞 절에서 분석한 독해 활동은 <그림 21>과 같다.

것이다.

〈그림 23〉을 보면, 학습자는 '水魚之交'와 '難兄難弟'의 겉뜻과 속뜻을 적는 활동을 하고 있다. '水魚之交'의 겉뜻은 '물과 물고기가 서로 만난다.'로 쓰고 속뜻은 '물과 물고기처럼 떨어질 수 없는 관계'로 쓴다. '難兄難弟'의 겉뜻은 '형도 어렵고 아우도 어렵다'로 쓰고, 속뜻은 뭐라고 적었다가 펜으로 직직 그어 지운다. 겉뜻을 쓰는 활동이 '1차 문장 풀이하기'라고 할 때, 이 학습자는 한자의 뜻

〈그림 23〉 1차 문장 풀이하기

을 알고 있다고 볼 수 있는데, 문장에 해당하는 한자의 뜻이나 각 한자의 뜻을 자연스럽게 연결하여 문장을 풀이하는 데 어려움을 갖고 있다. 위의 두 성어를 올바르게 풀이하기 위해서는 '水魚之交'의 '之'가 수식을 나타내는 허사로서 '~의'라는 뜻으로 쓰였다는 것을 알아야 하고, '難兄難弟'의 '兄'이나 '弟'를 동사로 보고 '형이라 하다', '아우라 하다'로 풀이하면 문장이 자연스럽게 연결된다는 것을 알아야 한다. 이것이 바로 '1차 문장 풀이하기'의 수업 목표이다.

'1차 문장 풀이하기'의 내용 변환은 한자의 음과 뜻, 한자의 여러 가지 음과 뜻 가운데 문장에 쓰인 음과 뜻, 한자의 품사, 축자적 풀이 등 교사가 가진 교과 내용 지식을 학생들이 효과적으로 학습할 수 있는 최적의 가르칠 지식으로 바꾸는 것이다. 최적의 가르칠 지식이 정답처럼 정해져 있는 것은 아니다. 능숙하게 가르칠 수 있는 교사의 실천지를 발굴하고 수집하는 과정을 통해 적절한 교수학적

내용 지식을 모을 수 있다.

본 연구에서는 '1차 문장 풀이하기'의 교수 활동을 통해 한자의 용례를 들 때 현재 자주 사용되는 한자어를 활용하기, 문장에 해당하는 뜻으로 쓰이는 또 다른 용례를 예로 들기, 문장 안의 위치에 따라 달라지는 한자의 뜻이나 역할 소개하기, 글자의 뜻을 좇아 풀이하되 그 연결이 자연스럽게 이어지기 등을 찾을 수 있었다.

'1차 문장 풀이하기'의 학습 활동은 탐구 활동 중심의 교수·학습, 학생의 자유로운 축자 풀이 허용, 학생 상호간의 검토, 교사의 바른 풀이를 보고 자신의 잘못된 풀이를 바로잡기, 교사의 풀이를 따라 읽기 등을 선정할 수 있다. '1차 문장 풀이하기'의 학습 자료는 자기 주도적인 자전 활용, 허사나 특이하게 사용된 한자를 표기하기 위한 색깔 분필의 적극적인 사용 등을 들 수 있다. 이를 정리하면 〈표 23〉과 같다.

〈표 23〉 '1차 문장 풀이하기'의 교수학적 내용 지식

소항목	'1차 문장 풀이하기' 의 교수학적 내용 지식		
수업 목표의 설정	문장에 쓰인 한자에 해당되는 음, 뜻을 알고, 逐字 풀이를 할 수 있다.		
내용 변환	1. 한자의 음과 뜻 2. 개별 한자가 가진 다양한 음, 뜻 가운데 문장에 쓰인 음과 뜻 3. 한자의 품사 4. 축자적 풀이	→	1. 한자의 용례를 들 때, 현재 자주 사용되는 한자어 활용하기 2. 문장에 쓰인 뜻으로 쓰인 다른 용례 예로 들기 3. 문장 안 위치에 따라 달라지는 한자의 뜻이나 역할 소개하기 4. 글자 뜻을 좇아 풀이하되, 자연스럽게 연결되기
학습 활동 선정	1. 탐구 활동 중심의 교수·학습 2. 학생의 자유로운 축자 풀이 허용 3. 상호 검토 4. 교사의 바른 풀이를 보고, 잘못된 풀이 바로잡기 5. 따라 읽기		
학습 자료 사용	1. 자기 주도적인 자전 활용 2. 허사나 특이하게 사용된 한자를 표기하기 위한 색분필의 적극적 사용		

VI　結　論

Ⅵ. 結 論

　본 연구는 중·고등학교 한문 수업에서 독해를 어떻게 가르치는지 알아보고자 한 것이다. 이를 위해 교사와 학생 간의 교수·학습이 이루어지는 수업을 관찰했다. 관찰 결과, 개별 교사가 해당 내용을 가르쳐 본 경험(교수학적 내용 지식)이 수업 양상에 중요하게 작용함을 알게 되었다. 수업 관찰을 통해 해당 교과 고유의 교수학적 내용 지식을 찾고 이를 체계적으로 정리하는 작업은 한문과 교육에 관한 연구의 礎石을 놓는 작업이라 할 수 있다. 본 연구를 통해 한문과 교육에 관한 연구와 이론의 기반인 한문과 수업의 실제에 대한 관심이 높아지길 기대하며, 한문과 수업에서 교수학적 내용 지식에 대한 연구 또한 풍부해지길 기대한다. 이제 연구문제를 중심으로 본 연구의 결과를 정리해 보겠다.

〈연구문제 1〉
두 교사의 한문과 수업에서 드러난 독해의 특징적 양상
〈연구문제 2〉
독해 양상을 통해 찾을 수 있는 독해 교수학적 내용 지식

A 교사의 수업은 교과서와 교육과정에 매우 충실하다. 그리고 '직접 교수법'에 의한 수업 방법을 취한다고 볼 수 있다. 수업 분석을 통해 드러난 A 교사의 수업은 다음과 같은 양상을 보였다.

첫째, A 교사는 '직접 교수법'에 의해 교과서의 내용을 교과서의 순서에 따라 차근차근 학생들에게 설명했다. A 교사는 학생들의 참여를 적극적으로 끌어내지 못한 점을 보완하기 위해 두 가지 장치를 활용했다. 하나는 '예습을 통한 한자의 음과 뜻 조사하기' 숙제를 반드시 확인하는 것이고, 다른 하나는 수업 중 '수시로 질문 던지기' 기법을 이용하는 것이다. A 교사의 수업은 이와 같은 장치를 통해 학생들의 반응 횟수가 비교적 잦은 편이었다.

둘째, A 교사의 원문 풀이 수업은 크게 세 단계로 나눌 수 있었다. 칠판에 원문을 적는 활동인 '판서', 지명이나 인명 등의 고유명사를 구별한 후 逐字的인 풀이를 하는 활동인 '1차 풀이', 드러나지 않은 의미까지 파악하는 활동인 '2차 풀이'이다. 축자 풀이는 A 교사의 수업에서 드러난 주요 특징 중의 하나이다. 축자 풀이와 동시에 원문에서 끊어 읽을 부분에 사선(/) 표시를 했다. A 교사가 원문을 풀이하면서 보여준 '사선을 그어 끊어 읽을 곳 표시하기', '축자 풀이', '직독직역', '우리말 어순에 맞게 번호 달기' 등의 활동은 모두 학생들의 풀이 과정을 직·간접으로 도왔다. A 교사는 이러한 활동을 통해 원문의 순서에 충실한 풀이 과정을 학생들에게 보여 주었다. 이러한 교수 활동은 학생으로 하여금 한문 문장을 접했을 때 곧바로 읽고 곧바로 풀이할 수 있는 요령을 익히게 하려는 의도가 있으며, 활동의 최종 목표는 '독해 능력 신장'에 있었다.

셋째, A 교사의 수업에서 드러난 특징 중 의미 있는 또 하나는

'반복해서 따라 읽게 하기'이다. A 교사는 본문을 가급적 짧게 끊어 읽고, 학생들에게 소리 내어 따라 읽게 했다. 그 뒤, 본문의 풀이 또한 짧게 끊어서 들려주고, 학생들에게 소리 내어 따라 하게 했다. 이때 반드시 손가락이나 죽비를 이용해 글자를 짚어 가면서 해석했다. A 교사의 수업에서 '반복 읽기'는 무척 큰 비중을 차지했다. 특히 정리 단계에서 집중적으로 이루어지는 A 교사의 '따라 읽고 풀이하기' 활동은 50분 수업 가운데 약 15분 정도의 시간을 차지할 정도로 주요한 활동이다. A 교사의 이러한 활동의 최종 도착 지점은 학생 스스로 본문을 풀이할 수 있도록 하는 것이라 할 수 있다.

A 교사의 '반복해서 따라 읽기'에서 학생들이 자연스럽게 익히는 것은 또 있었다. 바로 '바르게 끊어 읽기'이다. A 교사가 끊어 읽기를 반복해서 보여 주는 것은 '끊어 읽기'가 한문 학습에 있어서 매우 중요하기 때문이다. 구두를 통해 끊어 읽는 것은 문장의 일차적 풀이나 의미 이해와 관련이 깊다. '半飜譯'이라고 표현할 수 있는 구두를 바르게 잘 끊어 읽는 것은 글의 내용을 이해하는 데 매우 중요한 요소임을 알 수 있었다.

넷째, A 교사의 수업에서 위의 내용 외에 발견할 수 있는 것으로는, 교과서에 소개된 지문이나 한문을 기반으로 한 이야기를 통해 학생들의 사고력이나 논리력을 키워줄 수 있다는 점, 독해를 잘하기 위해선 본문의 풀이와 직접적인 관련이 있는 정보 외에 다양한 정보를 알아야 하는 점, 아이들에게 익숙하고 친근한 것으로 수업 내용과 연관시키려 한 점 등이었다.

다섯째, A 교사의 수업에서 사용한 교재를 분석한 결과, 학생들의 호기심을 자극하여 학습 활동을 이끌어낼 수 있도록 비교적 잘 구현되어 있었다. 하지만, 교재로 사용된 교과서의 단원 체제를 분석한 결과, 교과서 내에서 독해와 관련된 학습 요소가 충분하게 다뤄지지 못했다.

B 교사의 수업은 학생의 활동을 통해 대부분 이루어진다. 교사는 학생의 학습 활동을 돕는 조력자에 가깝다. 또한 B 교사는 교과서를 사용하지 않고 본인의 교수학적 내용 지식을 적용시킨 학습지를 수업 교재로 사용한다. 수업 분석을 통해 드러난 B 교사의 수업은 다음과 같은 양상을 보였다.

첫째, B 교사는 '협동학습'에 의해 학생 활동이 주가 되는 한문 수업을 진행했다. 협동학습은 소집단의 구성원들이 공동 목표를 성취하기 위해 동료들과 함께 학습하는 구조화된 수업 형태이다. 특히 B 교사의 수업 방식은 협동학습의 다양한 모형 가운데 '함께 학습하기(Learning Together; LT)' 모형에 해당한다. 이러한 학습 모형은 학생들의 협동적 행위에 대해 보상을 줌으로써 협동을 격려하고 조장한다. 협동학습은 학습 활동을 수행할 때 학생 개인의 학습 목표와 동료들의 학습 목표가 동시에 최대한 성취될 수 있도록 학생들 간의 상호작용과 역할 보완성을 활성화시키려는 학습 방법 중의 하나이다. 학생들의 활동을 전제로 한 B 교사의 수업을 통해, 학생들은 능동적이고 적극적인 태도로 학습에 임했다.

둘째, 한자의 음과 뜻을 찾는 기본적인 단계에서부터 학생들이 활동에 열심히 참여했다. 이러한 장면을 가능하게 한 장치는 '모둠별 스티커'와 '타이머'였다. '모둠별 스티커'는 각자에게 맡겨진 과제를 모둠원 모두가 수행했을 때 받을 수 있는 일종의 강화제이다. 교사는 모둠 활동이 한 가지씩 완료될 때마다 이 스티커를 '모둠 상황판'에 붙였다. 스티커는 중학교 학생들에게 매우 훌륭한 강화제가 되어 학생들로 하여금 수업에 능동적으로 참여하도록 만들었다. '타이머'는 B 교사의 수업에서 매우 중요한 도우미이다. B 교사는 타이머를 이용하여 모둠 활동을 하기 전에 항상 제한 시간을 정했다. 이 제한 시간은 모둠 활동이 엉뚱한 방향으로 빠질 가능성을 최소화하는 데 일조했다.

셋째, B 교사의 원문 풀이 활동은 크게 '학습지 배부', '개별 풀이', '상호 검토', '발표 및 교사의 해설'의 순서로 나눌 수 있었다. '학습지 배부'는 학생들이 개인 학습지 및 모둠별 학습지를 받는 것이고, '개별 풀이'는 모둠원 각자가 동료의 도움 없이 해당 차시에 배울 문장의 겉뜻과 속뜻을 풀이하는 활동이다. '상호 검토'는 모둠원 각자가 자신의 풀이가 맞는지 동료들과 상호 검토하는 과정으로, 이때 활발한 토론이 일어났다. 상호 검토를 하는 이유는 자신의 풀이를 공유하기 위해서이다. 상호 검토를 통해 모둠원과 공유하여 수정된 풀이는 모둠에서 공식적으로 인증한 풀이였다. '발표 및 교사의 해설'은 상호 검토를 거쳐 정해진 본문 풀이를 발표하고, 교사가 바른 풀이를 설명해 주는 활동으로, 이때 바른 풀이는 하나의 정답만을 인정하는 것이 아니라, 학생들의 풀이 가운데 정답의 범위에 들어가는 것은 모두 바른 풀이로 인정해 주었다. 학생들은 '개별 풀이', '상호 검토'로 이어지는 일련의 활동을 통해 교사의 수업을 수동적으로 따라가는 학습이 아니라 자신이 계속 생각하는 학습을 했다.

넷째, B 교사의 수업에서 드러난 특징 중 의미 있는 또 하나는 교사와 학생들 간의 몇 가지 신호였다. 이 중 자주 드러나는 신호는 두 가지였다. 첫 번째 신호는 '완료' 신호이다. 한자의 뜻을 다 적은 모둠은 '하나 둘 셋, 짠짠짜잔'이라고 소리 내어 말하며 박수를 쳤다. 이러한 행동은 교사가 사용하는 '타이머'와 마찬가지 의미를 가지면서, 다른 모둠의 학생들이 수업 외 다른 행동에 빠지지 않도록 하는 효과도 있다. 처음 완료 신호를 보내는 모둠에 이어 여타 모둠에서도 연이어 '완료' 신호를 보낸다. 완료하지 못한 모둠의 구성원에게 다른 모둠의 완료 소리는 더 크게 들린다. 그 소리는 자신의 모둠이 아직 완료하지 못했다는 점을 일깨우게 하여, 작업 완료를 독촉한다. '완료 신호'는 수업 활동에 집중하게 만드는 요인의 하나이다.

두 번째 신호는 '중지' 신호이다. B 교사는 학생들이 토론에 너무 몰입한 나머지, 타이머의 종료 신호를 못 듣고 계속 토론을 하자, '따닥 닥'이라고 박수 신호를 보냈다. 이 박수 신호는 완료 신호로 사용된 박수와 비교할 때, 박수 횟수나 리듬이 다르다. 학생들은 이 박수 소리를 듣자, 하던 행동을 멈추고 교사의 신호를 따라 했다. B 교사의 수업 분위기가 붕 뜬 것 같으면서도 학생들과의 소통이 비교적 잘 되는 것은 이와 같이 교사와 학생이 미리 정한 몇 개의 신호를 통해 지킬 행동을 약속하고, 그 약속이 지켜지면서 수업이 진행되기 때문이었다.

다섯째, B 교사의 수업은 수업 모형과 수업 방법 측면에서 두 가지 중요한 특징을 가지고 있었다. 첫 번째 특징은 '수업 모형' 측면에서 B 교사의 수업은 한자를 학습하고 문장으로 나아가는 방식이 아니라, 문장을 먼저 학습하되 문장을 이해하기 위해서 한자를 학습하는 '하향식' 모형에 가깝다는 점이다. 문장을 학습하기 위해 한자의 음과 뜻을 파악하는 활동은 문장 독해 과정에서 先後의 관계라기보다 相互補完의 관계라고 이해할 수 있다. 두 번째 특징은 '수업 방법' 측면에서 B 교사의 수업은 일방적인 전달 방식이 아니라 문답을 통한 답 찾기 방식이라는 점이다. 학생들이 설령 잘못된 풀이를 하더라도 교사가 즉시 판정하지 않는다. 학생들에게 묻고 학생들과의 문답을 통해 잘못된 것임을 스스로 발견하게 하여, 최종적으로 학생들의 해석이 수정되도록 조정했다.

여섯째, B 교사의 수업에서 위의 내용 외에 발견할 수 있는 것으로는, '소리 내어 따라 읽기' 활동을 통해 바르게 독음할 수 있고 바르게 끊어 읽을 수 있다는 점, 모둠원 간에 학습지를 돌려서 읽는 활동을 통해 자기가 담당하지 않은 본문에 대한 학습이 이루어지도록 하는 점, 학생들에게 친근한 것으로 예를 들어 원문을 설명하는 점 등이었다.

일곱째, B 교사의 수업 자료는 학생들의 한문 독해력을 높이는 데 초점이 맞춰져 있으며, 철저히 개별화되어 있으면서도 다양한 학습 결과가 나오도록 되어 있어서 구성원 간의 긍정적인 상호의존성을 형성하는 데 도움이 되었다. 이러한 수업 자료는 중학교 학생들도 한문 독해를 중심으로 하는 수업이 가능함을 보여주는 증거라 할 수 있다. 제6차·제7차 한문과 교육과정에서 중학교 한문과 교육이 한자·한자어 위주였음을 부인할 순 없다. 새 교육과정이 한문 독해 능력을 가장 기본이 되는 요소로 앞세운 만큼 중학교 한문과 교육 또한 문장 위주의 수업이 이루어져야 하며, 문장 중심의 학습 활동으로 구성된 교재가 개발되어야 한다.

두 교사의 수업에서 나타난 독해 교수 활동을 정리하면 다음과 같다.

첫째, '바르게 소리 내어 끊어 읽기'는 소리 내어 큰소리로 읽되,

붙여서 읽을 곳과 떼어서 읽을 곳을 정확히 구별하여 토를 달아 읽는 활동이다.

둘째, '문장 속 한자·어휘·구절의 뜻 알기'는 본문 풀이를 위해 문장을 구성하는 한자나 어휘, 구절의 뜻을 파악하는 활동이다.

셋째, '허사 파악하기'는 문장 속에서의 虛辭를 짚어 주고 그 허사의 역할을 알려주는 것으로, 학생들이 비교적 어려워하는 영역이기 때문에 교사가 직접 설명해 주는 활동이다.

넷째, '1차 문장 풀이하기'는 낱글자 하나하나의 뜻을 충실히 좇아 해석하는 逐字的 풀이하는 활동인데, 두 교사는 글자 아래에 ①, ②, ③ 등으로 풀이 순서를 표시하거나 지시봉·손가락 등으로 짚어 가며 풀이하는 방식을 취한다.

다섯째, '모르는 한자·어휘의 뜻을 문맥에 맞게 추론하기'는 글의 외면에 드러난 정보를 찾아 문장 풀이를 수행한 후, 외면에 드러나지 않은 의미까지 파악하는 활동으로, 여기에는 글의 典故를 파악하거나 작품이 창작된 당시의 시대적 상황에 대해 이해하는 활동까지 포함된다.

여섯째, '구조 파악하기'는 허사의 용법, 어구 풀이 등을 종합하여 문장의 구조를 파악하는 활동이다.

일곱째, '반복하여 읽기'는 자구 풀이와 문장 구조 파악을 마친 뒤 교사와 학생이 반복해서 읽는 활동으로, 교사는 한번 반복해서 읽기를 완료할 때마다 본문 외의 학습 정보-개별 한자의 음과 뜻, 중요 내용 표시, 어구 풀이 등-를 차례차례 지우면서 진행한다.

이러한 독해 교수 활동을 통해 독해 교수학적 내용 지식을 찾았다. 교수학적 내용 지식은 교사 지식을 기초로 한 교사 활동을 주요한 특성으로 하며, 여기에 수업 의도, 학생 지식, 상황 요인 등이 주요한 특성으로 관련되므로, 이러한 것들을 반영하여 독해 교수학적 내용 지식을 찾고자 했다.

본 연구에서는 특히 '1차 문장 풀이하기'를 예로 들어 수업 시간에 드러난 독해 활동을 기반으로 하여 문장의 뜻을 일차적으로 풀이하는 수업 활동에서 찾을 수 있는 한문 독해 교수학적 내용 지식을 〈표 23〉과 같이 제시했다.

이 연구는 행위자의 사회적 행위가 일어나는 곳에서 그 행동이 갖는 즉시적인 의미를 탐색하는 것으로, 연구의 목적이 '가설 검증'과 '예언'에 있지 않고, '의미 발견'과 '이해'에 있다. 또한 일반화될 수 있는 법칙이나 명제를 밝히려는 것이 아니라, 특정한 상황 속에서 이루어지는 실재(reality)에 대해 그 안의 구성원들이 어떤 의미를 부여하는지를 기술하고 이해하는 데 목적이 있다. 이러한 목적 아래 중·고등학교 한문과 수업 양상을 교재와 교수 활동 등으로 나눠 분석하고, 독해와 관련된 교수학적 내용 지식을 찾고자 했다. '수업 관찰'을 통한 이 연구는 교사와 학생이 서로 소통하는 교실의 모습을 실제적이고 경험적으로 밝힐 수 있었다.

漢文科의 讀解를 食事에 비유한다면, 요리사인 옛 선인들이 잘 차려 놓은 밥상을 받아서 손님인 독자가 맛있게 먹는 것이라고 할 수 있다. 잘 차려 놓은 밥상의 음식이 먹기도 좋고 보기도 좋은 음식일 수도 있고, 먹기는 힘들지만 건강에는 매우 좋은 음식일 수도 있다. 요리사는 음식을 통해 외부와 소통하듯이, 글쓴이는 글을 통해 외부와 소통한다. 이러한 비유를 '교사'로 확대해 본다면, 교사는 밥상 위의 음식과 밥상 앞의 손님을 연결하는 테이블 매니저라고 볼 수 있다. 테이블 매니저의 역할은 손님이 요리사의 음식을 최대한 즐길 수 있도록 음식 외의 모든 것을 조정하는 것이다. 교사의 역할은 학생의 한문 독해 능력이 신장될 수 있도록 최선의 노력을 다하는 것이다. 어떤 음식으로 밥상이 채워지든 간에 잘 먹을 수 있는 손님이 좋은 손님이듯이, 어떤 문장이 제시되더라도 능숙하게 독해할 수 있는 학생이 우수한 학생일 것이다. 한문과 영역에서 우수한 학생을 길러낼 수 있는 방안에 대한 연구가 보다 풍성해지길 기대한다.

본 연구는 수업 관찰을 통해 한문과 수업에서의 독해 양상을 밝혀 독해 교수학적 내용 지식을 발견하고자 하는 목적을 가지고 있지만, 여러 가지 미흡한 부분이 있음을 인정하지 않을 수 없다. 다음과 같은 후속 연구 과제를 통해 이러한 점을 보완하고자 한다.

① 본 연구에서 분석한 한문과 수업에서의 독해 양상 및 독해 교수학적 내용 지식은 한문과 고유의 특징적인 영역이다. 한문과 고유의 영역이 폭넓게 확보될수록 비전공교사 및 타 교과목과의 차별화를 선명히 하고, 그 결과로 한문 전공 교사의 위상을 높일 수 있으며 한문과의 정체성을 확립할 수 있다. 이처럼 한문과의 본질을 살릴 수 있고 특성을 부각시킬 수 있는 연구가 더욱 풍성하게 수행될 필요가 있다.

② 제7차 교육과정에서 설정한 중학교 한문과 교육 목표는 '간이한 한문을 독해할 수 있는 기초적인 능력을 기른다.'라고 되어 있다. 이러한 진술이 가능하기 위해서는, 한문 독해 능력은 무엇이고 이 능력을 기초 단계와 그 이상의 단계로 나눠주는 기준은 무엇인가에 관해 논의할 필요가 있다. 관련하여 독해할 수 있는 기초적인 능력을 논의할 때 한문 문장을 대상으로 한 기초적인 독해 능력에 국한

하기보다는 일상의 언어생활에 적용할 수 있는 한문과의 도구교과적 측면을 살릴 만한 교과 교육 방안을 찾는 연구가 수행될 필요가 있다.

③ '학교까지는 의무교육이므로 국가에서 정한 한문교육용 기초 한자를 반드시 교육시킬 수 있는 제도적 장치가 마련되어야 한다(김상홍, 2001: 40). 이와 관련하여 초등학교까지 학습해야 할 필수 한자를 선정한 뒤, 이를 모든 초등학생이 학습할 수 있도록 하는 제도적 개선 방안에 대해 논의할 필요가 있다. 또한 한문 독해의 기초 능력을 키워주는 단계인 중학교에서 독해 기초 능력을 신장시키기 위해 문장 독해를 배우든 한자 어휘 활용을 배우든 지금처럼 일부 학년, 일부 학교만 제한적으로 배우는 현실에서 벗어날 수 있는 제도적 개선 방안에 대해 보다 구체적으로 논의할 필요가 있다.

參考文獻

1. 자 료

교육부, 『고등학교 교육과정 해설－⑬한문』, 교육부 고시 1997－15호, 대한교과서주식회사, 1999.

교육부, 『중학교 교육과정 해설(V)』－외국어(영어), 재량 활동, 한문, 컴퓨터, 환경, 생활 외국어 －, 교육부 고시 1997－15호, 대한교과서주식회사, 1999.

교육부, 『초·중·고등학교 국어과·한문과 교육과정 기준(1946~1997)』, 교육부, 대한교과서주식회사, 2000.

교육인적자원부, 『한문과 교육과정 개정안 토론회』, 자료집, 교육인적자원부, 2006.

교육인적자원부, 『【별책 17】한문, 교양 선택 과목 교육과정』(교육인적자원부 고시 제2007－79호), 2007.

문영진·장호성·김왕규·박영호·송병렬·안재철·윤재민·이군선, 『중·고등학교 한문 선택과목 교육과정 개정 시안 연구 개발』, 연구보고 CRC2006－31, 한국교육과정평가원, 2006.

서울대학교 국어교육연구소, 『국어교육학사전』, 대교출판, 1999.

신표섭·이병주·이윤찬·강경모·백광호·허시봉·류기영·이태희, 『고등학교 한문』, 대학서림, 2001.

안재철 · 원용석 · 김동규, 『고등학교 한문』, 대한교과서, 2001.

우리교육, 『수업 관찰, 분석, 비평의 실제』(〈2006 여름 우리교육 아카데미〉 자료집), 2006.

이군현, 『2003년도 하계 현장교육연구 실무과정 연수 자료집』, 한국교원 단체총연합회, 2003.

이명학 · 장호성 · 현상곤 · 임완혁, 『고등학교 한문』, 두산, 2001.

이화진 외, 『수업 컨설팅 지원 프로그램 및 교과별 내용 교수법(PCK) 개발 연구』(연구보고 RRI 2006 – 1), 한국교육과정평가원, 2006.

전국한문교사모임 당산동 연구 모임, 『한문교육의 실제』, 전국한문교사 모임, 2001.

한국교육과정평가원, 『비디오 관찰을 통한 수업 분석 및 수업방법 개선 워크숍 자료집』, 연구자료 ORM2005 – 47 – 2, 2005.

한국교육과정평가원, 『학교 교육 내실화 방안 연구(II) – 좋은 수업 사례 에 대한 질적 접근 – 』, 연구보고 RRC – 2002 – 4 – 1, 2002.

2. 국내 논저

1) 단행본

곽병선, 『교육과정』, 배영사, 1983.

곽영순, 『질적 연구로서 과학수업비평』, 교육과학사, 2003.

곽영순 · 강호선 · 남경식 · 백종민 · 방소윤, 『수업 컨설팅 바로하기 – PCK 로 들여다 본 수업이야기』, 원미사, 2007.

김경희 외, 『좋은 수업 바라보기』, 『교실수업개선 장학자료』, 인천광역 시 교육청, 2006.

김아영, 『관찰연구법』, 교육과학사, 2000.

김언종, 『한자의 뿌리』, 문학동네, 2005.

김영천, 『네 학교 이야기-한국 초등학교의 교실생활과 수업』, 문음사, 2000.

김영천, 『교과교육과 수업에서의 질적 연구』, 문음사, 2001.

김영천, 『별이 빛나는 밤1』, 문음사, 2005.

김영천, 『질적연구방법론1』, 문음사, 2006.

김윤옥 외, 『교육연구를 위한 질적 연구 방법과 설계』, 문음사, 1996.

노명완, 박영목, 권경안, 『국어과교육론』, 갑을출판사, 1988.

박도순, 『교육연구방법론』, 문음사, 2001.

박성익, 『교수·학습 방법의 이론과 실제(Ⅰ)』, 교육과학사, 1997.

박성희, 『질적 연구 방법의 이해(생애사 연구를 중심으로)』, 원미사, 2004.

박영목, 한철우, 윤희원, 『국어과 교수학습론』, 교학사, 2001.

박종원, 『영어 교육과 질적 연구』, 한국문화사, 2006.

변영계, 『수업장학』, 학지사, 2000.

변영계·김경현, 『수업장학과 수업분석』, 학지사, 2005.

서근원, 『수업을 왜 하지?』, 우리교육, 2003.

성태제, 『교육연구방법의 이해』, 학지사, 2005.

성태제·시기자, 『연구방법론』, 학지사, 2006.

송병렬, 『(개정·증보)새로운 한문 교육의 지평』, 문자향, 2006.

신헌재·이경화·이재승·이주섭·김도남·한명숙·이수진, 『국어과 협
　　　　동학습 방안』, 박이정, 2003.

심경호, 『한학입문』, 황소자리, 2007.

양갑렬, 『체육 교육의 질적 연구』, 북스힐, 2003.

이경화, 『읽기 교육의 원리와 방법』, 박이정, 2001.

이돈희 외, 『교과교육학 탐구』, 교육과학사, 1994.

이삼형 외, 『국어교육 연구의 반성과 전망〈이해·표현〉』, 역락, 2003.

이성영, 『국어교육의 내용 연구』, 서울대 출판부, 1995.

이용숙 외,『교육현장 개선과 함께 하는 실행 연구 방법』, 학지사, 2005.

이재승, 천경록,『읽기 교육의 이해』, 우리교육, 2000.

이혁규,『교과수업 현상의 질적 연구: 사회과 교과를 중심으로』, 학지사, 2005.

이혁규·이경화·이선경·정재찬·강성우·류태호·안금희·이경언,『수업, 비평을 만나다』, 우리교육, 2007.

인천광역시교육청,『좋은 수업 바라보기』, 인천광역시교육청, 2006.

장성모·전영신·황상민·장주희·이은경·함정실,『수업의 예술』, 교육과학사, 2006.

전성연·송선희·이옥주·이용운·김수동·고영남·허창범·오만록·이병석,『현대 교수학습의 이해』, 학지사, 2007.

전성연·최병연·이흔정·고영남·이영미,『협동학습 모형 탐색』, 학지사, 2007.

정재찬,『문학교육의 사회학을 위하여』, 역락, 2003.

조영달,『한국 중등학교 교실 수업의 이해』, 교육과학사, 2001.

조용환,『질적 연구: 방법과 사례』, 교육과학사, 1999.

조종업,『漢文通釋』, 형설출판사, 1989.

주삼환·이석열·김홍운·이금화·이명희,『수업관찰과 분석』, 원미사, 1999.

최완식·김영구·이영주,『漢文讀解法』, 명문당, 1999.

최현섭, 최명환, 노명완, 신헌재, 박인기, 김창원, 최영환,『국어교육학개론』, 삼지원, 1999.

한국한자한문교육학회,『신한문과교육론』, 전통문화연구회, 2000.

2) 논 문

가경신,「읽기 이해 과정의 관련 변인」,『독서연구』제9집, 한국독서학회, 2003.

곽병선.「교실교육의 개혁과 교사의 수업 전문성」,『교원교육연구』제18

권 제1호, 2002.

곽영순·김주훈, 「좋은 수업 방법에 대한 질적 연구-중등 과학 수업을 중심으로」, 『한국과학교육학회지』 제23권 제2호(한국과학교육학회, 2003), 144~154면.

권순희, 「수업 분석을 통한 한국어 교수법 연구」, 『先淸語文』 제30호 (서울대학교 국어교육과, 2002), 223~256면.

김경주, 「읽기 교수 학습 과정에 대한 연구」, 서울대 박사학위논문, 2004.

김도남, 「상호텍스트성을 바탕으로 한 읽기 지도 방법 연구」, 한국교원대 박사학위논문, 2002.

김상홍, 「21세기 한문교육의 정상화 과제」, 『한문교육연구』 제17호, 한국한문교육학회, 2001.

김상홍, 「'BE-SE-TO' 벨트에서 한국 한문교육의 과제」, 『한자한문교육』 제12집, 한국한자한문교육학회, 2004.

김상홍, 「21世紀 漢文學의 연구와 교육」, 『한문교육연구』 제23호, 한국한문교육학회, 2004.

김상희, 『국어과 수업 담화 분석을 통한 교수 전략 연구』, 서울대 석사학위논문, 1995.

김연수, 『漢詩 敎育에서의 구성주의 교수·학습 방법 연구』, 고려대 박사학위논문, 2006.

김영천, 「학교 교육현상 탐구를 위한 질적 연구의 방법과 과정」, 『교육학연구』 제35권 제5호, 한국교육학회, 1997.

김왕규, 「한문교육학 연구 방법론의 현황과 과제」, 『한문교육연구』 제27호, 한국한문교육학회, 2006.

김왕규, 「한문교육학의 학문적 정립을 위한 序說-한문교육학 연구의 동향과 과제」, 『대동한문학』 제19집, 대동한문학회, 2003.

김왕규, 「漢字敎育硏究의 動向과 課題」, 『한국한자한문교육학회 춘계학술대회 발표논문 자료집』, 2006.

김왕규, 「漢文敎育學의 학문적 성격의 몇 가지 쟁점」, 『한국한문교육학회 하계학술대회 발표논문 자료집』, 2007.

김왕규·원용석·한은수·김동규, 「한문과 교과 교육 내용 체계 및 내용 교재 개발」, 『한자한문교육』 제17호, 한국한자한문교육학회, 2006.

김정원, 『초등학교 수업에 관한 참여관찰 연구』, 서울대 박사학위논문, 1997.

김창원, 「문학교육 연구방법론의 비판적 검토」, 『문학교육학』 제1호, 한국문학교육학회, 1997.

김혜정, 「텍스트 이해의 과정과 전략에 관한 연구-'비판적 읽기' 이론 정립을 위한 학제적 접근 -」, 서울대 박사학위논문, 2002.

나광록, 「高等學校에서의 漢文 虛辭 및 文型 敎育 方案에 대한 硏究」, 조선대 교육대학원 석사학위논문, 2000.

류현종, 「사회과 수업비평: 예술비평적 접근」, 한국교원대 박사학위논문, 2004.

민윤, 「사회과 역사 수업에서 초등 교사의 교수내용지식에 대한 이해」, 한국교원대 박사학위논문, 2003.

박성규, 「漢文敎育의 現況과 展望」, 『한문교육연구』 제18호, 한국한문교육학회, 2002.

박성규, 「漢字文化圈과 漢文敎育」, 『한문교육연구』 제21호, 한국한문교육학회, 2003.

박수자, 「읽기 전략 지도 교재 구성에 관한 연구」, 서울대 박사학위논문, 1993.

박재원, 「물 속에서의 무게와 압력 단원에서 초등 교사의 교수내용지식에 따른 수업 분석」, 한국교원대 박사학위논문, 2006.

박헌순, 「특별기고: 한문고전번역의 실제(1)」, 『민족문화추진회보』 제22호, 민족문화추진회, 1991.

방인태, 「국어과 독해수업 평가방안」, 『한국초등국어교육』 제25집, 한국
　　　초등국어교육학회, 2005.

백광호, 「미리 圖形化된 노트에서 한자 쓰기가 漢字 正書力 신장에 미
　　　치는 효과 연구」, 『한문교육연구』 제24호, 한국한문교육학회, 2005.

백광호a, 「識字 이후의 한문 수업을 어떻게 할 것인가」, 『전국한문교사
　　　모임 여름연수 자료집』, 2006.

백광호b, 「실행연구 활성화를 위한 『한문교육』 내용 분석」, 『한문교육연
　　　구』 제27호, 한국한문교육학회, 2006.

백광호c, 「漢字能力試驗과 讀解力의 비교 연구―初等學生을 대상으로」,
　　　『어문연구』 제34권 제1호, 한국어문교육연구회, 2006.

백광호a, 「思考口述을 통한 漢文科 讀解 樣相 硏究」, 『한자한문교육』
　　　제18집, 한국한자한문교육학회, 2007.

백광호b, 「漢文科 敎育課程의 '읽기' 領域에 관한 高等學校 敎室 授業
　　　分析」, 『제20회 전국학술발표대회 자료집』, 한국한자한문교육학
　　　회, 2007.

백원철, 「漢文科 學習의 傳統的 朗讀法에 대하여―한문과 학습의 효과
　　　적 일방안의 모색 ―」, 『한문교육연구』 제11호, 한국한문교육학회,
　　　1999.

서근원, 「수업의 이해와 오해」, 『2006학년도 제주교육대학교 초등교육연
　　　구원 학술세미나 자료집』, 제주교육대학교 초등교육연구원, 2006.
　　　11. 24.

송병렬, 「懸吐 敎育의 有用性과 吐의 문법적 성격」, 『한문교육연구』 제
　　　13호, 한국한문교육학회, 1999.

송병렬, 「협동학습에 따른 한문과 교수―학습」, 『한문고전연구』 제13호,
　　　한국한문고전학회, 2006.

송병렬, 「한문과 교수―학습의 협동학습 모형 적용」, 『동방한문학』 제32

호, 동방한문학회, 2007.

오예승, 「한자어 개념 지도 수업」, 『한문교육』 65, 전국한문교사모임, 2005.

원용석, 「한문과 교육과정 변천과 내용 체계 연구」, 한국교원대 박사학위논문, 2007.

유동엽, 「한 국어교사의 말하기 듣기 수업에 관한 교육시술지」, 『국어교육학연구』 제8집, 국어교육학회, 1998.

유은경, 「교사의 교과 내용 지식 구조화에 관한 수업 분석 연구」, 이화여대 박사학위논문, 2006.

유한구, 「수업 전문성의 두 측면: 기술과 이해」, 『한국교사교육』 제18권 제1호, 한국교원교육학회, 2001.

윤재민, 「漢文 敎科의 '性格'을 둘러싼 몇 가지 문제」, 『한문교육의 향후 과제와 개정 한문과 교육과정의 이해』(경기도 중등한문과교육연구회 정기총회 자료집), 2007.

윤재민, 「한문과 교육과정 개정안」, 『한문과 교육과정 개정안 토론회 자료집』, 교육인적자원부, 2006.

윤재민, 「2007년 개정 한문과 교육과정의 구체적 내용 분석」, 『2007년 개정 교육과정의 미래와 한문 교과의 미래』(한국한문교육학회 2007년 하계 학술대회 자료집), 2007.

이경화, 「담화 구조와 배경 지식이 설명적 담화의 독해에 미치는 효과에 관한 연구」, 한국교원대 박사학위논문, 1999.

이경화, 「독서교육연구사」, 『국어교육론2: 국어 문법·기능 교육론』, 한국어교육학회 편찬위원회 편, 한국문화사, 2005.

이경화, 「초등학교 국어 교과서 단원 구성과 전개 방식 탐색」, 『국어교육학연구』 제27집, 국어교육학회, 2006.

이경화, 「확률 개념의 교수학적 변환에 관한 연구」, 서울대 박사학위논문, 1996.

이명학, 「한문교육의 향후 과제」, 『한문교육연구』 제22호, 한국한문교육학회, 2004.

이상하, 「한문학습 및 번역에 있어서 현토의 문제」, 『현대사회에서의 한문교육제도 및 학습방법에 대하여: 2006년도 정기학술회의 자료집(2006. 9. 13.)』, 민족문화추진회, 2006.

이정숙, 「교과교육을 위한 질적 연구의 방향－국어교육을 중심으로」, 『학습자중심교과교육연구』 제2권 제2호, 학습자중심교과교육학회, 2002.

이정숙, 「쓰기 교수·학습에 드러난 쓰기 지식의 질적 변환 양상 연구」, 한국교원대 박사학위논문, 2004.

이혁규, 「사회과 교실수업 연구의 동향과 과제」, 『사회과학교육연구』 제4호, 한국교원대학교 사회과학교육연구소, 2001.

이혁규, 「질적 연구의 타당성 문제에 대한 고찰」, 『교육인류학연구』 제7권 제1호, 한국교육인류학회, 2004.

이혁규, 『중학교 사회과 교실수업에 대한 일상생활기술적 사례 연구』, 서울대 박사학위논문, 1996.

인혜련, 『쓰기 학습 과정에 대한 질적 연구』, 서울대 석사학위논문, 1998.

임명호, 「한문 끊어 읽기 교육에 관한 연구－허사를 중심으로」, 『한자한문교육』 제11집, 한자한문교육학회, 2003.

장기성, 「漢文의 讀解力 伸張을 위한 虛詞와 文型學習持導에 관한 硏究」, 『漢文敎育硏究』 제2호, 한국한문교육연구회, 1988.

장동희, 「虛字 指導를 通한 漢字 讀解力 伸張에 關한 硏究」, 전주대 교육대학원 석사학위논문, 1997.

장진실, 「협동학습이란 무엇인가」, 『전국한문교사모임 여름 연수 자료집』, 전국한문교사모임, 2005.

장진실, 「중학교 2학년 수업 너무 평면적이지 않으세요」, 『한문교육』 제

67호, 전국한문교사모임, 2006.

정현선, 「인문학으로서의 국어국문학 / 사회과학으로서의 국어교육 연구−미디어 교육 연구의 예를 통한 국어교육 연구방법론에 대한 이론적 고찰」, 『국어교육연구』 제5권 제1호, 서울대학교 사범대학 국어교육연구소, 1998.

정혜승, 『국어과 교육과정 실행 요인의 작용 양상에 관한 연구』, 고려대 박사학위논문, 2002.

조영달, 「한국 교과 교실 수업 연구(질적)의 반성과 지향−미시기술적 수업 연구를 중심으로」, 『교과교육학연구』 제4권 제1호, 한국교과교육학회, 2000.

조용환, 「질적 연구와 양적 연구」, 『교육에서의 질적 연구−방법과 적용』, 이용숙, 김영천 편, 교육과학사, 1998.

조용환, 「질적 연구와 질적 교육」, 『교육인류학연구』 제7권 제2호, 한국교육인류학회, 2004.

조재윤, 「초등학교 쓰기 수업 관찰 연구」, 『한국초등국어교육』 제28집 (한국초등국어교육학회, 2005), 339~369면.

천호성, 「사회과 교실 수업 분석의 방법과 과제−관찰, 수업기록, 분석 시점을 중심으로」, 『시민교육연구』 제37권 제3호(한국사회과학교육학회, 2005), 231~253면.

최호영, 「한문 수업을 어찌 할까」, 『한문교육』 제68호, 전국한문교사모임, 2006.

한은수, 「構成主義 字源 學習法을 活用한 漢字 教授−學習 研究」, 한국교원대 박사학위논문, 2007.

한지영, 「중학교 국어과 수업 양상 연구」, 한국교원대 석사학위논문, 2003.

함희주, 「초등학교 음악수업 관찰방법 적용 연구」, 『음악교육연구』 제29집(한국음악교육학회, 2005), 185~214면.

허시봉, 「식자교육 어떻게 할 것인가」, 『漢文教育』 제66호, 전국한문교
　　사모임, 2005.
허호구, 「漢文聲讀考」, 『국문학논집』 제15집, 단국대학교, 1997.

3. 국외 논저

Doug Buehl, 노명완 외 옮김, 『협동적 학습을 위한 45가지 교실 수업
　　전략』, 박이정, 2002.
E. C. Wragg, 박승배 외 옮김, 『교실수업관찰』, 교육과학사, 2003.
Gary D. Borich, 설양환·김윤옥·김지숙·박태호·우상도·이범웅·함
　　희주 옮김, 『효과적인 수업 관찰』, 아카데미프레스, 2005.
Geoffrey E. Mills, 강성우 외 옮김, 『교사를 위한 실행 연구』, 우리교육,
　　2005.
Jack R. Fraenkel & Norman E. Wallen, *How to design and evaluate
　　research in education*, McGraw－Hill, 2005.
Jerome Kirk & Marc L. Miller, *Reliability and Validity in Qualitative
　　Research*, Qualitative Research Methods vol.1, Beverly Hills:
　　Sage, 1987.
Martyn Hammersley·Paul Atkinson, *Ethnography －Principles in practice*,
　　Tavistock publications, 1983.
Norman K. Denzin, & Yvonna S. Lincoln, *The SAGE handbook of
　　Qualitative Research*, third edition, California: Sage Publications,
　　2005.
Paul Atkinson, 최경숙·한혜자·권성복·이명선 옮김, 『문화기술적 텍
　　스트의 이해』, 군자출판사, 2007.

Robert C. Bogdan & Sari Knopp Biklen, *Qualitative research for education: an introduction to theory and methods*, Boston: Allyn and Bacon, 1982.

Sharan B. merriam, *Case Study Research in Education－A Qualitative Approach*, San Francisco: Jossey－Bass Publishers, 1988.

Susan Stainback・William Stainback, 김병하 옮김, 『질적 연구의 이해와 실천』, 한국학술정보, 2002.

관민의 저, 서울대 동양사학연구소 옮김, 『고급한문해석법』, 창작과비평사, 1994.

이락의 저, 박기봉 역, 『한자정해』, 비봉출판사, 1994.

포선순 저, 심경호 옮김, 『한문을 어떻게 읽을 것인가』, 이회문화사, 1992.

附錄 1. 수업 전사의 예

수업 일시	2006. 10. 13.
단 원	목숨과 바꾼 사랑
대 상	○○고 1학년 ◎반 학생
교 재	고등학교 한문(대학서림)

A: 딱 딱.

A: (칠판에 단원명을 쓴다)

A: 자, 111쪽을 펴세요.

A: 오늘 배운 단원은 여인열전 가운데 목숨과 바꾼 사랑이죠.

A: (111쪽 읽는다.) 이 여인열전 부분은 어, 오늘날 여러분들은 전통적인 사고방식에서 많이 벗어나 있지만, 조선시대는 남녀불평등이 심각했습니다. 이러한 상황에서도 자신의 생활을 주체적으로 펼쳐나간 3명의 여인을 소개하고 있죠. 얼마 전 새롭게 시작한 드라마 황진이가 13과에 실려 있습니다. 황진이는 조선시대 기생 신분이지만, 천한 신분임에도 불구하고 꿋꿋하게 자신의 생을 살아간 사람이죠. 그 드라마 히트를 예상해 보면 아무래도 대장금 정도로 히트를 하지 않을까 싶어요.

A: 어, 오늘 배울 12과 112쪽을 보면, 황진이와는 다르죠. 단원

개관을 봅시다. '장수의 목은 **빼앗**을 수 있지만 그 속에 든 마음은 **뺏**을 수 없다.'는 말이 있다. 몸은 비록 여자지만 서릿발 같은 상전의 위세에도 굴하지 않고 사랑하는 임을 위해 목숨까지 버리며 마음을 지킨 다음의 이야기를 통해 인간의 지순한 사랑이 얼마나 소중한 것인지를 생각해 보자.

A: 여기 나오는 한 여인의 신분은 노비죠. 사랑하니까 사랑할 수 있는 것인데, 주인 때문에 지킬 수 없게 되자, 목숨을 버린 겁니다. 예습들은 해왔을 테니, 한번 배워볼까?

(칠판에 본문의 일부를 판서한다.)

〈有一士人이 下往嶺南奴僕家라.〉

A: 자, 첫 번째 문장을 시작해 보죠. 자. 보자. 유일사인이 하왕영남노복가라. 우선 고유명사를 보면, 영남이 있죠? 표시해 두고.

A: 자. '하왕'에서 '왕'은 무슨 자야? 가다. '노복'이 나오네요? 무슨 노? 노비 노, 무슨 복? 종 복. 노비죠. 종의 집. '하왕' 그러면 무슨 뜻이야? 내려간다의 뜻이죠? 내려가는데 어딜 내려가? 영남의 노복의 집에 내려가는 거지. 누가? 한 선비가. 근데 이 있을 유는 뭘까? 어떤 정도로 풀이하면 되죠.

A: 어떤 한 선비가 영남의 종의 집에 내려갔다. 여기서 알아야 될 상식이 있는데, 어, 옛날의 선비. 지방의 선비들은 과거를 보러 한양에 와서 과거에 합격해 벼슬을 살게 돼. 그러면, 시골의 집을 이사할까? 놔두고 갈까? 놔두고 가지. 옛 사람들은 살아온 터전을 소중하게 여겨서 이사를 함부로 다니지 않았어. 그래서 선비의 집은 그대로 놔두고, 종들에게 관리를 맡기고, 서울에 와서 벼슬을 살아. 10년이고 20년이고 30년이고. 하다가

벼슬을 그만두게 되면 다시 고향으로 가는 거야. 낙향하는 거지. 지금 여기 나오는 선비도 시골집에, 그 종에게 관리를 맡긴 집에 가는 거지.

A: 또 하나 있지? 지역을 나타내는 것. 충청남북도는 뭐라 그래? 호서. 호서? 여기도 호수 나오네. 벽골제의 서쪽이 호서이지. 충북 제천. 제천 들어봤어요? 제천에 가면 의림지라는 호수가 있어요. 의림지의 서쪽으로 가면 충청남북도를 말해. 그래서 호서지역이라고 해. 우리가 살고 있는 곳은 바로 서울. 서울을 경. 서울을 둘러싸고 있는 지역은 기. 예로부터 수도 서울을 둘러싸고 있는 곳은 기. 합쳐서 경기.

A: 뭐 상관없지만, 현재 도 이름도 그 지역의 주요한 도시의 앞 글자를 따서 만든 것이죠. 경상도는 어디일까? 생각해봐.

S: 경주와 상주.

A: 그래 맞아. 경주와 상주. 요즘엔 상주가 그리 크지 않지만, 예전에는 경주와 상주가 컸지. 전라도는?

S: 전주와 나주.

A: 요즘엔 광주가 더 크죠? 충청도는?

S: 충주와 청주.

A: 오늘날과 같네. 강원도는?

S: 강릉과 원주.

A: 그래 맞아요. 자, 어떤 선비가 영남의 종의 집에 내려갔다.
(판서한다.)

〈見其女奴하니, 年少에 才色俱絶한대 而已屬村漢이라. 勒令從行이라.〉

A: 견기녀노하니 연소에 재색구절한대 이이속촌한이라.

(아이들 몇몇 엎드려 잔다.)

A: 자, 보자. 설명할 땐 필기하지 말고. 보세요.

A: 종의 집에 누가 있었냐? 계집종이 있었죠. 여자 종을 어떤 글자로 바꿀 수도 있지? 계집종을 나타내는 글자가 있나?

S: 비

A: 그렇지. 비. 노비 할 때 비가 있지. 이렇게 한 글자로 고칠 수도 있지?

A: 자, 종의 집에 내려가서, 그 여자 종을 봤지? 그 여자 종은 어떠냐. '연소'에 나이가 적다, 어리다, 나이가 적고 어리다, 연소자. 그렇죠? 나이가 어린데 재색을 갖췄다. '재'는 재주인데, '색'은 뭐야? 빛 아니고 얼굴 용모, 또는 외모. 재주와 용모가 모두, 함께.

A: 자, 여러분 주의해야 합니다. 원래는 끊을 절. (별표를 한다.) 여기서는 '뛰어나다'의 뜻. 예를 들어보자. 뛰어난 경치, 2음절로 뭐가 있어? 절경, 뛰어난 미모? 절색.

A: 자, 됐네. 다시 본문으로 돌아가서, 나이가 어린데, 재주 용모 모두 뛰어났다. 노비인데, 노비의 재주가 뭔지 모르겠지만, 뒤의 내용에 나오는데, 한시를 지어요. 당시에 한시를 지으면 굉장한 실력을 갖춘 거죠. 선생님도 못 지어. 한시. 아주 잘하는 것이죠.

A: 이 뭐야? 말이을 이. 그럼 다음의 이는 뭐야? 이게 문제요.

A: 먼저 '속'은 뭡니까? 어디어디에 속하다. 마을 촌. '한'은 나라 이름 한으로 조사되었지? 그런데 보통 남자를 말해요. 사내들. '촌한'은 뭐야, 야 이 촌놈아 할 때의 촌놈이야. 이미 촌놈에게 속해

있다. 여기서 '촌놈에게 속해 있다'라는 말은 무슨 의미일까?

S: 결혼했다.

A: 그렇지. 결혼했다. 그럼, 이상하네. 결혼했다고 하지 왜 속해 있다고 할까? 노비잖아. 노비라는 개념은 말이죠. 사람이 아냐 물건이야. 내 재산으로 매매할 수 있는 물건이야. 애들이 무슨 결혼이야? 주인이 노비들은 그냥 짝을 맺어줘 버려. 왜? 애를 많이 낳으라고. 애를 낳으면 뭐야? 또 노비 되잖아. 그래서 그냥 사는 거지, 결혼이 아냐. 아주 천한 신분이라는 거지. 이미 촌놈에게 속해 있다는 거야.

A: 그런데 주인의 입장에서는 남의 여자라는 생각이 안 들고 내 재산인 거지. 그래서 선비가 '늑령종행'이라 그랬어. '늑'은 억지고. '령'은 하게 할 영. 억지로 또는 강제로 뭐뭐하게 하다. '종행'은 따를 종에 갈 행이니까 따라 가다. 그래서 해석 어떻게 해? 선비가 그녀를 억지로 따라 가게 했다. 이거지. 무조건 따라오게 한 거야. 그지?

A: 조약 중에서도 강제로 약속을 하는 경우는 늑약. 1905년에 우리나라에 한 게 뭐야? 늑약! 을사늑약. 요즘 국사시간에 배우죠? 강제로 한 조약이야.

(조는 아이 깨우는 죽비 소리가 '따악' 하고 울린다.)

A: 필기하세요.

(교실 한 바퀴 순시, 칠판에 나머지 본문을 판서한다.)

〈行到洛東江한대 其夫亦隨到하니 其女題詩贈之하고 乃投死라.〉

A: 니네 오늘 이상하게 오바한다. 카메라를 들이대니까 조용하고, 수업 태도도 좋고. 이상하네.

A: 자, 떠든 거 보니 다 필기했구나. 야, 한번 봅시다. 요기까지 맥을 잃지 않기 위해 한번 보죠.

A: 어떤 한 선비가 영남의 종의 집으로 내려갔다. 한 계집종을 보니 나이가 어린데 재주와 용모가 모두 뛰어났는데, 이미 촌놈에게 속해 있었다. 선비가 억지로 따라오게 했다. 자. 할 수 없이 이제 선비를 따라 서울을 가겠죠.

A: 행도낙동강한대 그랬어. 선생님이 항상 고유명사를 맨 먼저 찾으라고 했죠? 낙동강 있네. '도'는 뭐야? 이르다. 가다가 낙동강에 이르렀는데,

A: 그 기, 남편 부, 또 역, 따를 수, 이를 도. 그 남편도 또한 따라서 이르렀다. 뒤에 따라 온 거야 얼마나 원통하겠어. 그렇다고 항의도 못하고. 내 물건 내가 가져가는 셈이니까. 이 촌놈은 신분이 불확실하지만, 선비의 하인은 아닌 것 같아. 하여튼 너무 억울해서 남편도 또한 아내를 따라서 오는 거지.

A: 그 여인이 따라오는 남편을 보고 말했지. 그렇다고 조선이란 사회에서 노비가 도망가는 것은 상상도 못하는 것이야. 모르는 사람이 우리 마을에 돌아오면 바로 신고하는 거야. 그래서 도망간 노비들은 아주 깊은 산속에서 화전을 하지 않는 한 살수가 없는 거야. 그래서 할 수 없는 거지.

A: 그기녀제시증지 하는데,

A: '제'는 제목이지만, '시를 짓다'라고 해석할 수 있어요. '제시'는 시를 짓다. '증'은 뭐야? 주다. 그녀가 시를 써 주었다.

A: 문장 뒤 갈지자 뭐로 쓰여? 대명사로 쓰인다고 이야기했죠. 이 남편을 가리키는 거지. 이 남편을 가리키는 게 본문에서 뭐가

있지? 부, 촌한.(붉은 분필로 표시한다.)

A: '내투사'는 결국 내투신이사의 준말이겠지? 결국 이 시가 유언
장이 되는 거지. 요기까지 자 필기.

(다음 내용을 판서한다.)

A: 노비의 개념이 조선시대에서는 집안에 사는 노비가 있고, 집
밖에서 살며 농사 등을 짓는 노비가 있어. 여기 노비로 봐서
는 외거노비 같아. 그러니까 공부도 하고 그랬겠지. 그런데 이
글만 봐서는 어떤 경로로 글을 배웠는지 모르겠네.

A: 다음 글 보기 전에, 한 번 더 읽읍시다. 한 번 더 따라 읽고
상태가 좋지 않은 학생은 바로 시키겠어요.

A: 자, 선생님 따라 해보세요. 큰소리로 따라 합니다.

〈중 략〉

A: 한 번만 더 해보고 시켜 볼게요. 원하는 사람 있으면 좋고. 이
번에는 해석만 해보죠.

〈중 략〉

A: 다음은 내가 짚을 테니까 여러분들이 한번 해보세요.

(교사는 글자를 짚고, 학생들만 풀이한다.)

A: 누가 한번 해볼까? 해 볼 사람? 한 줄만 해 볼 사람?

S: (짚어가면서 풀이한다) 이미 촌놈에게 속해 있었으나

A: 제대로 짚어.

S: 그 남편 또한 이르렀는데, 몸을 던져 죽었다.

A: 잘했습니다. 박수 한번 치자.

A: 너희는 다들 뛰어난 실력을 갖춘 사람들이야. 안 해서 그렇지.
좀 있다가는 칠판을 지우고 할 거야. 오늘 며칠이야? 날짜로

시킬 수도 있어. 오늘 13일이야? 그럼 거꾸로 한 뒤, 반 나누고 다시 반올림해서 16번을 시킬 거야. 점점 지워 나갈 거야. 따라 읽으세요.

A: 어떤 한 선비가 영남의 종의 집에 내려갔다.

(학생들은 따라 한다.)

SS: 그 여종을 보니 나이가 어린데, 재주와 용모가 모두 뛰어났다.

〈중 략〉

A: 반장 시켜볼까?

(칠판의 판서 내용 중 원문만 남기고 지움)

SS: 네.

반장: 어떤 선비가 / / 영남의 종의 집에 내려갔는데, (망설임) 그 여종을 보더니 / /

A: 잘 못하네? 아까 잘 안 들었다는 이야기야. 우리가 몇 번을 읽었니?

SS: 3~4번 읽었습니다.

A: 수업할 때 잘 들어야 돼. 자 함께 읽습니다. 큰소리로 읽습니다. 큰소리로, 소리 내어 읽는 게 중요합니다.

A: 한번 선생님이 짚을 테니, 여러분이 해석해 보세요.

SS: 어떤 한 선비가 영남의 종의 집에 내려갔다.

〈중 략〉

A: 처음 배운 것인데, 잘했습니다. 다음 내용은 시죠? 시는 다음 시간에 배우도록 하겠습니다.

〈짚어가며 풀이하기〉

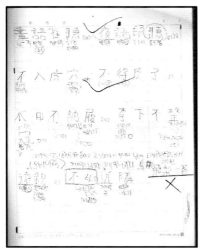

〈학생 노트1〉

〈모둠 스티커판〉

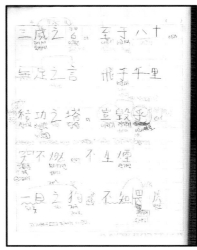

〈학생 노트2〉

문장 해석 모둠 수업
* 1차 해석은 짝과 함께, 2차 해석은 함께 해석하세요.   2 학년( )반( )모둠 이름( )

독음	體	國	敎	日	不	慍	回	爲	夜	라
문장	體	國	敎	目	不	慍	回	爲	夜	라
한자의 뜻										
1차 해석										
2차 해석										

힌트
* 如：저럼, 같다,
* 爲：되다, 하다, 위하여

문장 해석 모둠 수업
* 1차 해석은 짝과 함께, 2차 해석은 함께 해석하세요.   2 학년( )반( )모둠 이름( )

독음	日	表	則	爲	要	日	人	則	爲	夜	라
문장	日	表	則	爲	要	日	人	則	爲	夜	라
한자의 뜻											
1차 해석											
2차 해석											

힌트
* 則：이 면

〈표 24〉 중학교 문장(1) 수업 자료1

附錄 4. 연구 참여자 확인 리스트

〈면담 및 수업 관찰·전사 자료용〉

연번	점검 내용	응 답		
		그렇다	그렇지 않다	모르겠다
1	자료가 충분히 구체적인가?			
2	자료가 충분히 객관적인가?			
3	면담자료에서 잘못된 내용이 있는가?			
4	면담자료에서 수정할 내용이 있는가?			
5	면담자료에서 추가할 내용이 있는가?			
6	관찰자료에서 잘못된 내용이 있는가?			
7	관찰자료에서 수정할 내용이 있는가?			
8	관찰자료에서 추가할 내용이 있는가?			
9	개인 정보가 노출될 가능성은 없는가?			
10	다음 면담·관찰에 제안할 사항은?			

〈최종 연구 결과 검토용〉

연번	점검 내용	응 답		
		그렇다	그렇지 않다	모르겠다
1	연구 문제의 범위와 내용이 적절한가?			
2	관찰 내용을 올바르게 제시하는가?			
3	수업이 하나의 이야기를 들려주듯 기록되어 있는가?			
4	원 자료(raw data)를 직접적으로 충분히 제시하고 있는가?			
5	관찰·해석에 삼각측정이 되었는가?			

연번	점검 내용	응 답		
		그렇다	그렇지 않다	모르겠다
6	참여자의 개인 정보가 노출되었는가?			
7	연구자의 분석에 동의하는가?			
8	결과가 이해하기 쉽게 표현되었는가?			
9	대리 경험의 기회를 제공하였는가?			
10	연구자의 역할·견해가 드러났는가?			

· 저자 ·

백광호　　·약 력·

파주공업고등학교 교사
고려대학교 한자한문연구소 연구원
고려대학교 한문학과 졸업, 동 대학원 박사(한문교육전공)
고전번역교육원 졸업
한국한문교육학회 총무이사
한국한자한문교육학회 연구이사

·주요저서·

『고등학교 漢文』, 대학서림, 공저
『고등학교 漢文 자습서』, 대학서림, 공저
『고등학교 漢文 교사용 지도서』, 대학서림, 공저
『漢字의 理解』, 고려대학교 출판부, 공저

·논문·

「미리 圖形化된 노트에서 한자 쓰기가 漢字 正書力 신장에 미치는 효
과 연구－초등학교 저학년 학생을 대상으로」(『한문교육연구』 제24호,
한국한문교육학회)
「學生 主導的 學習을 위한 敎室 授業 事例 硏究」(『漢字漢文硏究』 創
刊號, 고려대학교 한자한문연구소)
「漢字能力試驗과 讀解力의 비교 연구－超等學生을 대상으로」(『어문연
구』 제34권 제1호, 한국어문교육연구회)
「思考口述을 통한 漢文科 讀解 樣相 硏究」(『한자한문교육』 제18집, 한
국한자한문교육학회) 외 다수

어느 한문 교사가 관찰한 한문 수업 이야기

타이머와 죽비

• 초판 인쇄   2008년 5월 1일
• 초판 발행   2008년 5월 1일

• 지 은 이   백광호
• 펴 낸 이   채종준
• 펴 낸 곳   한국학술정보㈜
          경기도 파주시 교하읍 문발리 513-5
          파주출판문화정보산업단지
          전화   031) 908-3181(대표) · 팩스   031) 908-3189
          홈페이지   http://www.kstudy.com
          e-mail(출판사업부)   publish@kstudy.com
• 등   록   제일산-115호(2000. 6. 19)
• 가   격   19,000원

ISBN   978-89-534-9164-9 93800 (Paper Book)
       978-89-534-9165-6 98800 (e-Book)